AF200711

Astrid Korten

ICH

Im Dunkel der Angst

PSYCHOTHRILLER

Herstellung und Verlag:
BoD – Books on Demand, Norderstedt
ISBN: 978-3-7494-5040-4

Für Juliette

Über das Buch

ICH weiß, wie die Hölle aussieht.
ICH bin eine Überlebende.
ICH habe beschlossen, dir und anderen dieselbe Erfahrung zukommen zu lassen …
Willkommen im Dunkel der Angst.

Nach dem Selbstmord der Schülerin Greta wollen die ehemalige Lehrerin Pia und ihre Schwester Hannah, Ehefrau und Mutter, in Warnberg neu beginnen. Doch die Vergangenheit holt die Geschwister unerbittlich ein, denn sie tragen beide eine schwere Schuld auf ihren Schultern.

Eines Tages erhalten sie eine Nachricht: Willkommen im Dunkel der Angst.

Bald kehren nicht nur Winterstürme, Nebel und Misstrauen ins idyllische Warnberg ein, sondern auch das Grauen, das die Geschwister immer stärker bedroht, bis sie um ihr Leben fürchten müssen.

Bildgewaltiger, raffinierter und nervenzerreißender Psychothriller um Mobbing und großer Schuld, mit großer Intensität erzählt.
Westdeutsche Allgemeine Zeitung

Aus Gretas Tagebuch

Du warst schon immer da,
Ich kannte Dich,
aber ich war vorsichtig,
und Du hast Dich abgewendet,
nur zum Schein.
Es ist ein altes Thema,
aber neu für mich.
Ich habe Dich nie als Freund betrachtet,
mit Freunden redet und lacht man,
mit Freunden teilt man alles,
was zu teilen fällt.
Aber seit Kurzem möchte ich Dich sehen,
ich möchte mit dir reden,
sehne mich nach Dir.
Du lädst mich ein.
Und wohin das führen wird,
weißt auch Du.
Ich will mit Dir tanzen,
wenn ich meine Furcht überwinde,
meinen Zweifel zerstreuen kann,
dann komme ich,
und schließe für immer Freundschaft.

Prolog

Hannah

März 2019

Ich hatte das schon einmal gemacht. Ich konnte das.

David strich mir über den unteren Rücken, Pia hielt meine Hand, Moritz machte mit dem iPhone Videoclips.

Sie alle waren so verdammt ruhelos in diesem Zimmer.

Und es war zu heiß.

Moritz zoomte mich heran.

Ich riss ein.

Niemand in diesem Zimmer unternahm etwas.

Ich wollte ihre Gesichter zerschlagen, sie bis zur Unkenntlichkeit zerschmettern.

Ich hasste sie alle!

Meine geröteten Augen schossen kometenhaft nach innen, mein Unterleib zog sich krampfartig zusammen.

Hecheln!

Wo blieb diese gottverdammte Betäubungsspritze?

„Du machst das sehr gut", sagte David und tätschelte meinen Arm.

Pia sah Moritz erfreut an und drückte mir zuversichtlich die Hand.

Hätte ich noch einen Funken Kontrolle über den Arm, hätte ich Moritz das iPhone aus den Händen geschlagen.

Es war mir auch völlig klar, dass meine Schwester nicht einfach so da stand, mit diesem glückseligen Lächeln im Gesicht, dieser Geburt so viel Aufmerksamkeit schenkte und nebenbei auch noch alles andere im Auge behielt.

Meine Schwester ...

Diese fade, hormongeschädigte Schullehrerin in ihrer Fitnesskluft. Sie hatte keine Ahnung, was ich in Wahrheit von ihr hielt. Warum ließ mich diese verfilzte Jungfer diesen Schmerz durchleben? Ich könnte ihr mit dem Skalpell die Kehle durchtrennen. Ein Moment der Unachtsamkeit und dann ...?

Ich hätte Pia damals erledigen sollen, als wir noch Kinder waren. Niemand bezweifelte, dass meine kleine Schwester, die früher mal als eitel und nicht allzu klug galt, ihr Haar in der Wanne föhnen wollte, woraufhin ihr der Haartrockner aus der Hand glitt, direkt in den duftenden Schaum … hätte ich ihn nicht aufgefangen. Die meisten Unfälle passierten im Haus, das wusste jeder.

Ich hatte keine andere Wahl, als sie auszuhalten. Ich fand nur, dass ich es schon viel zu lang getan hatte.

Erst das Baby, und dann würde ich weitersehen.

Eine Wehe brachte wieder Ordnung in mein abscheuliches Gedankenchaos.

Oh, mein Gott, ich hielt diese Schmerzen nicht mehr aus, war gefangen in einem Körper, der von innen auseinandergerissen wurde – ein Szenario, das meine Mutter stets *das Schönste, was einer Frau passieren kann,* nannte.

Warum bekam ich keine Epiduralanästhesie?

Verdammt, Pia! Ich habe dir als Kind das Leben gerettet!

„Noch einmal kräftig pressen! Komm schon, Hannah, du kannst das!“, sagte die Hebamme.

„Ich kann nicht mehr“, wimmerte ich mit einer Stimme, die mir fremd war. Warum erlöste David mich nicht von dieser Qual? Oder diese beschissene Hebamme, die kein Erbarmen mit mir hatte. Warum gab sie mir keine Betäubung?

„Sehr gut, mein Schatz“, sagte David.

„Pfff, pfff, pfff.“ Seltsame Laute aus dem Mund meiner Schwester. In diesem Moment hasste ich Pia.

Sterne tanzten vor meinen Augen.

„Pressen! Noch einmal pressen!“, rief die Hebamme.

Zorn loderte in mir, der Drache spuckte das Feuer des Hasses auf die Personen in diesem Raum.

David lief zu Höchstform auf. „Du machst das fantastisch, Schatz.“

Ich wollte, dass sein Mund keine Worte mehr preisgab.

Meine Hände umklammerten etwas oder jemanden, es war mir egal.

Ich wollte nur, dass es aufhörte …

Teil 1

Denn ich fürchtete einen Schrecken, und er traf mich,
und wovor mir bangte, das kam über mich.
Ich hatte nicht Rast noch Ruh, noch Frieden – da kam eine Peinigung.

Das Buch Hiob, *3:25/26*

Dezember 2017

1

ICH

Das eigene Kind zu Grabe zu tragen, ist das Schlimmste, was einer Mutter passieren kann.

Halt! Das stimmt nicht, es trotzt jeder Zuversicht, jedem Vertrauen, es bringt etwas in dir zum Stillstand, tötet etwas in dir, das nie wieder zum Leben erwachen kann. Aber es bringt auch neue Gefühle hervor: Hass, Wut, Angst, Rache.

Ich bin auf dem Waldfriedhof Pullach, wo zwanzig Meter von mir entfernt Trauernde dicht beieinander um ein offenes Grab stehen. So viele sind gekommen, viel mehr als die Eltern erwartet hatten. Vorher haben sie das Mädchen in der Kapelle aufgebahrt. Ich habe es vermieden, Mias Sarg anzusehen, als die Trauergäste in die kühle Kapelle einzogen. Ebenso bin ich den Eltern ausgewichen, die, von Blumen und Trauernden, umgeben im vorderen Teil des Raumes stehen. Sie wollten gewiss in aller Stille vor der Beerdigung Abschied von ihrem kleinen Engel nehmen, und Mia vor den Blicken der anderen beschützen. Aber leider verlangen Mitleid und Neugierde beim Tod eines Kindes stets ihren Tribut.

Alle haben Mia gesehen, sich von der Vierjährigen verabschiedet. „Sie hat so friedlich ausgesehen“, haben sie geflüstert.

Friedlich bedeutet tot. Friedlich, aber tot! Der Tod ist aber nicht friedlich, er ist grausam, wie auch Gott es sein kann.

Ein kleiner Trost, wird ein Freund der Familie sagen.

Ich verabscheue diese Worte. *Bla, bla, bla.* Es gibt keinen Trost. Ein Freund sollte das wissen.

Mias Mutter ist um Jahre gealtert. Sie steht dicht neben ihrem Mann unmittelbar vor dem Grab.

Er sollte sie in die Arme nehmen, sie stützen und ihr Trost spenden, denke ich. Aber er kann es vielleicht nicht.

Die weiße Kiste ist so klein. Es spielt keine Rolle, das Kind wird nicht mehr wachsen. Es bleibt für immer ein kleines Mädchen von vier Jahren. Ich vermute, Mias Mutter weiß nicht, wie sie zu dem frisch ausgehobenen Grab gelangt ist. Die Trauerfeier ist größtenteils an ihr vorübergegangen. Sie hat kaum etwas von ihr mitbekommen. Immer wieder spürt sie ihren Verlust mit seinem immensen Schmerz. Ich weiß nur allzugut über diese Dinge Bescheid.

Mias Vater hält eine weiße Rose in der Hand. Neben dem offenen Grab liegt ein kleiner Haufen Erde, darin steckt eine Schaufel. Jemand stellt einen Korb mit Rosen dazu.

Mias Mutter nimmt eine Blume und bemerkt, dass sie bereits eine in ihrer Hand hält. Zu viele Menschen versammeln sich um das Grab des Mädchens, um ihm Adieu zu sagen. Sie bringen kein Verständnis dafür auf, dass das Zu-Grabe-Tragen eines Kindes eine sehr intime Angelegenheit ist.

Ich blicke zum Himmel. Wolken greifen ineinander, verflechten sich, streben wieder auseinander und wechseln ständig ihre Farbe – von Schwarz zu Purpur, dann gefedert, dann wieder schwarz. Allmählich überqueren sie den Friedhof, und ich sehe, dass sie ein feines Regennetz unter sich ausbreiten. Sie sind nicht mehr weit von dir und mir entfernt. Es ist seltsam, aber mit dem Tod eines Kindes gerät die Luft stets in Bewegung, zuerst nur stoßweise, sodass die Mäntel und Jacken der Trauergäste sich abwechselnd blähen und dann wieder schlaff herabhängen wie in diesem Moment. Es muss wohl daran liegen, dass dies ein Tag der Dunkelheit ist, ein Tag, an dem ein Kind begraben wird, ein Tag, an dem die Schatten länger werden, ein Tag, an dem das Licht verzweifelt gegen die aufkommende Finsternis kämpft, für mich ein Tag, an dem ich vor einem Jahr das Gute gegen das Böse ausgetauscht habe.

Ich merke, dass Mias Mutter allein sein will mit ihrem Kind. Sie wirft einen raschen, überstürzten Blick auf das Gesicht ihres Mannes, als der kleine weiße Sarg per Knopfdruck mechanisch in das Grab hinunterfährt. Sie wirft eine Rose in die Tiefe, dann einen Teddy. Kurz darauf bedeckt eine Handvoll Erde Sarg und Bär, der vielleicht einmal das Lieblingsschmusetier des Kindes gewesen war. Der Silberschleier hat den Friedhof zu drei viertel überquert. Er gleicht jetzt einer riesigen, herumwabernden, bleifarbenen Decke. Der Vater umfasst sanft den Arm der Mutter.

Einige Trauergäste lassen Kuscheltiere auf den weißen Sarg fallen, dann beugen sie sich vor und greifen die feuchte Erde mit bloßen Händen, statt mit der Schaufel. Eine schöne Geste. Dumpfe Schläge stören die Ruhe des kleinen Mädchens dort unten wie die Geräusche des aufkommenden Sturms.

Plopp – plopp – plopp …

Niemand, der dies je gehört hat, wird es wieder vergessen.

Ein frischer Wind setzt jetzt ein, der den Schweiß auf meinem Körper trocknet und mich gleich darauf leicht frösteln lässt. Im nächsten Moment sehe ich den Silberschleier über den Friedhof wirbeln. Er verhüllt die Grabsteine in Sekundenschnelle und kommt direkt auf die Trauernden zu. Der Nebel, der urplötzlich beinahe über die Erde schwebt, ist wie ein Schleier der Trauer, eine Decke aus Tränen.

Aber die Mutter kann nicht weinen. Ihr Schmerz ist so viel größer als jede Trauer, erstickt jede Träne im Keim. Da ist nichts, nur Leere. Wenn sie jetzt stürzt, wird die Erde auch sie in ein gähnendes schwarzes Loch ziehen – wie ihr Kind. Die Menschen werden hinuntersehen und begreifen, dass da unten von der Mutter nichts mehr übrig ist. Keine Haut. Keine Organe. Kein Skelett, nicht mal ein winziger Knochen. Nichts. Das Knirschen des Kieses kündigt das Ende der Beerdigung an. Die Menschen lassen sie endlich allein.

„Ich kann sie nicht mehr sehen“, sagt die Mutter mit erstickter Stimme. „Der Nebel muss verschwinden. Bitte, vertreibe den Nebel.“ Die letzten Worte hallen über die Grabsteine und verweilen dort stumm.

Ich lasse meinen Blick über die Menschen schweifen, die sich abseits von dem offenen Grab versammelt hatten. Mitten unter ihnen erkenne ich plötzlich eine Frau mit versteinerter Miene, deren Körper bei jedem Wort des Pfarrers zusammenzuckt.

Ich fahre erschrocken zusammen, bin wie hypnotisiert, kann mich von dem Anblick nicht losreißen. Ich schließe kurz die Augen und habe eine schreckliche Vision. Ein greller Blitz zuckt auf und erlöst mich von dem Schrecken.

Hannah Franke!

Wie kann sie es wagen, Mias Beerdigung mit ihrer Anwesenheit zu beschmutzen? Neben Hannah steht Pia, ihre Schwester, die jetzt auf das Grab zugeht und Stiefmütterchen hineinwirft. Auch so ein Früchtchen.

Hannah presst von Kummer überwältigt die Hände vors Gesicht. Ich verachtete sie für ihre Unbeherrschtheit und dafür, dass sie damit Aufmerksamkeit auf sich zieht, die sie nicht verdient.

Als die Geschwister sich entfernen, blicke ich in Hannahs Gesicht. Ein flüchtiges Lächeln umspielt ihre Lippen. *So eine Heuchlerin.*

Dann kommt der Moment, an dem alles zu Ende ist. Schwarze Krähen kreisen über dem Grab. „Genug getrauert“, kreischen sie. „Geht nach Hause!“

Ich bin nicht zufällig hier. Ich stehe hinter einer Hecke an einem anderen Grab. Hier gibt es keine frische, feuchte Erde, kein offenes gähnendes Loch. Hier liegt die Trauer tief unten begraben, aber nicht so tief, dass sie nicht mehr spürbar ist.

Die Leute behaupten gelegentlich, dass der Schmerz sich abnutzt. Aber wer das sagt, hat kein Kind geboren und es zu Grabe getragen, ein Kind, das nicht hätte sterben *müssen*. Wie meine Tochter Greta. Jeden Tag höre ich ihre sanfte Stimme.

Ich will nicht in den weißen Sarg.

Ich will nicht unter die Erde.

Mir ist kalt.

Hier ist es unheimlich und dunkel.

Mami, kannst du mich bitte von hier fortbringen?

Niemand hat mir gesagt, wo ihre Seele hingeflogen ist.

„Greta ist tot."

Drei Worte hatten meine Welt vor fast zwei Jahren einstürzen lassen. Drei Worte, die der ermittelnde Beamte zu mir sagte, nachdem Jonas und ich ihn und seinen Kollegen ins Haus gebeten hatten. „Es tut uns sehr leid, wir haben ihre Tochter gefunden. Greta ist tot."

Ich hätte besser auf sie achtgeben, sie besser beschützen müssen.

Meine Wut auf die Schuldigen ist unerträglich. Ich kann sie nicht mehr ignorieren. Sie ist zu einem Berg herangewachsen, bis zu den dunklen Wolken, die im Moment über die Grabstätten hinwegziehen und sich weigern, den Friedhof mit ihren Tränen zu überschütten.

Plötzlich dreht Hannah sich um und blickt in meine Richtung. Ihre Schwester Pia würdigt sie keines Blicks. Hannah kann mich hinter der Hecke nicht sehen. Ich vermute, dass sie sich völlig ungeschützt fühlt, dass immer stärker die Angst in ihr hochkriecht, weil sie das Gefühl hat, dass sie beobachtet wird.

Soll sie sich doch in die Hosen machen.

Als Hannah durch das Friedhofsportal geht, dreht sie sich noch einmal um und sieht in meine Richtung.

In der Ferne höre ich ein gewaltiges Krachen. Dann tritt Stille ein.

Mein Liebling. Wenn mich jetzt irgendeine Form der Bewusstlosigkeit ereilen könnte, ich wäre vollendet, vollkommen.

Ich stecke das Unkraut in eine schwarze Plastiktüte und durchziehe die blauen Bodendecker ordentlich mit Erde. Meine Tochter liebte die Farbe blau.

Ich weiß, wie die Hölle aussieht.

Ich bin eine Überlebende.

Ich bin die Mutter eines Kindes, das zu Tode gequält wurde.

Ich werde anderen dieselbe Erfahrung zukommen lassen. Wenn ich mit den Schuldigen fertig bin, werden alle wissen, was sie meinem Kind angetan haben.

Sie sollen stürzen, wie Bäume im Sturm.
Sie sollen leiden im Dunkel der Angst.

2

ICH

Als ich in die Knie gehe und ein verlorenes braunes Blatt entferne, wirft die Sonne einen Lichtstrahl über die blauen Bodendecker. Ich schaue nach oben, sehe, dass sich der Nebel lichtet.

Mein Blick schweift über den weißen Stein, auf dem ihr Name steht: *GRETA.*

Während meiner Schwangerschaft habe ich den Namen in einem Zeitungsartikel entdeckt. Er bedeutet Perle, und genau das war mein Mädchen: eine Perle aus der Tiefe des Meeres, wunderschön und humorvoll, klar, ein Wunder. Meine kleine Greta war ein Wunder. Als ich von der Schwangerschaft erfuhr, wusste ich, dass mein Kind diesen Namen bekommen würde, sollte es ein Mädchen werden. Über den Namen für einen Jungen habe ich mir nie Gedanken gemacht.

Auf dem Grabstein sind Gretas Namen, ihr Geburtsdatum und ihr Todesdatum eingraviert. Keine Floskeln, dass sie geliebt oder wie sehr sie vermisst wird. Diejenigen, die ihr Alter von erst zwölf Jahren errechnen, werden solche Details nicht brauchen, und diejenigen, die sie brauchen, sollten sich dem Grab besser nicht nähern.

Die Sonne wird stärker. In der Ferne nähert sich eine Trauerprozession. Ich erkenne einen großen Sarg, der auf sechs Schultern ruht. Heute wird kein Kind beerdigt. Die Prozession biegt in einen Seitenweg und verschwindet aus meinem Blickfeld. Irgendwo bellt ein Hund.

Ob es gut wäre, wieder einen Hund zu haben?

Der Nebel ist verschwunden, und ich kann jetzt das Grab des Kindes sehen, das seit gestern hier liegt. War es eine Totgeburt oder schon ein paar Tage alt gewesen? Zwischen den Blumen ist eine blaue Schleife. Ein Junge also.

Ich habe Greta zwölf Jahre lang gekannt. Ich kannte ihr Lachen, jede ihrer Bewegungen, wusste, wie ihre Stimme klang. Ich habe Videoclips von ihr, sodass ich mein Kind stets hören und sehen kann. Das ist mehr, als die Mutter des toten Jungen vermutlich je haben wird. Aber es ist nicht genug. Der Verlust schmerzt nicht nur, er berührt auch ständig meine Seele. Dennoch wird erwartet, dass ich die scharfen Kanten der Trauer verloren, und ebenfalls dem Verlust einen Ruheplatz gegeben habe.

Vor nicht allzu langer Zeit erzählte mir eine ehemalige Freundin, die ich zufällig im Shoppingcenter traf, dass ein *normal denkender* Mensch eine begrenzte Zeitspanne für Trauer hat. Ich habe mich schnell von ihr verabschiedet, weil ich ihr ansonsten einen gewaltigen Tritt gegen ihr Schienbein verpasst hätte.

In drei Wochen ist es zwei Jahre her, dass Greta nicht von der Schule nach Hause kam. Später stellte sich heraus, dass sie zum wiederholten Mal, wie auch an diesem Tag, erst gar nicht dort erschienen war. Niemand hat mich angerufen um zu fragen, wo Greta blieb. Niemand hat den Alarm ausgelöst.

In der Schule war jeder der Ansicht gewesen, dass ich vergessen hatte, Greta krank zu melden. Wenn auch das wenig überzeugt. Das ist für mich nur schwer zu verstehen, aber es ist auch schwer zu vereiteln.

Der erste Satz in Gretas Tagebuch lautet: *Wenn ich nie wieder auftauchen würde, würde es niemand bemerken.*

Ich schon, mein Mädchen, ich schon.

Nach fast zwei Jahren des Verzichts und des Aufstehens ist die Zeit gekommen, den Tod meines Kindes zu rächen. Natürlich möchte ich mich lieber an jene Leute wenden, die durch ihre Gleichgültigkeit, ihre Unachtsamkeit und vor allem durch ihr Desinteresse den Weg für Gretas verzweifelte Tat geebnet hatten. Aber das ist nicht möglich, ohne selbst zur Hauptverdächtigen zu werden. Als ich der Lehrerin begegnete, die Greta in ihrem Tagebuch so oft erwähnt hat, konnte ich meinen Hass fast schmecken. Ich kann meine Abneigung gegen diesen trägen, schmallippigen Tölpel immer noch nicht verbergen. Die Frau weicht meinem Blick aus, wenn wir uns im Ort begegnen.

Aber es gibt andere Leute in dieser Schule. Es ist mir egal, wer sie sind oder ob und welche Position sie dort bekleiden. Es geht um ihre Beziehung zu dieser Schule. Wenn unter diesen Leuten eine ist, oder zumindest eine da war, als mein Kind sich das Leben nahm, werde ich sie zu meiner Zielscheibe machen.

Ich befasse mich nicht mit Ursache und Folgen, frage mich nicht, ob mein Plan gut durchdacht ist. Meine Entscheidung steht fest, ich regle die Dinge auf meine Art und Weise. Das heißt insbesondere: *allein.* Ich muss mein Spiel intelligent spielen, im Verborgenen handeln, darf keinen Verdacht erregen. Ich will nicht das Risiko eingehen, nie wieder das Grab meines Kindes besuchen zu können, sobald der Nebel kommt und es nach mir ruft.

3

ICH

Die Bilder vom Friedhof haben mich die ganze Nacht über gequält. Aber es sind nicht nur die Bilder, sondern auch die Geräusche. Ich habe fortdauernd die Stimme der untröstlichen Mutter gehört, ihre Verzweiflung und ihren Zorn bis in die Fingerspitzen gespürt. Vielleicht bin ich deshalb in der Nacht mehrmals aufgestanden, habe den Vorhang ein wenig beiseitegeschoben und in den Nebel gestarrt, der einfach nicht weichen wollte.

Das Rauschen der Bäume ist verebbt. Das Dunkel ist dem Tageslicht gewichen, aber der Nebel ist immer noch da. Es hat den Anschein, als wäre mir diese aufdringliche, finstere graue Masse gefolgt. Sie umhüllt den Tag, nimmt mir die Sicht. Der Gedanke weckt meinen Unmut. Ich kann die Häuser der Nachbarn auf der anderen Straßenseite kaum sehen.

Es war auch neblig an jenem Tag, an dem Greta aufgefunden wurde. Ihr Leben war irgendwo in den dicken, nassen Schleiern und dem Schnee verschwunden. Sie wäre erst viel später entdeckt worden, hätte der Labrador der Nachbarn sie nicht gewittert. Und sie wäre früher entdeckt worden, wenn dieser Hund nicht ein paar Tage in einer Tierklinik verbracht hätte.

Sie wäre, sie wäre ...

Ich muss damit aufhören.

Neun Uhr. In den Nachrichten ist von einer Gruppe radikalisierter junger Männer die Rede, die in München verhaftet wurden. Vermutlich konnte so ein terroristischer Anschlag verhindert werden; eine Protestaktion wird vorbereitet, weil die Menschen die Regierungspolitik der Bundesregierung ablehnen; im Norden des Landes hat sich ein Familiendrama abgespielt: Ein Mann tötete seine Ehefrau und deren Eltern, und wurde zur Fahndung ausgeschrieben.

Der Nebel muss verschwinden!

Die Sichtweite beträgt höchstens fünf Meter, dennoch trete ich fest in die Pedale. Vielleicht kollidiere ich jeden Augenblick mit einem Fahrzeug, vielleicht fahre ich einen Fußgänger an, der einen Zebrastreifen überqueren will, vielleicht werde ich bei einer

Kreuzung ausgebremst. Das alles spielt keine Rolle. Ich beschäftige mich schon lange nicht mehr mit Risiken oder den Gefahren. Nur mein Ziel ist wichtig, das will ich erreichen und das wird auch geschehen.

Ich habe Gretas Grab seit ein paar Monaten nicht mehr täglich besucht. Heute muss ich zu ihr. Mein Mädchen ruft nach mir. Der Grund dafür ist dieser Nebel. Greta will beruhigt werden, und *ich* bin die Einzige, die das kann und die das darf.

Der Tod hat uns nur physisch getrennt, in Gedanken bleibe ich mit Greta stets verbunden. Wir hatten bereits eine enge Bindung als Greta in meinem Körper heranwuchs, und von dem Moment an, als die Hebamme das kleine Wesen auf meinem Bauch legte und Greta mich ansah, wusste ich, dass meine Tochter mich erkannte. Die Nabelschnur wurde durchtrennt.

„Sie haben ein wunderschönes Mädchen zur Welt gebracht“, sagte die Hebamme. Ich wollte ihr danken, aber kein Wort kam über meine Lippen, angesichts dessen, was ich in den Augen meines Kindes las. Da war mehr als das gegenseitige Staunen, mehr als unser beidseitiges Kennenlernen. Es war diese Gewissheit, dass nichts auf der Welt uns jemals auseinanderbringen würde. Ich war nie wieder von etwas anderem so überzeugt. Dennoch verpasste ich Gretas Kampf.

Das werde ich mir niemals verzeihen.

Ich habe die Geschwister seit geraumer Zeit im Visier, um meiner Wut ein Ventil zu geben. Sie ahnen nichts von meinen Plänen. Es gibt einen besonderen Grund, warum ich sie als Opfer gewählt habe, diese beiden, Hannah Franke und Pia Bachmann.

DREI MONATE SPÄTER

FEBRUAR 2018

4

ICH

Heute bin ich Hannah Franke zum ersten Mal im Fitnessclub begegnet.

Wenn ich sie so auf dem Laufband betrachte, sehe ich ihr nicht an, dass sie bereits eine zweifache Mutter ist. Sie wirkt noch so jung, so unschuldig. Es liegt vor allem daran, wie sie einen mit ihren schönen Augen so unschuldig ansieht. Arglos, wie ein Kind mit einem grundsoliden Vertrauen in das Gute.

Ich stelle mir gerne vor, dass sie diese Überzeugung aus den Märchen erhalten hat, die ihre Eltern ihr vorgelesen haben. Jahr für Jahr, jeden Abend vor dem Schlafengehen. Eine hohe Stimme für Rotkäppchen, eine tiefe Stimme für den Wolf. Nicht herumirren, sondern brav auf dem Pfad der Tugend bleiben! Und am Ende wird alles gut. Immer.

Die Einflüsterung, woran du in deiner Jugend fast erstickst, bleibt. Ewig.

Hannah wuchs in einem sicheren, klaren Umfeld auf und hat bis vor einigen Monaten keine Grenzen überschritten. Das Bedürfnis hatte sie nicht – sie ist so eine Frau, man sieht es an allem.

Sie hat einen schönen Körper, unter diesem Hemd. Die Sporthose strafft sich eng um ihr Gesäß. Etwas zu eng vielleicht, über dem Bund ein kleiner Rand aus Bauchfett. Die meisten Männer würden sie ein wenig mollig nennen, aber für mich ist nichts falsch an dem Fleisch auf ihren Oberschenkeln, das sie versucht, krampfhaft abzutrainieren.

Sie schenkt jedem, mit dem sie Augenkontakt hat, ein breites Lächeln. Dabei wischt sie sich ihr blondes Haar aus dem Gesicht und hebt ihre Schultern ein wenig an. Doch manchmal fällt sie in sich zusammen. Macht sich klein - unterwürfig.

Sie lächelt mich an. Sie ist neu in der Stadt, in unserem Viertel, und braucht Freunde.

Ich halte das Laufband an, stehe still, bin fasziniert von den Schweißtropfen, die auf ihrer Oberlippe glitzern. Ihre vollen Lippen sind ständig in Bewegung. Während sie mit mir spricht, sehe ich ihre Zunge hin und her blitzen. Sie hält eine Wasserflasche an ihren Mund und wirft den Kopf nach hinten. Ihr Hals ist freigelegt, ihre

Speiseröhre zieht sich rhythmisch zusammen. Sie trinkt gierig. Glitzernde Wassertropfen gleiten entlang des Mundwinkels zu ihrem Hals und erlöschen auf der erhitzten Haut zwischen ihren Brüsten. Es kommt mir vor, als ob sie mir ihren Hals anbietet, wie eine Beute, die sich ergibt – dann wischt sie sich den Mund mit dem Handrücken ab.

Meine Wut drängt sich bis in die Zehenspitzen. Sie lässt sich kaum noch unterdrücken.

Ich schaue mich um. Niemand bemerkt uns.

„Puh“, keucht Hannah. Mit dem Daumen verschließt sie die Flasche. „Training abgeschlossen?“

Ich nicke.

Ihre Naivität grenzt an Rücksichtslosigkeit. Für Hannah bin ich nur eine Person, die freundlich zu ihr ist. Auch jetzt, da ich meine Augen offen über ihren Körper schweifen lasse, bleibt sie freundlich.

Sie reicht mir die Hand. „Ich bin Hannah. Hannah Franke“, sagt sie.

Ich weiß, Hannah. Ich hasse ihren Namen. „Ein schöner Name.“

„Danke.“ Wieder dieses Lächeln.

Sie hat eine schöne Stimme. Ein wenig heiser.

Ich frage mich, wie sie klingt, wenn Hannah sich die Seele aus dem Leib geschrien hat und apathisch vor mir auf dem Boden liegt. Wenn ich ihr Fleisch vor mir aufklaffen sehe und das Bewusstsein für die Schrecken, die auf sie warten, auf ihrem tränenreichen Gesicht zu erkennen sind.

Ich werde bald wissen, wie das ist.

Schon bald.

5

Hannah

Mein Kopf fühlte sich an, wie mit Watte gefüllt. Hinter den Lidern wirbelten seltsame Traumbilder.

Ein weißer, unscheinbarer Nebel zog sich wie aus dem nichts über den Friedhof. Vor dem Grab glaubte ich fast, den Atem des Mädchens zu hören. Mein Herz pochte wild. Tote Augen starrten mich aus der Dunkelheit an. Das Kind lächelte und winkte mir zu. Seine Lippen bewegten sich, sagten „Komm, Hannah, leg dich zu mir."

Die Worte flogen davon, während der Wind mit seinem blonden Haar spielte, mit dem leichten Stoff seines Kleidchens.

Plötzlich verschwand das Grab im Nebel und ein Schrei durchbrach die Stille der Nacht. Ein klapperndes Geräusch übertönte ein dumpfes Wimmern.

Wieder ein Schrei. Im Halbdunkel sah ich Mias aufgerissene Augen, meine Hände lagen auf ihrer Brust.

„Nein!" Eine fremde Stimme. Immer und immer wieder rief sie Mias Namen.

„Lass das Kind endlich los", schrie eine Frau, das bleiche Gesicht zum Himmel erhoben. Sie stieß mich weg und zeigte auf das Kind. „Mia ist tot!"

Wieder auf dem Friedhof blickte ich in dunkle Augen, dann blendete mich ein Licht. Der Himmel stürzte ein.

Ich wimmerte im Traum, im Dunkel der Angst.

Und wachte auf, saß kerzengerade in meinem Bett.

Angstschweiß.

Der Raum, er war mir fremd, ich erkannte seine Umrisse nicht. Die stahlblauen Vorhänge. Die Tür an der falschen Seite des Zimmers. Der Wecker stand nicht an seinem festen Platz. Die Uhrzeit: 3:33 Uhr.

Wieder 3:33 Uhr.

Immerfort 3:33 Uhr.

Eine Dreizinkenuhrzeit, die ihre Krallen in die Nacht pfählte. Ein fahler Mond zeigte sich am Himmel und schickte sein eisiges Licht durch die Wolkenschleier in mein Schlafzimmer. In der Luft schwebten unzählige Wassertröpfchen und reflektierten das Licht.

Ich schloss meine Augen und hörte ihre Stimme. Sie hob und senkte sich in einer Satanslitanei, manchmal erklang Lachen, manchmal Schluchzen. Alles strebte dem Höhepunkt zu, den ich noch nicht kannte. Ich wagte nicht zu schlafen, aus Angst vor den Träumen, die wiederkommen würden. Die Nacht war wieder voll gräulicher Geräusche. Es schien, als ob Mia mich rief.

Meine Lippen waren zu einem stillen Schrei geöffnet. Mein Herz pochte wild unter dem Brustkorb. Ein Schaudern schoss durch meine Adern wie ein Düsenjäger, der die Schallmauer durchbrach. Peng!

Rosafarbene Ringelsöckchen.

Nicht daran denken. Nicht an *Hello-Kitty*-Söckchen denken!

Die Erinnerung kehrte zurück. Dies war mein neues Schlafzimmer.

Ich bin zu Hause, einfach nur zu Hause.

Neben mir kam David schlaftrunken hoch.

„Entschuldige, ich wollte dich nicht aufwecken“, sagte ich leise.

Mein Nachthemd klebte am Rücken, mein Mund war trocken und schmeckte nach Eisen. Ich hatte mir in die Wange gebissen. Rasch nahm ich einen Schluck Wasser aus dem Glas, das stets auf dem Nachttisch stand, ein Blisterstreifen Schlaftabletten lag unberührt daneben, wie einst zu Hause – einst bedeutete in meinem ehemaligen, vertrauten Haus.

„Oh, okay, okay.“ David strich mir mit einer Mischung aus Ärger und Mitleid über den Rücken. Ich kannte den Grund: die nicht eingenommenen Schlaftabletten.

„Versuch bitte, wieder einzuschlafen, Hannah. Es war nur ein Albtraum“, sagte er.

Ich nickte, sank wieder in die Kissen. *Sicher* ... Es war ein Albtraum, der die Erinnerungen an den verheerenden Vormittag wachrief ...

30. November 2017

Ich trat auf die Bremse, die mir nicht gehorchen wollte. Meine Hände umklammerten das Lenkrad so fest, dass die Knöchel weiß hervortraten. Der Wagen drehte sich in einem Meer aus Eis und Schnee, drehte sich schneller und schneller. Meine Atmung versagte. Überall wirbelte der Schnee.

Ich wusste sofort, dass ich mit meinem Auto etwas erfasst hatte.

Nein ... Das kann nicht sein ... Es darf nicht sein.

Ich wollte nicht glauben, was mein Verstand längst begriffen hatte und erstarrte. Das Blut in meinen Adern wurde zu Eis. Der Verstand eilte meinem davonsausenden Körper in Zeitlupe hinterher. Ich sah meine Hände am Lenkrad, hörte das Geräusch der Bremsen und einen Schrei. Mein Schrei. Ich spürte die Hitze der Klimaanlage, das Gleiten des Wagens auf spiegelglatter Fahrbahn. Die Welt drehte sich in dem weißen wirbelnden Schnee, dort, wo er sich rot färbte.

Eine unsichtbare Hülle aus Eis umschloss meine Seele und machte mich unantastbar, ich war nur eine Zuschauerin, die nach Belieben eingreifen konnte, die auf dem Fahrersitz fassungslos zusah – unter der eisigen Hülle des Bewusstseins, an die Zeit gekettet.

Plötzlich blieb der Wagen stehen.

Ich tauchte auf, sah Menschen auf mich zukommen. Ich musste – ja, was musste ich nur tun?

Aussteigen, das Kind retten, die Zeit zurückdrehen, alles rückgängig machen, was du angerichtet hast ... – nur nicht nachdenken, dachte ich.

Mit Füßen, die nicht mir gehörten, lief ich über die Straße. Schritt für Schritt kam ich einer Frau näher, die hysterisch „Nein" schrie. Neben ihr lag ein kleines Mädchen auf dem Rücken im Schnee, die Arme in einem seltsamen Winkel von sich gestreckt. Zöpfe, Haarspangen, flauschige Ohrenschützer.

Ich kniete nieder, legte meine Hände auf den kleinen Brustkorb des Kindes.

Herzmassage. Hundertmal pro Minute. Eins, zwei, drei, drei, vier, fünf, sechs, sieben.

„Sechzehn, siebzehn, achtzehn ..."

Neunundneunzig, einhundert.

Mund-zu-Mund-Beatmung. Eins, zwei, drei, drei, vier, fünf, sechs, sieben.

Warum half mir niemand?

Ich blickte auf den Boden, dann hoch auf die Tausenden Schneeflocken, die vom Himmel rieselten. Aus dieser Perspektive waren sie graubraun. Dunkel und bedrohlich, schmutzig, unfreundlich. Unten angekommen, bildeten sie indes eine weiße Decke, die sich über den kleinen Körper des Mädchens legte.

Ein Schuh lag am Straßenrand. Ich blickte auf die kleinen Füße. Das Mädchen trug rosafarbene Ringelsöckchen. *Hello-Kitty*-Söckchen. Sie saugten die Feuchtigkeit auf und färbten sich langsam rosa-violett.

„Hören Sie endlich auf!", schrie jemand. „Mia ist tot!"

Ich blickte in das Gesicht des Mädchens. Seine Hautfarbe wurde zu Schnee. Und mein Herz zu Eis.

Muster bildeten sich und verschwanden wieder, so monoton, dass ich irgendwann das Denken einstellte. Ich befand mich in einer Art Dämmerzustand, als könnte ich darin alles vergessen. Der Krankenwagen kam. Schmerz hämmerte hinter meinen Schläfen. Ich riss mich von meinen Gedanken los. Sanitäter legten das Kind auf eine Trage, hoben es hoch. Schlossen die Türen.

Jemand legte mir eine Decke um die Schultern. „Wie geht es Ihnen? Verstehen Sie mich? Wissen Sie, wo Sie sind? Können Sie mir Ihren Namen nennen?“

Ich saß auf dem Bürgersteig. Meine Seele lag unter dem Eis. Die Schneeflocken, die früher rein und klar waren, vom schönsten, jungfräulichsten Weiß, wirbelten in diesem Moment als dunkle Punkte bedrohlich vom Himmel.

Tränen liefen mir über die Wangen. Ich weinte mit dem Himmel, mit dem Schnee, während in meinem Kopf die Beobachterin nur zusah und sich benahm, als wäre sie das Opfer. Sie, anstelle des kleinen Mädchens, dessen Schuh noch am Straßenrand lag. Die Rettungssanitäter hatten ihn vergessen. Ich musste sie darauf hinweisen. Das Mädchen konnte doch nicht mit nur einem Schuh ...

„Hallo? Hören Sie mich?“, rief ich und blickte einen der Sanitäter an. „Das Mädchen ... Sie wird doch wieder ...?“ Meine Stimme klang fremd. Im beiden Ohren war ein ständiges Pfeifen. „Im Krankenhaus wird ihr doch geholfen? Dort haben Sie Geräte und Ärzte und können sie operieren ...?“

Seine Mitternachtsaugen funkelten.

Dann nur noch Schwärze.

Ich hatte vor drei Monaten, außer einem schweren Schock, keine Verletzungen davongetragen. Dennoch hatte ich eine Woche später dem Leben den Rücken gekehrt und aufgehört in der Realität zu leben. Hatte nichts mehr gegessen. Unter dem Eis war man nicht hungrig.

Ich hatte Mia getötet und sie tötete mich. In dieser Nacht vernahm ich bereits ihre seltsame Stimme, süß, samtweich, sahnig, als bat sie mich um ein Bonbon.

Ich bin jetzt dein einziges kleines Mädchen. Ihr Flüstern ließ mich erschaudern.

Schau, wie du aussiehst.

„Es ist doch erst vier Monate her“, antwortete ich immer wieder.

Weißt du denn, was genau passiert ist?

Ich schämte mich, war kleiner als je zuvor.

Es wird alles gut.

Die Stimme hatte gelogen.

Als die Kleidung um meinem Körper schlackerte und ich David von der Stimme erzählte, schickte er mich zu einem Psychiater. Dr. Lange – ein massiger Körper, Glatze, kugelrundes Gesicht, freundliche braune Augen – half mir. Eines Tages legte er seine Hand auf meine und die Eisblase bekam einen Riss. Da konnte ich endlich die Worte aussprechen: „Ich habe ein kleines Mädchen getötet."

„Wie war der Name des Kindes, Hannah?"

„Mia. Ihr Name war Mia."

Er lächelte. „Sehr gut, Hannah. Sie haben heute zum ersten Mal den Namen des Unfallopfers genannt."

Unfallopfer?

„Aber woher nehme ich den Mut weiterzuleben, Dr. Lange?", fragte ich.

„Kleine Schritte", hatte der Psychiater geantwortet. „Schon der kleinste Schritt ist ein Schritt nach vorn."

Ich nickte.

Danach begann mein Körper wieder feinste Anpassungen vorzunehmen, glich jede Veränderung meines Geistes in Geschwindigkeit und Richtung aus, wenn Erinnerungen an den Tod des Mädchens wie Blitze aufzuckten. Und wenn sich mein Gehirn aus der frostiger Umklammerung von Schnee und Eis befreite, gab es jedes Mal das Gefühl einer süßen, verschwommenen Erlösung.

Einmal hatte ich David gefragt, ob er dieses Gefühl kannte,

ob er wusste, was ich meinte, aber er warf mir nur einen eigenartigen, besorgten Blick zu.

Nicht so Dr. Lange. Mein Psychiater hatte mich vollkommen verstanden und betonte auch immer, dass ich künftig behutsamer mit mir umgehen sollte.

6

Hannah

Halb sieben. Der Beginn eines neuen, strahlenden Tages in der brandneuen, paradiesischen Villa in Warnberg. Ich wachte mit einem rauschhaften Hochgefühl auf und war voller guter Vorsätze. Im Badezimmer fegte ich mit einem Schwung den Inhalt des Medikamentenschränkchens in den Abfalleimer. „Ab sofort keine Schlaftabletten mehr." Ich fühlte mich heute Morgen klar und frisch wie ein sprudelnder Wasserfall.

Viertel vor sieben. Zeit fürs Frühstück. Die Küche roch nach Erbrochenem. Ich nahm Aufnehmer und Eimer aus dem Dielenschrank unter der Treppe, füllte den Eimer mit Essigwasser, und seufzte. Windsors Erbrochenes war im Laufe der Nacht durch die Fußbodenheizung auf den Fliesen eingetrocknet. Dem Hund ging es nicht gut.

Das Essigwasser brannte in meinen Nasenhöhlen. Trotz meines Hochgefühls fragte ich mich, warum ich gleichzeitig dieses seltsame Gefühl hatte, mein Leben könnte entgleisen. Ob mein Körper und mein Geist den Tod des kleinen Mädchens noch immer nicht verkraftet hatten? Meine Familie hatte mir danach ihre Fürsorge geschenkt; eine Zeit der Zärtlichkeit, in der die Angst sich verflüchtigte. Das Vergessen schützt meine Seele, behauptete mein Psychiater stets. Aber war das so? Es gab immer wieder mal Momente, da hörte ich ein Kinderlachen, eine niedliche Stimme, nur konnte ich nicht hören, was das Mädchen sagte, da war nur das Sausen in meinen Ohren. Seine Stimme hatte sich mit den Stimmen meiner eigenen Kinder zu einem schauerlichen Kreischen vermischt, das nachts jeden Gedanken an Schlaf ausschloss.

Ich durfte die Vergangenheit nicht an mich herankommen lassen, und insbesondere David nicht mit meinen Ängsten belasten – meinen Mann mit dem energischen, scharf geschnittenen Gesicht, den intelligenten dunkelbraunen Augen; David, der Geist und Körper immer unter Kontrolle hatte.

Langsam kehrte meine gute Laune zurück. Viertel vor acht. Kaffee kochen, Orangen pressen, den Tisch decken. Das Brot in den Korb legen. Durchatmen.

Hugo und Sofia kamen in ihren Schlafanzügen die Treppe herunter. Ich schenkte ihnen mein schönstes mütterliches Lächeln.

„Hey, ihr Rabauken, wie wär's mit einem guten Morgen Mama?"

Keine Antwort. Stattdessen griffen die Kinder in den Brotkorb und stritten um das Nutella-Glas.

Ich warf ihnen einen warnenden Blick zu. „Wartet bitte, bis Papa da ist."

Hugo steckte seinen Löffel ins Glas und Sekunden später die Schokoladenpaste in den Mund. Dann wollte er sein Frühstücksei in Scheiben geschnitten und Sofia keine Krusten an ihrer Brotschnitte.

David betrat die Küche, die Morgenzeitung unter dem Arm. Statt des perfekt geschnittenen Designeranzugs mit dünnen Nadelstreifen, den ich für ihn zurechtgelegt hatte, trug er eine Cordhose und einen Pullover.

„Guten Morgen, mein Schatz." Sein Körper hing entspannt in diesem Outfit, das ich so sehr verabscheute. Wie oft hatte ich diese Cordhose der Mülltonne überlassen wollen und mich letzten Endes doch nicht getraut. Mein Verstand unterdrückte auch heute eine bissige Bemerkung.

David schlug die Zeitung auf und streckte seine Hand mit der Kaffeetasse aus.

Ich schenkte ihm ein.

Innerhalb von zehn Minuten verwandelten die Kinder den Frühstückstisch in ein Schlachtfeld. Überall lagen Brotkrümel verteilt und die Schlafanzüge waren mit Nutella bekleckst. Hugo kippte ein Glas Orangensaft um. Der Saft verteilte sich über die Tischdecke und tropfte auf den Küchenboden.

Lustlos köpfte ich ein Ei. Eine gute Hausfrau pellte ein Ei, hätte meine Mutter in einem solchen Moment gesagt. Ich war traurig. Wegen des Eis. Wegen des Umzugs. Wegen Pia. Wegen allem. Der Tag hatte kaum begonnen, und schon war ich wieder müde. Ich ignorierte die tobenden Kinder und fragte mich, warum ein Tag nicht mal so verlaufen konnte, wie ich ihn mir wünschte. David versteckte sein Gesicht hinter der Zeitung.

In dem Moment fiel es mir wie Schuppen von den Augen. Mir wurde schmerzlich bewusst, dass ich begann, das Leben meiner Mutter zu führen, die nur darauf bedacht gewesen war, die Fassade zu wahren. Ich seufzte.

Meine aufsteigende Wut schäumte innerlich über, wie die Milch auf dem Herd. Ein zweites Glas mit Orangensaft kippte um. Auf dem Herd kochte die Milch weiter über.

Die Kinder starrten mich mit großen Augen an. Hugo hielt seine Hand vor den Mund und grinste. „O Mama."

„Nur noch ein paar Monate“, murmelte ich und atmete tief ein. „Dann beginnt der Frühling. Dann kann ich die Terrassentüren wieder weit öffnen.“

David schüttelte kaum sichtbar den Kopf. „Bravo, Süße. Es ist Anfang Februar.“ David rollte mit den Augen, als sei er meiner überdrüssig. „Gott sei Dank. Kinder, dann gibt es statt Haferschleim, frisch gemähtes Gras zum Frühstück.“

Mein Mann meinte aber genau das Gegenteil von dem, was er sagte. Es lief wieder gut zwischen uns.

„Papa muss zur Arbeit. Heute bringe ich euch in die Schule.“

Ich sah mich in meiner Küche um. Sie war anfangs mein Reich gewesen, doch jetzt gab es hier rein gar nichts. Mein neues Leben und meine Träume lagen im Abfluss.

Die Angst im Dunkel war am Ziel.

Der Schweiß lief in kleinen Bächen über meinen Rücken. Mias Stimme meldete sich in meinem Kopf. Subtil, demütigend.

Seht mal, wie unfähig eure Mutter ist. Es schmerzte und zerriss mein Herz. Mein Leben fühlte sich an, wie Fahren auf einem Fahrrad, bei dem der Rahmen am Reifen schleifte.

„Mami, wenn Windsor krank ist, kann ich auch einen Tag zu Hause bleiben.“ Mein Sohn steckte seinen Finger in den Mund und dann in die Schokoflocken.

„Und die Sportstunde wegen eines kranken Labradors verpassen? Wenn ich du wäre, würde ich gerade für den Sport enorme Lust verspüren.“

Hugo war sechs, aber so hartnäckig wie ein erwachsener Mann. Ihm war nicht nach Schule. Er mochte seine neue Schule nicht.

Ich auch nicht.

Nach dem Frühstück fuhr ich Hugo zur Schule. Die Fahrt begann bereits nach einigen Minuten unwirkliche Züge anzunehmen, denn immer dann, wenn ich in den Rückspiegel blickte, sah ich in die Augen der kleinen Mia. Seltsamerweise kam es mir manchmal so vor, als sei Mia ein Mädchen gewesen, das ich noch von Hugos ehemalige Schule her kannte, aber das konnte nicht sein.

In seiner Klasse angekommen, weigerte sich Hugo, meine Hand loszulassen. Ich verstand meinen Sohn, aber es ging nun mal nicht anders. Die Wahl einer Schule ließ immer nur eine begrenzte Entscheidungsfähigkeit zu.

„Ich möchte mit dir und Sofia nach Hause gehen, Mama“, nörgelte Hugo.

Sofia zog ungeduldig an meiner Hand.

„Schatz, das ist nicht möglich. Komm schon, die Lehrerin ist sehr nett. Und da ist doch auch noch dein neuer Freund?“ Ich winkte Benny zu.

Hugo sah mich flehend an. Ich drückte ihm schnell einen Kuss auf die Stirn.

Idealerweise hätte ich meine Kinder an einen Ort gebracht, an dem sie niemand finden konnte. Beispielsweise *Monkey Island*. Eine Insel im Pazifischen Ozean, die zwar auf der Landkarte eingezeichnet war, wo aber nie ein Schiff anlegte, weil die Insel in Wahrheit nicht existierte. Wenn wir dort wären, würden wir auch nicht existieren. Es gäbe uns nicht, wir konnten nie gefunden werden.

Im Klassenzimmer herrschte Tumult. Aufgeregt schleppten die Kinder ihre Stühle in die Mitte. Die Lehrerin grüßte uns mit einem obligatorischen „Guten Morgen“ und „Such dir schnell einen Platz, Hugo!“

Benny setzte sich neben ihn.

„Das ist aber lieb von ihm“, flüstere ich Hugo ins Ohr.

„Unser Hund ist krank. Windsor hat sich übergeben“, sagte Hugo.

„Oh“, erwidert Benny ernst. „Wir haben einen Zwerghamster. Er heißt Fred.“

Ich atmete erleichtert auf, endlich konnte ich die Schule verlassen. Hugo hatte seinen Platz gefunden. Ich nahm Sofias Hand und ging mit ihr den Flur entlang, vorbei an der Schulhofmafia. Die Mütter standen in Gruppen verteilt und tuschelten miteinander. Ich spürte ihre Blicke. In ihren Gesichtern stand blanke Neugierde. Den Bewegungen ihrer Lippen nach sah es wie „das ist sie“ aus. Jeder hier wusste, wer ich war.

„H ... Hannah ...? Ich bin dein einziges Kind.“

Hatte ich gerade meinen Namen gehört? Niemand hatte in meine Richtung gesehen. In Wahrheit sahen alle auffallend zur Seite.

Ich hob Sofia hoch und drückte sie fest an mich. „Komm, Süße. Wir fahren nach Hause und sehen nach Windsor.“

Die Mütter haben nicht nur eine vage Ahnung. Sie wissen, wer Hannah Franke ist und sie wissen, was ich getan habe. Da war es wieder, dieses eisige Gefühl, das mich durchflutete. Die Augen der Mütter drängten mich vorwärts, auf den schnellsten Weg in mein neues Zuhause: ein Klotz, kalt, schwarz, und hart.

Nichts war mehr wie früher.

7

Hannah

Sie hatten mich gewarnt – meine Schwester Pia, meine Freundin Bea, sogar Dr. Lange, mein warmherziger Psychiater –, dass Umziehen so eine Sache wäre. Als ich das letzte Mal bei ihm war, hatte ich es nicht geschafft, mir irgendetwas von der Seele zu reden. Aber vermutlich hätte ich es ohnehin nicht gekonnt. Manche Dinge waren so verdammt schwer auszusprechen.

„Geh ein wenig vorsichtiger mit deiner Energie um", sagten sie. „Unterschätze das nicht, okay?"

Nun, in Wahrheit lief es gut. Was war denn so schwierig am Auspacken von Umzugskartons? Konnten das nicht selbst die Dümmsten dieser Welt? Es war nur eine Frage der Ausdauer. Nur nicht ausflippen, wenn wieder jemand etwas brauchte, von dem ich vergessen hatte, in welchem Karton es war.

„Es ist normal, dass du solche Dinge vergisst!", sagte dann stets meine Schwester.

Solche Sätze weckten in mir Mordgelüste wie auch Pias Lieblingswort: *Umzugsstress.*

Ich schaltete das Radio ein, brachte Sofia ins Bett und ging zum Briefkasten. Der Briefträger winkte mir aus der Ferne zu. Oben auf dem Poststapel lag eine Einladung zu einer Kindergeburtstagsparty von Vera, einem Mädchen aus Hugos früherer Klasse.

Ich lächelte und drehte die Karte um. *Hello-Kitty* mit einer Geburtstagstorte in den Händen. *Kommst du auch zu meiner Party?*

Mit einem Schlag war ich wieder dort, zurück im Schnee, unter dem Eis. Zurück auf einer spiegelglatten Straße.

30. November 2017. Vor drei Monaten.

Meine Hände zitterten. Die Erinnerung kam wie eine Hitzewelle: brennend, versengend und schmerzlich zugleich, ein Moment, wie ich ihn nicht oft erlebte und der eine Intensität ausdrückte, die mich an eine gewaltige Explosion erinnerte …

30. November 2017

Der Vormittag war wieder einmal weiß überladen. Es schneite seit Wochen. Fernsehen und Radio berichteten vom Klimawandel. Es war mir egal. Ich wollte nur, dass der Schnee verschwand, dass das Eis schmolz.

Jeden Morgen schaufelte David die Garageneinfahrt frei, Hugo hinterließ mit den Stiefeln Pfützen im Flur, und Windsor stolperte mit seinen Pfoten, die ich zum Schutz mit Vaseline eingerieben hatte, stets dazwischen.

Meine Augen schmerzten von dem blendenden Weiß des Schnees und die Kälte war ätzend langweilig, wie sonst die Monate zwischen den Weihnachts- und Osterferien.

Nachdem ich Hugo in die Schule gebracht hatte, fuhr ich mit dem Wagen ins Einkaufszentrum. Ich hatte mir ein neues Paar Stiefel verdient, passend zum braunen Wintermantel, den ich in der Boutique meiner Freundin Bea gekauft hatte. Im Radio dröhnte Herbert Grönemeyer sein *„Ich lieb mich durch"*. Ich drehte die Musik laut auf, sang mit. Über mir drifteten die Wolken auseinander. Dann war sie endlich da, die Sonne. Ihre Strahlen waren so greifbar wie die aus Hugos Bilderbüchern. Sie sprenkelten den Schnee mit glitzernden Pailletten.

Ich kniff die Augen zusammen, bildete mir ein, die Wärme käme nicht mehr aus der Klimaanlage, der Schnee wurde zu Sand. Ich dachte an den Bikini im Schrank und an die Sommerferien am Strand. Die Wärme, meine Familie, das Glück war so spürbar, selbst der Winter würde eines Tages zu Ende gehen.

In meiner Tasche erinnerte mich das Handy an einen Termin. *Pia Ultraschall-Untersuchung*. Ob die Hormontherapie erfolgreich war?

Mit einer Hand am Lenkrad, wählte ich mit der anderen Pias Rufnummer. „Und?"

„Hey." Ein viel zu kurzes, viel zu trauriges *hey*.

Ich wollte es nicht wirklich wissen. „Was ist los, Pia?"

„Es ist nicht mehr da!"

Ich hörte meine Schwester schluchzen und schluckte. „Ich bin mit dem Wagen unterwegs. Hast du einen Moment, Pia? Dann nehme ich dich ans Ohr."

Das darf nicht wahr sein. Das Leben konnte nicht so unfair sein. Jugendliche, geistig Behinderte und Menschen, die ihre Kinder in vielerlei Hinsicht misshandelten, bekamen die Babys förmlich in den Schoß geworfen. Warum nicht Pia? Meine Schwester, die so eine gute Mutter sein würde. Die es so sehr verdient und so hart dafür gekämpft hatte.

Ich legte mein Handy auf den Beifahrersitz, öffnete das Handschuhfach und suchte in dem ganzen Müll nach dem Handykabel mit den Ohrstöpseln. Genervt zog ich an dem Kabel und alles donnerte auf den Boden.

„Ich komme zu dir, Pia", rief ich in Richtung Handy. Warum hatte ich auch vergessen, sie heute Morgen anzurufen? Verdammt.

Meine zusammengekniffenen Augen auf die Straße gerichtet, lehnte ich mich über die Beifahrerseite, um die Ohrstöpsel vom Boden aufzuheben. Der Radiosender spielte jetzt Eric Claptons *Tears in heaven*. Eiskristalle leuchteten von allen Seiten. Ich hörte meine Schwester weinen. Pias Trauer flog zu mir, die Welt erstarrte, obwohl die Temperatur bereits weit unter dem Gefrierpunkt lag.

Ein Mädchen lief zwischen zwei Fahrzeugen auf die Straße.

Etwas flog an der Windschutzscheibe vorbei.

Plopp.

Ein Straßenbuckel.

Mein Fuß reagierte blitzschnell, rutschte aber von der Bremse.

Die Panik lähmte mich. Ich hatte die Kontrolle über mein Fahrzeug verloren und befürchtete, vor Angst bewusstlos zu werden. Ich musste mich nur auf eins konzentrieren: linker Fuß, rechter Fuß.

Und ich sah …

Blut.

Rosafarbene *Hello Kitty*-Söckchen.

Meine Seele tauchte ab. Lag unter dem Eis.

8

Hannah

Wir wohnten jetzt fast zwei Wochen in Warnberg. David hatte die Villa gefunden und die Umbauarbeiten beaufsichtigt. Ich hatte endlich den offenen Kamin bekommen, von dem ich so lange geträumt hatte, Sofia ihr pinkfarbenes Prinzessinnenzimmer und in Hugos Piratenzimmer stand ein Bett in Form eines Schiffes.

Mein Mann hatte auch den Umzug organisiert und die Umzugskartons gepackt. Selbst die Idee umzuziehen, stammte ursprünglich von ihm. Er kümmerte sich um mich, war in hohem Maße fürsorglich. Pia und meine Freundin Bea hatten recht. Mit einem solchen Ehemann konnte ich mich glücklich schätzen.

Ich ballte meine Fäuste und schlug in mein Kopfkissen. Ich musste nur die richtige Schlafposition finden, ich hatte zu lange auf dem rechten Ohr gelegen. Vermutlich war das die Ursache für meinen Albtraum. Sicher ... Ich ignorierte die klamme Bettdecke und versuchte, mich auf das gleichmäßige Atmen von David zu konzentrieren. Einatmen, Ausatmen. Ruhig, langsam, regelmäßig. Ruhe.

Mein neues Leben. Das Leben der Hannah Franke, Ehefrau von David Franke, dem erfolgreichen Unternehmer der Franke GmbH, Mutter der vierjährigen Sofia und des sechsjährigen Hugo. Warnberg verkörperte all das, womit München nicht aufwarten konnte: soziale Kontrolle, frische Luft im Grünwalder Forst oder Forstenrieder Park, Mütter mit Kindern in den Straßen mit den prächtigen Häusern und Villen, statt herumlungernder Junkies, eine Zukunft statt einer Erinnerung wie ein schwelendes Feuer. Zu viert wollten wir hier neu beginnen. Ich hatte große Lust dazu verspürt und das Gefühl, dass es mir hier gelingen könnte.

Mein Bein berührte Davids Körper. Ich wollte für meinen Ehemann wieder die Frau sein, die er verdiente, und die Mutter, die ich wahrhaftig war. Mit jedem Umzugskarton, den ich leerte, fühlte ich die Traurigkeit in mir schwinden. Ich fand langsam wieder zu mir, kehrte zu meiner Familie zurück. Ich spürte es förmlich! Ich hatte einen liebenswerten Mann, zwei wunderbare Kinder, ein großartiges Haus. Einen verwirrten Labrador.

Vielleicht würde ich obendrein noch einmal in meinem Beruf als Architektin arbeiten. Alles zu seiner Zeit. Ja, vielleicht war das eine gute Idee. Ablenkung, wieder etwas für die Gesellschaft bedeuten. Und das Mädchen Mia vergessen.

Halb fünf. Alles zu seiner Zeit. Zuerst musste ich sicherstellen, dass das Leben von hier seine Runden drehte.

Hugo wollte den Turm von Pisa in die Schule mitnehmen. Und sein Auto, weil es ebenfalls neu war. Der Mittwoch war Spielzeugtag und der Maßstab, an dem der Status für den Rest der Woche von den Kindern bestimmt wurde, aber vor allem von den Müttern. Meine Hoffnung sank, als ich Marie mit einem Albinohasen in den Armen vor dem Klassenzimmer entdeckte. Ihre Mutter strahlte neben einem riesigen Käfig. „Vielleicht ist es kein *richtiges* Spielzeug, aber knuffig ist der Hase schon“, sagte sie und grinste.

Für wen?, fragte ich mich. Ich glaubte, ein seltsames Geräusch zu hören – ein Aufheulen, wie von einem verwundeten Tier, so herzzerreißend und eindringlich, dass es fast brutal klang.

Als ich mich umdrehte, sah ich Hugo, sein Gesicht weiß wie Papier vor schierer Fassungslosigkeit, seine großen Augen rund und traurig. Ich hatte es kommen sehen und hätte ihm etwas Auffälligeres mitgeben sollen. Das giftgrüne Küken, das quietschend herumhüpfte oder das einziehbare Star-Wars-Lichtschwert. All die Dinge, die noch irgendwo in einem Umzugskarton lagen. Ich musste härter an mir arbeiten, eine humorvollere Mutter sein und mein Bestes geben. Hugo hatte heute keine Chance, sich im Klassenzimmer zu profilieren.

Mein Sohn biss sich auf die Lippe, und ich gab mich fröhlich. „Komm Hugo, schau mal was für ein süßes kleines Kaninchen. Aber dein Turm von Pisa ist auch ein großartiges Spiel für alle.“

Er nickte tief gehend und verlassen. Schon so erwachsen. Mit seinen langen Beinen und langen Armen ging er resigniert zu seinem Platz. Ob er wollte oder nicht, er war Teil dieser Klasse.

Zu allem Überfluss wollte Sofia das Kaninchen unbedingt streicheln. Zu viele Kinder hatten sich um Marie versammelt, aber vor allem war da der Blick von Maries Mutter, die mich auf Distanz hielt. Ich war nicht willkommen. Sofia war nicht willkommen. Könnte ich meine Kinder nur vor der Wahrheit beschützen, meine Arme wie Flügel ausbreiten und um sie legen, immer für sie da sein.

Die zweite Glocke läutete, die Lehrerin schloss die Tür. Hugo klammerte, die anderen Mütter starrten uns an.

„Alles wird alles gut, Liebling“, flüsterte ich. „Komm schon, die Lehrerin möchte anfangen.“

„Ich will nicht“, schluchzte Hugo und ließ den Turm von Pisa auf den Boden fallen. „Hier ist es blöd. Ich will wieder auf meine alte Schule gehen!“

„Liebling, ich hole dich doch heute Nachmittag wieder ab.“ Ich bückte mich und hob die Teile des zerbrochenen Turms auf.

„Hugo, kommst du?“, rief die Lehrerin. „Hast du Maries Kaninchen schon gestreichelt?“

Die falschen Worte zur falschen Zeit, dachte ich. Die Frau schaute über Hugo freundlich auf mich herab. Es waren die Blicke der anderen Mütter, die mich noch weiter nach unten drückten.

Jemand schob ein Teil des Spielzeugs in meine Richtung. Ich sah nicht hoch, sondern gab mein Bestes, um die hässlichen roten Narben auf meinen Armen zu verbergen.

„Ich werde deiner Mama helfen, Hugo“, sagte Benjamins Mutter und streichelte Hugo über sein blondes Haar. „Geh schnell hinein, sonst ist Benjamin so allein.“

Ich sah meinen Sohn an, sah einen letzten Ausdruck der Trauer in ihm. Einen Moment lang standen wir alle stumm da, dann nahm Hugo die Hand der Lehrerin und ging mit ihr ins Klassenzimmer.

Mein Junge ist mutig. Viel mutiger als ich es bin.

Benjamins Mutter reichte mir die Hand. „Hallo, ich bin Emma Schwarz.“

„Hannah Franke. Hugos Mutter.“

„Ach tatsächlich?“, sagte Emma Schwarz mit einem breiten frechen Lächeln.

Als wir zusammen das Schulgebäude verließen, konnte ich das Getratsche der Mütter hinter mir hören. „… Hannah … Du weißt doch sicher, wer das ist?“

Oder bildete ich mir das nur ein?

„Gefällt es Ihnen in Warnberg?“, erkundigte sich Emma auf dem Schulhof. Ich schob Sofias Dreirad.

„Ja, viel Grün, kein Lärm, gute Schule.“

„Hm …“ Emma blieb stehen. „Ich dachte, ich würde sterben, als wir in diesen Ort umgezogen sind. Es ist diese Stille, die alles aufsaugt. Keine Straßenbahnen, kaum Menschen, kein Lärm. Die Welt macht hier ständig ein Nickerchen.“ Sie zeigte in der Ferne auf einen Radfahrer. „Man sieht höchstens mal einen verirrten Fahrradfahrer.“

Wir gingen weiter, überquerten die Straße. „Ich habe das Haus von meiner Tante geerbt“, fuhr Emma fort. „Das kam mir nach meiner Scheidung sehr gelegen. Man gewöhnt sich an diese Stille. Irgendwann werden Sie sie zu schätzen wissen."

„Glauben Sie, Frau Schwarz?"

„Nennen Sie mich doch bitte Emma."

Wie nett, dachte ich und lächelte. „Gern."

„Du kommst auch aus der Großstadt, Hannah?"

Ich nickte. „Mein Ruf ist mir wohl schon vorausgeeilt? "

„Aber sicher. Und wenn du mehr über dich erfahren möchtest, dann frag die Kassiererin im Supermarkt. Apropos Klatsch, wollen wir mal eine Tasse Kaffee zusammen trinken? Ich wohne drei Straßen hinter dir."

„Sehr gern."

Siehst du, Hannah, du bist hier eine Berühmtheit. Soweit mein Neuanfang.

„Ich würde mich freuen. Bis dann." Emma klackte auf ihren hohen Absätzen davon.

Ich erinnerte mich an einen Rat von Dr. Lange. „Lassen Sie sich nicht aus der Fassung bringen, Hannah!"

Für einen Moment, ganz kurz, sehnte ich mich nach seiner sicheren Praxis und seinem väterlichen Blick.

Die Stille war in das große Haus zurückgekehrt. Sofia machte endlich ihren Mittagsschlaf. Ich hatte der Kleinen einen vorsichtigen Kuss auf die Stirn gehaucht, das Zimmer verlassen und lautlos die Tür hinter mir zugezogen.

Im Schlafzimmer zog ich die Vorhänge zu und legte mich aufs Bett. Ich starrte an die Decke. Da, da kam sie wieder, diese undefinierbare Angst. Meine Kopfhaut zog sich schmerzhaft zusammen. Ich hielt den Atem an. Hatte ich wirklich etwas gehört? Ich machte das Licht an, sagte mir, dass ich unter Schlafmangel litt, und knipste das Licht wieder aus. Gewiss hatte ich mir das Geräusch nur eingebildet. Ich schloss die Augen, aber es gelang mir nicht, meine Gedanken zum Stillstand zu bringen.

Ich habe ein Kind umgebracht.

Ich horchte in mich hinein, suchte vergebens nach dem friedlichen Gefühl von heute Morgen, der den alten bösen Traum vertrieben hatte. In mir rührte sich etwas, etwas unaufhaltsames, wie ein Tier mit spitzen Zähnen, das erstmals nach einem langen Winterschlaf den Bau verließ.

Die Vorahnung von etwas Schlimmen.

9

Hannah

Ich betrachtete die mitgebrachten Freilandrosen, die perfekt zu der geballten Farbenpracht des Wohnraums passten. Ich hatte die neugewonnene Freundin richtig eingeschätzt.

Emmas Haus war ein Nest aus zusammengewürfelten Gegenständen, die nicht zusammengehörten und dennoch wunderbar miteinander harmonierten. Ein orangefarbenes Sofa, bordeauxfarbene Vorhänge, lila- und rosafarbene Kissen, blau und grün gestrichene Wände und schöne alte Jugendstilschränke. Spielzeug und Kinderzeichnungen lagen überall verteilt. Die Diele war mit einem unfertigen Mosaik gefliest – „bis ich meine Inspiration wiederfinde", erklärte Emma mit einem Lächeln. Sie schaute entspannt dem Spiel der Kinder zu.

Hugo und Benny führten Krieg mit T-Rex, einem Dinosaurier, und Sofia machte in ihrer mitgebrachten Puppenküche Pfannkuchen mit bunten Schokopastillen.

„Erzähl mal!" Emma setzte sich im Schneidersitz auf die Couch und blickte mich ruhig und selbstbewusst an. Herausfordernd. Als wollte sie sagen: „Okay, du bist dran."

In meinem Unterbewusstsein regte sich etwas. „Nächste Woche sind wir sieben Jahre verheiratet."

„Chapeau. Dann hast du mir etwas voraus. Ich wurde kurz nach Bennys Geburt geschieden."

„Hm … Hat er dich in einer so schwierigen Zeit allein gelassen? Traurig. Man kann sich so einem Übeltäter ein Stück weit in den Weg zu stellen, aber wie in jeder Beziehung kennt der Anfang das Ende nicht, und das Gute kann sich das Böse nicht vorstellen. "

„Hannah! Es war *nicht* seine Schuld.", antwortete Emma und streckte sich aus. „Schau, ein Körper wie dieser braucht Streicheleinheiten. Mein Mann hat mich nach der Geburt von Benjamin nicht mehr berührt. Das ist alles, und es hat nichts mit Gut oder Böse zu tun." Sie seufzte tief. „Die Geburt ist ein Angriff auf die Weiblichkeit, du wirst auseinandergerissen. Aber den ganzen Tag kotzen und sabbern unsere süßen Kleinen uns voll, schreien und quengeln, und du bist damit beschäftigt, die Windeln zu wechseln und darauf zu achten, dass das Baby nur nichts in den Mund steckt. Holst Perlen aus den Öhrchen. Das alles gehört dazu. Versteh mich bitte nicht falsch, ich bin sehr gern Mutter, aber ich möchte nicht *nur* Mutter sein, sondern auch *ich* sein. Ich habe einen Anspruch auf einen Ausgleich. Wenn du mal einen Abend für dich und David hast, wird dein Mann dich wie ein wüster Wikinger bespringen."

Ich nickte, es entging mir nicht, dass Emma in mir eine Gleichgesinnte suchte. Ich konnte in diesem Viertel, in dieser Straße, eine echte Freundin gebrauchen, die so erfrischend war und vor Energie sprühte wie Emma. Aber auch ihre Art, mit den Kindern umzugehen, zeigte Emmas warmherzigen Charakter.

„Ich hatte eine Affäre", fuhr Emma fort. „Bevor ich mit Benny schwanger wurde. Mein Mann fand es heraus, aber er blieb während der Schwangerschaft bei mir, obwohl schon seit einigen Jahren die Liebe zwischen uns im Abfluss lag." Sie warf einen Blick auf die Kinder. „Es ist nicht einfach, eine alleinerziehende Mutter zu sein, aber ich bin frei, muss keine Liebe heucheln, wo keine ist. Wenn Benny größer wird, werde ich das Leben in vollen Zügen genießen. Mütter, achtet auf eure Söhne, Emma kommt! Ich werde voll krass analog snashen!"

Ich hob die Augenbrauen. „Was ist das?"

„Aber Hannah, auf welchem Planeten bist du denn zu Hause! Snashen, abhotten, vierlagig tanzen, analogen."

„Noch nie gehört."

„Egal. Wenn ich die Worte benutze, fühle ich mich lebendig. Nun zu dir. Über dich kursieren die wildesten Geschichten."

Ich zuckte zusammen, mir wurde heiß und kalt. Niemand hatte mich jemals so direkt auf den Unfall angesprochen.

„Oh, es tut mir leid, ist es dir unangenehm darüber zu sprechen?" Emma sprang auf, ihr Blick huschte durch das Wohnzimmer bis zum Käfig, in dem der Hamster in seiner Laufmühle schlief. „Hast du auch Haustiere?"

Ich war mir sicher, dass Emma mich mit Windsor schon einmal auf dem Schulhof gesehen hatte. „Es ist in Ordnung. Ich werde es dir sagen." Emma hatte einen Anspruch auf Offenheit. Das war es doch, was Freunde taten? Einander Dinge erzählen. „Ich habe ein Mädchen überfahren. Es war vier Jahre alt, so alt wie Sofia."

Emma schwieg und lehnte sich zurück.

„Deshalb sind wir auch hierher gezogen", fuhr ich fort. „Wir wohnten damals ganz in der Nähe der Unfallstelle. Ich fuhr auf dem Heimweg von der Schule, vom Einkauf oder was auch immer, stets über diese Straße, wo es passierte, und … Nun, David hat alles arrangiert. Er dachte, dass wir umziehen sollten, weil ich irgendwann das Haus nicht mehr verlassen wollte. Damals liefen die Dinge wirklich nicht mehr gut zwischen uns und ... egal, jetzt sind wir hier."

„Mama?" Sofia unterbrach breit lächelnd unser Gespräch. „Möchtest du einen Pfannkuchen mit Smarties oder Pizza?" Die Kleine drückte mir eine Plastik-Pizza-Ecke in die Hand. *So süß und unschuldig.* Sie spürte meine Traurigkeit, da sie mir spontan einen Kuss auf die Wange drückte. Nass und unkontrolliert. Ich wollte Sofia auf der Stelle hochheben und nach Hause gehen, mich mit ihr unter der Bettdecke verstecken und uns beide vor der Außenwelt abschirmen. Aber nein, die alte Hannah hätte das getan, nicht ich, die neue Hannah. Dennoch klang es nicht zuversichtlich, als ich sagte: „Wir machen hier einen Neuanfang."

Emma fuhr sich durch das lange blonde Haar. „Möchtest du eine Tasse Tee?" Ohne auf eine Antwort zu warten, drehte sie sich um und ging in die Küche.

Das musste selbst für Emma zu viel sein. Als eine Mutter war ich womöglich ihr fleischgewordener Albtraum. Ich starrte die Wand an und wartete. Mein Körper zitterte.

„Wenn du möchtest, dass ich gehe ...", stammelte ich, als Emma mit zwei Tassen Tee aus der Küche kam.

„Weshalb?"

Ich zuckte mit den Schultern. „Ich möchte eine solche Frau nicht auf meiner Couch haben."

„Du musst nicht vor mir davonlaufen, Hannah." Emma setzte sich und nahm meine Hand. „Du hast es doch nicht getan, weil du Lust dazu hattest. Niemand tötet grundlos einen Menschen, geschweige denn ein Kind?"

„Natürlich nicht."

„Hör zu, du solltest dich nicht um all diese anderen Mütter kümmern. Jeder hat in dieser feinen Straße irgendein Problem – vom prügelnden Ehemann bis hin zum Alkoholiker findest du hinter deren Fassaden alles. Und du hast etwas getan, das öffentlich gemacht wurde, das für jeden zugänglich ist. Darauf müssen diese Mütter eingehen, das lenkt sie wunderbar von den eigenen Problemen ab. Alles klar?"

Ich nickte und biss imaginär in Sofias Pizzaecke. „Zu niemanden ein Wort, Emma!"

Emma nickte zustimmend „Natürlich nicht. Und hast du nun Haustiere oder nicht?"

10

ICH

Bis spät in die Nacht sitzt Hannah auf ihrem Balkon. Den Kopf nach vorn gebeugt, ihr blasses Gesicht erhellt durch das Display ihres Smartphones. Dieses Mal kein vages Lächeln und keine Mimik, nichts, was darauf hindeutet, dass sie mit jemandem spricht; Hannah Franke grübelt. Sie sieht ein wenig besorgt aus.

Ich kichere. Sie hat auch allen Grund.

Mein Fernglas zeigt mir ein scharfes Bild bis zu einer Entfernung von einhundertdreißig Metern. Ich kann jedes Muskelzucken sehen, jeden Atemzug wahrnehmen, als säße ich ihr gegenüber.

Im Laufe des Abends sehe ich, wie die Lichter im Haus nacheinander erlöschen. David muss morgen zur Arbeit, Hugo in die Schule. Hannah geht gegen Mitternacht ins Bett, aber anscheinend kann sie nicht schlafen. Gelegentlich leuchtet das Fenster ihres Schlafzimmers wie eine blaue Plakatwand in der dunklen Fassade auf. Ist sie nervös, ein wenig aufgeregt? Letzteres ist sicherlich etwas, das uns verbindet.

Ich möchte durch die Vorhänge schauen. Was macht sie? Trägt sie einen Pyjama? Oder nichts? Sicher kein Supermarkthöschen – fünf zum Preis von vier? Zu billig für diese Frau. Nicht aus rosafarbener oder weißer Baumwolle, mit einem naiven gepunkteten Muster und einer nutzlosen Schleife, wie meine.

Ich spüre den Zorn, der durch meinen Körper zieht. Ich habe ein totes Mädchen vor meinem inneren Auge – Mia, vier Jahre – während sie jetzt vielleicht vor dem Spiegel steht und sich bewundert in ihrer schwarzen Spitzenunterwäsche, in ihrem protzigen Badezimmer, in ihrem Luxushaus. Ein Prahlbunker par excellence, den ich verabscheue.

Dieser verdammte Vorhang.

Ich schaue entlang der Fassade nach oben. In der *Perdition-Road* achtet man aufeinander. Deshalb haben viele Anwohner keine Alarmanlage installiert, und keine komplizierten Schlösser. Wenn es sein muss, kann ich innerhalb von fünfzehn Minuten neben Hannahs Bett stehen und ihr den schönen Hals aufschlitzen.

Nein. Jetzt noch nicht.

Ich muss einen klaren Kopf behalten.

11

ICH

Wenn ich an Pia denke, macht sich etwas in meinem Kopf selbstständig. So, als würde in meinem Gehirn eine Murmel herumkullern. Ich versuche, sie nicht zu lange herumrollen zu lassen, denn jeder Treffer löst einen üblen Gedanken aus. Szenarien, was ich alles mit den Menschen in unserem Viertel anstellen könnte.

Tagsüber ist es nicht so schlimm, da habe ich sie alle im Visier, nur am Abend oder in der Nacht, schweifen meine Gedanken zu ihnen ab, sodass die kleine Kugel durch meine Gedanken flitzt und eine mörderische Hitze in meinem Kopf verursacht.

Um das tun zu können, was ich tun will, habe ich eine Regel, von der ich nie abweiche: mich anpassen wie ein Chamäleon. Ich trage keine auffällige Kleidung, keine auffällige Frisur, gebe mich nicht zu klug, spreche stets mit ruhiger Stimme, verschmelze mit der Umgebung, um im Hintergrund fortzufahren. Bei Bedarf werde ich zu einer Tapete, bei der sich später niemand an die Farbe oder an das Motiv erinnern kann.

Es hilft, freundlich und höflich zu sein, und Interesse vorzutäuschen. So werden die Leute mich unterschätzen. Sie sehen nur eine harmlose, sympathische Person, damit ich meine Pläne in die Tat umsetzen kann.

So mache ich das seit Monaten. Mit Erfolg. Niemand hegt auch nur den leisesten Verdacht. Selbst die Kassiererin im Supermarkt ahnt nicht, dass sie benutzt wird. Dass sie seit Gretas Tod alle für mich nur Spielzeug sind. Ihre Gedanken, ihre Worte, ihre Träume, ihr Leben – reine Unterhaltung und nur Mittel zum Zweck sind.

Ich habe Pia vor meinem inneren Auge, in einem Raum, dunkel und feucht. Schimmel an den Wänden. In der Mitte eine vergilbte Matratze. Darauf liegt Pia – in einem Kleid aus weißer Spitze. Die Augen geschlossen. Ihre Beine sind wie die Arme an Ringe im Beton gefesselt. Einen Meter vor der Matratze ist eine Leinwand aufgebaut.

Ich betrete den Raum, bin gekleidet wie ein Dirigent. Mit meinem Geigenbogen fahre ich über ihren Körper und lasse eine blonde Haarlocke durch meine Finger gleiten. Keine Reaktion.

Ich greife nach meiner Geige.

Hinter mir leuchtet eine Videokamera auf. Der Film läuft ab.

Pia sieht auf der Leinwand, wie die Schüler über ein Mädchen lachen, wie ein Mädchen sich erhängt, wie ein Mädchen sich ertränkt, wie ein Mädchen sich die Pulsadern in der Badewanne aufschlitzt, wie ihre Mutter sie findet, wie andere Mädchen im Schulhof tuscheln und auf eine Lehrerin zeigen.

Ich schnappe nach Luft, halte kurz inne und krümme mich, als der Schmerz der Wut mich durchzuckt.

Fang endlich an!, fordert meine innere Stimme mich auf.

Ich folge ihrer Anweisung und lege die Geige unter meinem Kinn.

„Du musst dich nicht fürchten“, flüstere ich. „Gott ist überall ...“

Knorkators Böse ertönt aus meiner Geige.

Auch in der Hölle, kichert meine innere Stimme.

Ich lasse in Gedanken den Bogen voller Wut über die Geigensaiten gleiten.

Showtime!

Das Spiel kann beginnen.

12

Pia

„Es fällt mir schwer, aber ich sage es trotzdem, Pia.“ Charlottes Hals war mit roten Malen übersät. „Es ist Sonntag, und du hängst die Wäsche draußen auf. Das stört Theo.“

„Wieso?“, hakte Pia nach.

„Sonntag“, wiederholte Charlotte. „Der Tag des Herrn, weißt du. Ein Ruhetag! Theo hat das vom Elternhaus mitbekommen.“

Pia rollte mit den Augen. „Und dann schickt dein Mann dich, um mir *das* zu sagen?“

Charlotte musste den Spott in ihrer Stimme vernommen haben. „Wir wollen keinen Streit, Pia. Aber wir leben nun mal in einem kleinen Ort, in dem die Menschen Rücksicht aufeinander nehmen.“

„Gut, wir auch nicht“, antwortete Pia. „Das Wetter ist schön, und wenn Gott gewollt hätte, dass ich am Samstag die Wäsche aufhänge, hätte es gestern *nicht* geregnet.“ *Das ist daneben*, dachte Pia. Aber sie hatte plötzlich eine unbändige Lust, sich daneben zu benehmen. „In einer Stunde kann ich die Wäsche wieder von der Leine nehmen, Charlotte. Sag Theo, dass er bis dahin einfach nicht nach draußen schauen oder sich vor ein anderes Fenster setzen soll!“

„Blöde Kuh“, zischte Charlotte, drehte sich um und eilte davon.

Charlottes Ehemann Theo war von Anfang an sehr freundlich und zugänglich gewesen. Er hatte ihnen beim Einzug ins neue Haus Kaffee und Apfeltaschen gebracht, als sie und Moritz gerade die Wände des Wohnzimmers tünchten.

„Selbst gemacht“, prahlte er. „Ich bin der Konditor in der Familie.“ Er reichte ihnen die Hand. „Meine Frau heißt Charlotte, und ich bin Theo Steiner.“

Pia hatte beschlossen, ihn nicht zu mögen.

Nachdem das letzte Wäschestück auf der Leine hing, ging Pia ins Haus und setzte sich an den Küchentisch. Es war ein ruhiger Ort, und sie brauchte Ruhe. Sie war zu wütend, zu angespannt und vor allem zu besorgt. Sie wollte keinen Streit, sie brauchte Kraft für die Hormonbehandlung. Die Decapeptyl-Spritze lag auf der

Arbeitsplatte und hatte die Raumtemperatur erreicht. Als sie sie vor einer Viertelstunde aus dem Kühlschrank genommen hatte, war ihr Blick auf die Teedose gefallen, die sie dort hingestellt hatte, weil sie mit ihren Gedanken woanders gewesen war. Bei einem Baby.

In den vergangenen drei Wochen hatte sie sich den Wirkstoff zur Vorbereitung auf eine künstliche Befruchtung jeden Abend injiziert. Sie zitterte bei der Erinnerung an ihren mit Einstichen übersäten Bauch und ihre durch Stress verkrampften Schultern. Seit Wochen kämpfte sie gegen Müdigkeit, Stimmungsschwankungen und Heulattacken, Hysterie, Libidoverlust, Hitzewallungen, Knochenschmerzen oder Atemnot wie vorhin im Garten. Und all das ohne Garantie, dass es diesmal funktionieren würde. Warum nicht ein Baby zeugen, wie ihre Eltern sie gezeugt hatten? Voller Leidenschaft und Liebe, keuchend im Ehebett, auf dem Küchentisch oder Parkettboden.

Pia holte tief Luft. Wo blieb Moritz nur? Er wollte David nur Werkzeug für die Küche vorbeibringen, die einen neuen Fliesenboden bekommen sollte. Das musste doch keine drei Stunden dauern? Ob die beiden sich in der Kneipe ein Bier genehmigten?

Im Garten der Nachbarn hörte Pia laute Stimmen.

„Wenn diese Schlampe das nicht begreift, sorge ich dafür, dass sie es versteht!“, rief Theo.

„Das wagst du nicht“, erwiderte Charlotte.

„Oh, du glaubst, dass ich ihr meine Meinung nicht auf meine Art und Weise zeigen kann? Die Schlampe sollte besser vorsichtig sein!“

Stille.

Während sie eindöste, dachte sie an Theo, der kein netter, freundlicher Nachbar war, sondern das Böse, das in jede Ritze ihres Hauses eindringen konnte.

13

Pia

Sie hatte die E-Mail nicht erwähnt. Anscheinend war es immer noch nicht vorbei. Vielleicht war es auch nie vorbei, weil niemand ihr, seit dem Freitod der Schülerin, einen Vorwurf gemacht hatte. Nichts war schlimmer, als ein Kind, das in der Kälte, zwischen Schnee und Eis, sterben wollte. Was hatte sie nur übersehen?

Moritz riet ihr, sich keine Gedanken über den lächerlichen Vorfall zu machen. „Der durchgeknallte Apfeltaschenbäcker hat einen übertriebenen Geltungsdrang. Das soll uns egal sein. Wir kümmern uns um wichtigere Dinge, wie unsere Babyproduktion“, sagte er und nahm sie in den Arm. „Es ist zu banal, um auch nur ein Wort darüber zu verlieren. Nachbarn, die sich ärgern, dass du deine Wäsche am heiligen Sonntag draußen aufhängst?“

Sie nickte. „Hier leben viele religiöse Menschen, Moritz. Sie besuchen jeden Sonntag die Kirche, und es gibt viele in diesem Ort, die sich dort ehrenamtlich engagieren.“

Moritz reagierte allergisch auf alles, was mit Glauben zu tun hatte - die logische Folge seiner indoktrinierenden protestantischen Erziehung. Er sagte oft, dass sie sich mit ihrer atheistischen Mutter und mit einer Kindheit ohne dogmatischen Ideen und religiösen Zwang glücklich schätzen konnte.

„Übrigens haben David und Hannah uns zum Grillen eingeladen.“

„Heute? Um wieviel Uhr?“

„Gegen sechs. Ich habe zugesagt.“

„Ich habe überhaupt keine Lust auf verbranntes Fleisch“, nörgelte Pia.

„Es gibt auch leckere Salate. Oder befürchtest du etwa, dass der bescheuerte Nachbar hier etwas anstellen könnte, wenn wir nicht da sind? Mach dir keine Gedanken, Liebling. Theo Steiner ist ein eher unterentwickelter Besitzer einer Pommes-Bude, der das Leben nur mit einer großen Klappe meistert. Er ist bekannt wie ein bunter Hund und wird nur toleriert, weil er den Sportverein sponsert. Ich habe das von Anke Kuhn, die zwei Straßen weiter in dem weißen Haus am Anfang der Straße wohnt. Sie behauptet, dass es in Warnberg durchaus von Vorteil sein kann, wenn man einen der

Vereine sponsert. Sie ist Psychiaterin und hat im Ort eine Praxis. Anscheinend gibt es hier einige Irre."

„Ob es eine gute Idee war, dieses Haus zu kaufen", fragte Pia irritiert.

Moritz zog sie fest an sich. „Es war die beste Idee, die wir je hatten. Hier bist du in der Nähe deiner Schwester und kannst in Ruhe schwanger werden. Wir wollten immer ein Haus kaufen. Dass David nach Hannahs Unfall dieselbe Idee hatte, war eine glückliche Fügung. Es ist schön, die beiden in unserer Nähe zu haben, und ich denke, sie empfinden ähnlich. Und jetzt machst du dich hübsch. Das wird bestimmt ein netter Abend mit Hannah und David."

Pia fand keine Erwiderung. Und überhaupt, was nutzte es, sich darüber Gedanken zu machen. Manchmal war das Leben eine einzige Kulisse.

Weil sie Hannahs Ideale nicht mehr teilte.

Ihre Vorstellungen.

Sie teilte nur ihre Wut.

Ihren Hass.

14

Hannah

Meine Schwester wirkte völlig niedergeschlagen.

„Ich bin sicher, du wirst es diesmal schaffen, Pia. Nach Hugos Geburt dachte ich, ich würde nie wieder ein Kind zur Welt bringen. Aber irgendwann vergisst man den Schmerz“, sagte ich aufmunternd und strich ihr durch das kurze Haar.

„Ich erinnere mich, dass du das mal gesagt hast. Zwei Jahre später hast du neben mir auf dieser Couch gesessen, mit Sofia in deinen Armen.“

Sie klang neidisch, oder täuschte ich mich.

Den Schmerz hatte ich nicht vergessen, aber ich war jetzt eine Mutter. Ich hatte Leben geschenkt und damit auch mir selbst ein neues Leben. Ein Teil von mir war in meinen Kindern. Die Geburt war das erste Opfer in einer langen Reihe von Opfern, die ich instinktiv für meine Kinder gebracht hatte. Vom ersten Schrei an war ich nicht mehr nur Hannah Franke, sondern Hugos und Sofias Mutter. Ich hatte für beide meinen Schlaf, meinen schlanken, zierlichen Körper, meine schönen Kleider und meine Unbekümmertheit aufgegeben und es keine Sekunde lang bereut.

Pia hatte mittlerweile mit ihrer dritten Hormonbehandlung begonnen und hoffte weiter. Ich warf einen Blick auf ihre Hände, während meine Schwester ihren Tee trank. Ihre Nägel waren so abgenagt, dass das rohe Fleisch darunter zu sehen war. Pia fraß sich buchstäblich selbst auf. Es erinnerte mich an Bingo, den Wellensittich, der sich eines Tages aus Verzweiflung von seinem Federkostüm befreite und drei Tage später nackt und tot in seinem Käfig lag.

„Ab nächste Woche muss ich mir wieder ein neues Präparat injizieren.“ Pia zeigte auf ihren Bauch. „Er sieht im Moment nicht besonders hübsch aus. Die Injektionen verursachen üble Hämatome.“

Ich hatte Mitleid mit ihr, Pia war zu schmal, ihre Haut zu zart, fast durchscheinend und ich wusste, dass sie oft an Hitzewallungen und Sehstörungen litt, und Schwindelattacken hatte. *Diese verdammten Hormone.* Ich legte meine Hand auf Pias Arm und wollte sie trösten, doch Pia entzog sich mir, als könnte sie meine Berührung nicht ertragen.

„Wie geht es dir, Hannah? Kommst du ohne den Psychiater klar?“

„Alles ist gut. Keine zittrigen Hände, keine Panikattacken. Ich hatte Schüttelanfälle wie ein Parkinson-Patient in einem fortgeschrittenen Stadium. Aber dank der Pillen von Dr. Lange kann ich wieder durchschlafen.“

Pia nickte. „Ich finde es gut, dass wir von München hierher gezogen sind. Weg von dieser Stadt, wo alles passiert …“ Sie nahm einen Schluck Tee.

Wir können nicht darüber reden, dachte ich. Nicht über meine Schwester, nicht über mich, nicht über das Mädchen, das ich überfahren hatte, nicht über unsere Beziehung zueinander. Ich wusste, dass Pia mir viele Dinge übel nahm. Große Dinge. Unausgesprochene Dinge. Dinge, die ich nicht mehr ausbalancieren konnte: Dass ich die nettesten Freunde, mühelos das Abitur bestanden und den Universitätsabschluss gemeistert hatte, in einem größeren Haus lebte als Pia, während meine Schwester sich alles schwer erarbeiten musste. Pia nahm es mir sogar übel, dass ich zwei gesunde Kinder hatte, während sie selbst keine bekommen konnte.

Pia sah zur Seite, schien nachzudenken.

Zitternd folgte ich ihrem Blick in der Spiegelung des Küchenfensters. Ich war völlig machtlos und schluchzte innerlich. Die große Schwester, die der kleinen nicht helfen konnte. Früher hätte ich mir mit Liebe und ohne zu zögern das stumpfe Küchenmesser in den Bauch gerammt, wenn es Pia helfen würde.

Plötzlich hatte ich es satt, mir Sorgen um sie zu machen. Vielleicht lag es an meinem Schlafmangel der letzten Tage, der mich so unendlich müde machte. Vielleicht war es Pia.

Ich spürte ständig ihre Wut und unternahm nichts dagegen. Gebrochene Menschen protestierten nicht.

15

Hannah

Ich zog die Beine hoch und schlug die Arme um meine Knie. Windsor legte seinen Kopf an meine Knöchel. Ich war froh, den Labrador neben mir zu haben. Er war mein treuester Freund, er würde mich nie verlassen.

Was machte ich eigentlich hier? In dieser Küche, in diesem Haus, in diesem Gott verlassenen Warnberg. Ich schüttelte den Kopf, kannte die Antwort auf diese Frage besser als jeder andere. Selbst wenn ich auf die andere Seite der Welt ziehen würde, ich konnte nicht vor mir fliehen. Diese Straße, dieser Ort, waren in mir, sie waren längst kein geografischer Punkt mehr, auf die man in Google Maps verweisen konnte.

Ich wurde von einem heftigen Zittern ergriffen und konnte es nur geschehen lassen. Meine Schuld wog schwer. Ich durfte das kleine Mädchen nicht vergessen.

Mia …

Mia – so klein – in einem Kindersarg, tief unter der kalten Erde begraben, auf einem Friedhof, der jetzt einsam, dunkel und verlassen war. Wo Tiere herumstreunten, wo Ratten Nahrung suchten, während meine Kinder herumtollten und lachten, jeden Tag so lebhaft waren und jetzt sicher in ihren Betten lagen. Das Licht im Flur blieb stets für sie an. Hugo und Sofia hatten im Dunkeln Angst.

Mia hatte nie wieder Angst.

Im Wohnzimmer lachten die Männer laut, zu laut. Ich hatte, neben meiner Schwester und meinem Schwager, Emma und Benjamin eingeladen. Sie war die Entertainerin des Abends. Es war wunderbar, sie und ihren kleinen Sohn hier zu haben. Ihre ansteckende Fröhlichkeit verschleierte die Unfähigkeit der anderen, den Abend entspannt zu überstehen.

„Ich hätte gerne noch ein oder zwei weitere Kinder gehabt“, sagte Emma, als David das Thema Kinder ansprach. „Ich bin ein Einzelkind, daher.“

David hob sein Glas und zwinkerte ihr zu. „Das ist immer noch möglich.“

„Kinder hat man nicht, Kinder bekommt man!“ Pias eisige Stimme ließ mich erschaudern.

Emma zuckte zusammen. „Tut mir leid, ich wollte nicht … ich hatte vergessen, dass du …“

Moritz legte den Arm auf Pias Arm. „Kein Problem.“

„Vielleicht bekommst du Zwillinge, Pia. Ich meine, das hört man so oft nach einer Hormontherapie. Die Wahrscheinlichkeit soll sehr hoch sein.“ Ein sanftes Lächeln huschte über Emmas Gesicht.

Moritz räusperte sich. „Das wäre schön, Pia, dann hätten wir mit einer Entbindung alles überstanden.“

„Wir?“ Pia warf Moritz einen vernichtenden Blick zu.

„Nun, ein Kind wäre aber sicher auch großartig“, murmelte Emma und nahm einen großen Schluck von ihrem Wein. „Was für mich gilt, muss nicht für jemand anderen gelten.“

„Noch ein Glas Wein, Emma?“ Davids zweiter Versuch, aber das Eis wollte nicht mehr schmelzen.

Ich sah meine Tochter an, die lustlos mit ihrer Gabel über den Teller schabte. „Sofia, komm, iss bitte noch ein bisschen“, forderte ich sie auf, „sonst gibt es kein Eis zum Nachtisch.“

„Das gilt auch für dich, Benny.“ Emma wich einer weiteren Diskussion aus. „Du hast nur einen Bissen genommen und Hannah hat so lecker für uns gekocht.“

Benny sah seine Mutter herausfordernd an. „Ich will einen Bruder! Eine Schwester ist blöd.“ Er kreuzte seine dünnen Arme übereinander. „Mädchen sind doof. Mit ihnen kann ich nicht Fußball spielen.“

„Benny, es reicht!“

Hugo kicherte.

Übermütig geworden durch die Aufmerksamkeit aller, legte Benny die flache Hand auf seinen Teller und fegte die Lasagne auf die Tischdecke.

„Was machst du denn da?“ Emmas Stimme überschlug sich. „Benjamin, was soll das?!“

Benjamin grinste. In diesem Moment war er der Star des Abends.

„Ab in die Diele! Hol deine Jacke! Ich toleriere dieses Verhalten nicht. Du hast eine Minute, um dich anzuziehen.“

Mit hochrotem Kopf ging Emma in die Küche und nahm ein Küchentuch von der Papierrolle. „Es tut mir schrecklich leid, Hannah. Diese Flecken gehen nie wieder raus.“ Still stand sie da, erwartete, dass einer von den anderen etwas von sich gab. „Siehst du, Pia“, sagte sie lächelnd, „bist du dir sicher, dass du das willst? So lustig sind sie nun auch nicht immer, diese Kinder.“

„Bitte?“, schnaubte Pia und verkrampft ihre Schultern. Ihr Hände waren zu Fäusten geballt, sodass die Knöchel weiß hervortraten. „Du scheinst jedenfalls nicht zu wissen, wie man Kinder erzieht!“

Emma zog entgeistert ihre Augenbrauen hoch. „Dann sollten wir das wohl besser dich fragen?“

Pia sprang auf. „Ihr alle, ihr seid solche Heuchler! Ja! Alle zusammen! Ein Kind? Oh ja, warum nicht? Getrennt wie unsere Emma, die sich einfach einen neuen Kerl nimmt, mit dem sie ins Bett steigen kann. Beine breit für den Neuen! Während unsere Hannah mal eben ein Kind tötet!“

„Pia!“ Moritz sah seine Frau bestürzt an. Der Vorwurf in seiner Stimme war nicht zu überhören.

„Was denn? Hannah überfährt Kinder und ich kann keine bekommen! Glaubst du, das eine hat mit dem anderen nichts zu tun? Schon mal von Karma gehört?“ Pia sah in meinen Augen jetzt widerlich aus, unappetitlich und schmutzig.

„Du hast deine Wut an uns ausgelassen, Pia, du hast uns den ganzen Abend wie wehrlose Tiere mit deiner üblen Laune gequält und Hannah und Emma mit deinen Unverschämtheiten tief verletzt. Du zerstörst so, was wir aufgebaut haben und was mir wichtig ist. Ist dir das eigentlich klar? Was ist denn heute los mit dir? Verdammt, du leistest saubere Arbeit!“

Schweigen. Eisige Stille.

So hatte ich Moritz noch nie erlebt. Ich schloss die Augen, damit ich Pias Gesicht nicht sehen musste. Ich zitterte, und spürte sie wieder: Schmutzige Schneeflocken wirbelten in meinen Kragen, Kälte kroch entlang des Halses über meine Wirbelsäule.

„Ach, ihr könnt mich mal“, brauste Pia weiter. „Jeder hier in diesem Raum hält seine Hand über den Kopf des anderen. Jeder sieht es, aber niemand sagt es!“

Ich wollte wissen, was Pia damit meinte, aber meine Worte waren verloren. Mir war heiß und kalt zugleich. Das Zittern spürte ich bis in die Fingerspitzen.

„Ich meine, dass *du* verrückt bist, Hannah“, fuhr Pia fort. „Dass ich bei Gott nicht verstehe, dass dein Psychiater dich aus der Therapie entlassen hat. Siehst du es denn nicht, diese Spur der Zerstörung, die du stets zurücklässt? Ein Neuanfang in diesem Haus? Ein neues Theaterstück, meinst du wohl!“

Die Wut übermannte mich. Mühsam stand ich auf und schlug Pia mit meiner letzten Kraft ins Gesicht. „Verschwinde“, zischte ich.

„Hannah, bitte …“ Moritz sah hilflos von mir zu Pia.

Meine Schwester stürzte aus dem Wohnzimmer. Moritz folgte ihr.

Die Haustür fiel laut ins Schloss.

16

ICH

Ich bin beinahe lautlos. Leichte Schritte über frischem Schnee. Ich stelle mich hinter die wuchtige Eiche, deren Äste mit dem Weiß überladen sind, und spähe zur gegenüberliegenden Villa. Im Wohnzimmer tollt ein gut aussehender Mann mit den beiden Kindern herum, Pia lächelt ihn an, Emma spricht mit ihrem kleinen Sohn – alles Leute aus unserer Straße – *a perfect world* in der *Perdition-Road.* So habe ich sie genannt: die Straße der Verdammnis. Dann betritt Hannah den Raum und ich trete wutentbrannt gegen den Stamm der Eiche. Schnee rieselt von den Ästen, ich fange ihn mit der Zunge auf.

In Gedanken habe ich plötzlich ein anderes Haus vor meinem inneren Auge, ein Haus, aus dem ein Kind kommt und mit den Stiefelchen über die weiße Schneedecke hüpft. Das Mädchen dreht sich im Kreis, fängt die wirbelnden Flocken auf. Es ahnt nichts von der spiegelglatten Fahrbahn unter dem Schneeteppich, von der Autofahrerin, die jeden Moment die Kontrolle über ihren Wagen verlieren und den Wintertanz des Kindes beenden wird. Es weiß nicht, dass der Schnee sich blutrot verfärben kann.

Ich liege noch immer mit flacher Atmung auf der Lauer wie ein Tier, beobachte, um mich bald unter ihren Betten zu verstecken und sie beim ersten Quietschen der Matratzen zu töten. Meine finsteren Gedanken spiegeln sich in den dunklen Oberflächen, schnüffeln im Farn des Hasses.

Mir wird übel beim Anblick dieser Harmonie und ich laufe mit schnellen Schritten und taumelndem, blutigem Herzen davon. Weg von der *Perdition-Road.* Wut und Rache folgen wie ein Schatten jedem meiner Schritte. Ein letztes Mal blicke ich zurück. Ich glaube, das Kind im Schneewirbel zu sehen, es zeigt mit dem Finger auf das Haus. Dann habe ich meine tote Tochter vor Augen, der niemand half. Beim Gehen halte ich meine Arme steif an den Seiten. „Bald wird ein Mord ihre ach so heile Welt erschüttern", zische ich.

17

Hannah

Ich zog mich in den Wintergarten zurück, und setzte mich im Dunkeln auf die Couch. Ich wollte nicht, dass jemand mich so sah. Ich zog Windsor an mich und versuchte, mich auf das Klopfen seines wedelnden Schwanzes auf den Fliesen zu konzentrieren.

Klack, klack. Absätze kamen näher. Eine Zigarette leuchtete im Dunkeln auf.

„Hannah?“ Emma lehnte sich gegen die Tür zur Terrasse und nahm einen tiefen Zug.

„Hey.“ Meine Stimme klang einigermaßen normal. Ich wollte nicht, dass Emma mich so schwach sah.

„Eine nette Familie hast du da.“

„Hm-hm.“

„Ich meine das ernst. Deine Schwester steht wegen ihrer Hormonorgie völlig unter Strom, aber ich glaube, dass sie in Wahrheit wirklich nett ist.“ Sie knipste die Stehlampe an. „Was ist hier los, Hannah?“

Ich versuchte, meine zittrige Hand unter einem Kissen zu verstecken, aber Emma hielt mich davon ab.

„Du musst dich nicht schämen. Ich habe auch so meine Eigenheiten.“ Sie tat, als wäre es das Normalste auf der Welt. Sie blickte auf ihre Zigarette. „Möchtest du mal ziehen?“

„Ja …“

„Hier.“ Sie hielt mir den Filter vor den Mund.

Ich nahm einen Zug. „Emma, das ist ein Joint!“

Sie lachte. „Na und? Du bist ein Vulkan, der zitternd Lava spuckt. Es beruhigt die Nerven. Aber wenn ich gehen soll, musst du es nur sagen.“

„Nein, nein.“ Das Zittern ließ ein wenig nach. Nach dem dritten Zug verschwand die überschüssige Energie aus meinem Körper. „Ich bin nicht verrückt.“

„Natürlich bist du das nicht. Pia redet nur so daher!“

Schweigen.

Wir blieben sitzen. Emma stellte keine Fragen und das tat gut. In der Ferne ertönte ein Knall. Windsor bellte. Als ob Autonomie existierte. Bellen folgte stets auf einen Knall, Weinen auf einen Streit, Wut auf Ungerechtigkeit. War das Leben nicht eine große Reaktionskette?

„Was denkst du“, fragte Emma und drückte ihre Zigarette im Aschenbecher aus...

„Dass meine Schwester keine Kinder bekommen kann, während ich eines getötet habe.“

Emma trommelte mit ihren Fingern auf dem Zigarettenetui. Sie stand auf, öffnete die Terrassentür, zündete sich eine Zigarette an und blies weiße Wölkchen in die Nacht. „Das ist bei Weitem der größte Unsinn, den ich je gehört habe. Komm! Du brauchst anscheinend frische Luft.“

Wir betraten die Terrasse. Aus dem Wohnzimmer drang ein warmes Licht in die Kälte. David räumte auf, die Kinder leckten ihr Eis.

„Es mag seltsam klingen, aber ich bin ein wenig eifersüchtig auf dich“, murmelte Emma. „Du hast alles, was ich so gerne hätte.“ Sie kicherte. „Natürlich erst wenn ich erwachsen bin. Eine richtige Familie, mit einem Vater und einer Mutter, die in der Lage sind, zu streiten, ohne dass alles sofort kaputt geht.“

Ich schwieg. Emma sah etwas, das nicht da war.

„Du hast alles so gut im Griff, Hannah. David macht einen großartigen Job, du kannst mit deinen Kindern zusammen sein, ohne dir Sorgen machen zu müssen. Schau mal, wie süß er zu euren Kindern ist, schau dir das Haus an, in dem du wohnst, die Kleidung, die du dir einfach kaufen kannst, dein Auto, deine Kosmetika …“

Ich nickte, all das wusste ich. Ich hatte ein beneidenswertes Leben. Aber alles, alles würde ich für eine beneidenswerte Vergangenheit wie die von Emma geben. Eine, in der mein Fuß nicht von der Bremse glitt, in der mein Auto sich nicht im Schnee gedreht hatte, in der es kein kleines Mädchen mit rosafarbenen *Hello Kitty*-Söckchen gab. „Das hier hätte unser Neuanfang sein sollen.“

Emma legte ihren Arm um mich und zog mich an sich. „Das ist doch alles noch möglich, oder? Du solltest dir es nicht so zu Herzen nehmen, was Pia von sich gibt. Sie ist schrecklich nervös. Ist dir das nicht auch aufgefallen? Und dann diese Strapazen einer künstlichen Befruchtung.“ Emma reichte mir die Zigarette.

Ich nahm einen tiefen Zug. „Das weiß ich alles. Trotzdem …“

„Gib jetzt nicht auf, Hannah, schau nicht zurück. Bestraf dich nicht selbst. Konzentriere dich auf das Morgen und vergiss das Gestern! Komm ins Haus, Hannah. Das da drinnen ist dein Leben!“ Sie grinste. „Außerdem friere ich mir hier draußen den Arsch ab!“

18

Hannah

Ich dachte an Emmas Worte.

Was wäre, wenn ich mich selbst bestrafen würde?

Was wäre wenn …

Mich selbst *wahrlich* zu bestrafen.

Die gemeinnützige Arbeit, zu der ich verurteilt worden war, war ein Witz. Ich sollte zweihundertvierzig Stunden in der Spülküche eines Altenheims mitten in der Stadt arbeiten und wollte die Sommermonate für die Arbeit nutzen. Es war mehr als lächerlich. Zweihundertvierzig Stunden. Das entsprach sechs Vollzeitwochen. Über drei Monate verteilt, weil ich Sofia und Hugo betreute. Das fühlte sich nicht wie eine gerechte Strafe an. Auf keinen Fall.

Ich musste mich selbst bestrafen. Meine Schuld begleichen.

Nicht, dass ich das könnte, denn Mia war tot, das brachte sie nicht zurück. Aber der Gedanke, dass ich nicht mehr in diesem Meer der Ohnmacht verweilen musste, dass vielleicht die Möglichkeit bestand, dass ich etwas tun konnte, war wie eine Erleuchtung. Ein Rettungsboot, eine Boje, ein Anker. Nein, eher ein Stück Treibholz, verfault und eigentlich zu klein, aber das Beste, was ich seit Langem gesehen hatte, nicht mehr diese unergründliche Tiefe des Ozeans unter und nur die Unendlichkeit des Himmels über mir.

Ein Treibholz, an dem ich mich festhalten konnte, denn meine Insel wurde immer noch nicht gefunden, es gab keine Karte, auf der sie existierte. Vielleicht lag es daran, dass ich Monkey Island in *Hello Kitty Island* umbenannt hatte.

Ich würde mich selbst bestrafen.

Gnadenlos.

Ich würde den rosafarbenen *Hello Kitty*-Söckchen, die sich im Schnee lila färbten, etwas gegensetzen.

Windsor sah mich mit seinen treuen Hundeaugen an, als ob er begreifen würde, was in mir vorging. Und mit einem Mal wusste ich, dass nur dieser Gedanke mich vor dem Ertrinken bewahren würde. Es war meine Chance für eine Wiedergutmachung. Ein Ausweg. Keine bloßen Gedankenspiele. Kein, was wäre wenn …

19

Hannah

Ich gierte förmlich nach Schlaf und wusste nicht, wie lange ich die schlaflosen Nächte noch durchstehen würde. Ich redete mir ein, dass es daran lag, dass David noch nicht neben mir lag. Dass ich seinen warmen Körper neben mir vermisste. Dass, sobald er von dem Meeting im Business Club München nach Hause käme, alles besser würde.

Ich fühlte mich schwach. Die Nervosität hatte mir wieder einmal meine guten Absichten genommen. *Nicht wütend auf dich sein.* Die Worte meines ehemaligen Psychiaters wirbelten durch meinen Kopf. Dr. Lange mit all seinen verdammt guten Ratschlägen.

Ich knirschte mit den Zähnen und starrte in das unendliche Schwarz des Schlafzimmers, meine Hände fest unter den Körper gepresst, um die Beherrschung nicht zu verlieren und den Tremor meiner Hände zu kontrollieren. Ich brannte, schwer enttäuscht von Körper und Geist. Akzeptieren, tief einatmen, nach vorn sehen. Weitermachen. Dies war nur ein vorübergehender Rückschlag. Der vergebliche Versuch, mein Durcheinander in Selbsthass umzukehren, weckte nur Frustration.

Das Handy gab ein SMS-Signal.

Ich fuhr hoch. *David?* Ich sah auf das Display. Kein David – eine unterdrückte Nummer. Pia? Eisige Böen zogen an meinen Schultern vorbei, als ich die Nachricht las:

AB HEUTE SOLLTEST DU DICH AUF DER STRASSE UMDREHEN. ICH KÖNNTE HINTER DIR STEHEN! WILLKOMMEN IM DUNKEL DER ANGST.

Unten wurde die Haustür geöffnet. David! Gott sei Dank. Mit zitternden Fingern löschte ich die SMS und schaltete das Handy aus; tat, als wäre nichts geschehen. Mia gehörte der Vergangenheit an. Und das sollte auch so bleiben.

Ich versuchte, Ruhe in den sichereren Geräuschen zu finden, die David verursachte. Seine Schritte auf der Treppe, der Wasserhahn im Badezimmer, das Rascheln seiner Kleidung, sein Hemd in den

Wäschekorb, die Spülung der Toilette, das Gurgeln nach dem Zähneputzen.

Ich presste den Po auf meinen Händen, dem Zittern würde ich nicht nachgeben. Ich musste nur an etwas anderes denken.

Etwas anderes. Was auch immer.

Rosa *Hello Kitty*-Söckchen.

Zartrosafarbene *Hello Kitty*- Söckchen, die das Eiswasser und das Blut aufsaugten und sich langsam lilafarben verfärbten.

Dann besser Kopfschmerzen. *Schließ die Augen!*

Besser Kopfschmerzen, als über kleine Füße in rosa Söckchen zu grübeln.

David öffnete leise die Schlafzimmertür und legte sich neben mich. „Schläfst du schon?" Er roch nach Alkohol und Zigaretten.

Ich stellte mich schlafend, atmete so leise und flach wie möglich.

„Schlaf gut, mein Schatz." David drückte mir einen zärtlichen Kuss auf die Stirn. „Und träum was Schönes."

Ich presste meine Knie zusammen. Schmerzvoll musste es sein. Als Ausgleich für seine liebevollen Worte.

„Morgen kommt ein neuer Tag. Ich hoffe, dass du weißt, wie stolz ich auf dich bin. Wir vier werden es schaffen, weißt du?"

Hör auf! Verdammt, ich konnte so nicht weitermachen. Es war so unglaublich, dass er so liebevoll war. Zärtlich. Immer noch so liebevoll blieb! Ich drehte mich um. „Ich bin noch wach, Liebling."

Er knipste das Nachtlicht an.

Ich hatte David seit Langem nicht mehr so ausgeglichen erlebt.

„Hannah, ich habe mir etwas überlegt. Wir haben nächste Woche Hochzeitstag, dann sind es sieben Jahre. Warum feiern wir beide das nicht mit einem schönen Essen? Nur wir beide."

Er legte seine Hand auf meinen Oberschenkel. Ich zuckte zusammen, starrte auf den Vorhang. Ich dachte darüber nach, wie viele Frauen einen Mord begehen würden für einen Mann, der an den Hochzeitstag dachte und ihn mit einem Abendessen feiern wollte.

„Ich weiß, was du sagen willst, Hannah. Dass dies nicht der richtige Zeitpunkt für eine Party ist. Dass es nicht sein soll, nicht sein darf, und ich weiß, warum so etwas nicht sein darf. Aber es ist fast vier Monate her. Und es ist nur ein Abend. Ein einziger Abend. Nur du und ich, wir beide. Kauf dir ein neues Kleid, mach dich hübsch, wie früher. Ich würde mich so darüber freuen."

Oh Gott, hoffentlich will er jetzt keinen Sex mit mir.

„Ein einziger Abend, nur wir beide. Zusammen sein, Spaß haben. Das ist es, worum es auch in der Ehe geht, oder?"

Ich nickte.

Er lächelte zufrieden, löschte das Licht, zog mich an sich. Seine Hand auf meiner Hüfte, unter meinem Nachthemd. Ich schloss die Augen, ich wollte das nicht – sanfte Stimmung, eine Berührung, sich lieben, sein warmes, klaustrophobisches Kissen. Völlig erstarrt lag ich neben ihm. Seine Finger umkreisten meine Brustwarze.

„David, ich …"

„Ja! Verdammt noch mal!" Zornig zog er seine Hand zurück. „Ich bin ein Mann, Hannah. *Dein* Mann. Es ist normal, dass ich ein Gespräch führen möchte, dass ich mich nach Zuneigung sehne, dass ich … mit dir schlafen möchte. Ich weiß nicht, wie viele Männer du kennst, die ihre Frau nicht berühren dürfen, verdammt, aber ich kenne keinen einzigen."

Er hatte recht. „Entschuldigung", sagte ich leise, aber es war zu spät. Ich hatte ihn tief verletzt, alles mit einem halben Satz zerstört. War es das, was ich wollte? Isolation? Schmerz?

Meine Narben brannten, meine Hände begannen abermals, unkontrolliert zu zittern. Ich musste es wieder in Ordnung bringen. Ich musste immer wieder alles in Ordnung bringen. Dabei war ich bereits auf dem richtigen Weg!

Ich legte meine Hand auf seinen Brustkorb. „Vielleicht können wir in das neue französische Restaurant gehen?"

„Lass nur."

„Aber ich meine es ernst, David. Ich möchte es auch. Du hast recht, es wird uns beiden guttun."

Zorniges Schweigen. Er schloss die Augen, atmete Alkohol, die genüsslichen Zigaretten, atmete den fröhlichen Abend, der hinter ihm lag und der von mir hier im Ehebett völlig zunichtegemacht wurde.

„Bitte, David. Es tut mir leid. Lass uns das feiern. Auch, weil es unser Neuanfang ist, hier in Warnberg. Weil alles wieder normal werden soll."

Er seufzte. „Bist du sicher?"

Ich nickte.

„Okay, dann packen wir es an."

Wieder spürte ich seine Hände.

Ich würde wieder die Frau sein, die David verdiente. Und das beinhaltete auch Sex.

Ich blickte auf die Digitaluhr.

Dreizinkenuhrzeit.

3:33 Uhr.

Immer.

20

Pia

Sie hatte zu tief geschlafen und musste den dröhnenden Kopfschmerz bekämpfen. Toast und ein Glas frisch gepresster Orangensaft waren eine gute Basis für zwei Paracetamol. Danach eine Stunde auf der Couch. Eine gute Idee nach dem katastrophalen Abend und einer Nacht, in der sie kein Auge zugemacht hatte. Moritz hatte das Haus bereits verlassen.

Sobald sie sich hinlegte, beschlich sie ein Gefühl, dass sie sofort abschütteln wollte: Hoffnung. *Ihre* Hoffnung hatte keinen Bestand, eine Schwangerschaft ging im Normalfall mit Sex einher. Hm …

Sie döste ein.

Irgendwo hörte sie Geräusche, die sie nicht sofort einordnen konnte. Sie blinzelte, konzentrierte sich. Zuckte zusammen, als die große Standuhr in der Diele elf Uhr schlug. Jetzt vernahm sie das Klingeln an der Haustür. Ihre Kopfschmerzen hatten ein wenig nachgelassen, und sie entschied aufzustehen.

Mit wackligen Schritten ging sie zur Haustür. *Charlotte!* Sie seufzte und öffnete.

„Hallo, Pia. Kann ich kurz mit dir sprechen?“

Sie machte eine einladende Handbewegung, wollte ihrer Nachbarin aber keinen Kaffee anbieten. Je eher Charlotte wieder verschwand, umso besser. Sie wollte heute allein sein und mit niemandem reden.

„Ich möchte mich entschuldigen, ich hätte dich gestern nicht so anfauchen sollen“, begann Charlotte. „Ich war gestresst und wusste mir keinen Rat mit der Situation. Es tut mir so leid.“

„Alles gut. Sei mir nicht böse, ich habe furchtbare Kopfschmerzen und kann dir keinen Kaffee anbieten. Sobald ich dieses Wort ausspreche, dreht sich mir der Magen um.“

„Ich sehe es dir an. Du bist sehr blass. Wie kommt's?“

„Keine Ahnung. Vielleicht ein zu tiefer Schlaf. Das gibt sich wieder.“

„Ich habe gestern Abend mit meinem Mann gesprochen, nachdem er sich beruhigt hatte. Wenn er so wütend ist, ist es besser, nicht mit ihm zu reden. Es tut ihm leid, dass er sich so aufgeführt hat. Er gerät derzeit schnell in Rage. Sein einziger Bruder ist todkrank." Charlotte plapperte weiter. „Er hatte drei Brüder …"

Pia hörte nicht mehr zu.

„Ich rede zu viel", fuhr Charlotte fort. „Sorry, du hast Kopfschmerzen, und natürlich willst du diese Art von Todesnachrichten nicht hören."

Pia sollte etwas Nettes sagen, damit sie verschwindet. „Und seine Mutter?"

„Sie lebt schon lange nicht mehr. Sie bekam eine Lungenembolie, als Theo dreizehn war. Von einem Moment auf den anderen aus dem Leben gerissen. Theo fand sie, als er von der Schule kam. Er hat das nie richtig verarbeitet."

Charlotte stand auf. „Bleib sitzen! Brauchst du etwas? Ein Glas kaltes Wasser? Eine Tasse Tee? Nein? Okay, dann bleib sitzen, ich finde schon raus. Nochmals Entschuldigung, aber das wurde mir gestern alles zu viel."

Pia wollte sagen, dass sie es verstand, aber es war zu spät. Charlotte hatte das Haus schon verlassen.

Manchmal gab es kein Entkommen. Der Drang war zu stark, auch wenn sie sich ihm noch so sehr widersetzte. Heute wollte sie dem Drang nachgeben. Sie ging die Treppe hinauf, holte den Laptop aus dem Büro und betrat das Kinderzimmer. Am Fenster stand der weiße Schaukelstuhl, in dem schon ihre Mutter sie gestillt hatte. Sie hatte das Sitzkissen mit einem blau-rosa gestreiften Stoff bezogen. Sanft ließ sie sich auf das Kissen nieder. Sie hatte ihre Schwester während des Streits angesehen, ihr müdes Gesicht, ihre traurigen Augen. Sie fragte sich, warum Hannah alles hatte und sie statt einer Villa nur ein kleines Haus mit Garten und Willkommensschild besaß. Mit gemähtem Rasen und sauberen Fenstern. Vollkommen normal. NORMAL. Sie wusste ihr Unglück unter der Perfektion zu verbergen. Ihre Gedanken kreisten aber stets um den ungewissen Ausgang der künstlichen Befruchtung, um Selbstvorwürfe und das unerträgliche Gefühl der Hilflosigkeit. Ihre ach so großartige Schwester hingegen überfuhr die Kids der anderen.

Während sie darüber nachdachte, schaukelte sie ein wenig hin und her und strich mit einer Hand über den Rand der Wiege. Erschöpft schloss sie die Augen, einen Moment nur, nur einen Moment Ruhe. Sofort glitt ihr Bewusstsein weg, eilte der Schlaf mit großen Schritten heran. Stille. Ruhe. Nur ganz kurz …

Das Licht war gedämpft. Aus dem Kamin schimmerte ein mattes Glühen. Sie träumte, dass der Winzling tot aus ihrem Bauch geschlüpft war. Sehr winzig, vielleicht so groß wie ein Kirschkern. Als er da so in ihrer Handfläche lag, so kalt, setzte sie sich in Bewegung. Selbst jetzt, eingewickelt in ein Papiertaschentuch, wog der Winzling fast nichts. Er war nicht schwerer als eine Feder.

Sie ging in den Garten, legte den Winzling auf den Boden und grub mit den Händen ein kleines Loch unter dem Kastanienbaum. Das Loch war kaum größer als eine Zigarrenkiste, aber dafür umso tiefer. Es war sehr, sehr dunkel. Sehr kalt. Der Winter ließ ihren Atem in der Luft hängen. Sie ging einige Schritte zurück, begutachtete die Stelle und trat dann wieder auf das Loch zu, ohne sich um den schlüpfrigen Boden zu kümmern. Es wäre besser, wenn ich mich gewaschen und umgezogen hätte, dachte sie. Sie sollte sich bei etwas derart Wichtigem gern sauberer und hübscher fühlen, auch wenn sie nicht mehr allzu jung war und sie jetzt niemand ansah. Dort würde ihr Winzling unter der Erde verfaulen.

Sie hockte sich hin, ließ das Papiertaschentuch samt Inhalt in das Loch gleiten und legte die kleine Spieluhr dazu, die kurz eine Totenmelodie für den Winzling spielen sollte. Darüber streute sie ein paar Rosenblüten. Dann schob sie mit der Schaufel die Erde in das Loch.

Sie trat einen Schritt zurück, schloss die Augen, verschränkte die Finger locker ineinander, senkte den Kopf und versuchte, respektvoll zu sein, an gute Wünsche zu denken, öffnete die Augen und zuckte zusammen. Sie hatte das Kreuz vergessen. Es lag in der Küche auf dem Tisch. Sie eilte ins Haus, holte es, steckte es in die Erde, und schüttete noch mehr Erde auf die kleine Grabstelle.

Dann setzt sie sich auf die Bank neben dem Schuppen und weinte., weil sie wusste, dass dies für immer ein Ort der Trauer sein würde, und … des Todes. Sie versuchte, ihre Trauer zu bewältigen, versuchte, ihr zu entkommen, und schrie …

Niemand hörte das Totenlied aus der Tiefe. Niemand hörte ihre stummen Schreie.

Pia wachte auf, verdrängte den Traum … Sie durfte sich nicht zu oft an den kirschkerngroßen Winzling erinnern. Erinnern … vielleicht brachte das einen ja um oder verhinderte eine Schwangerschaft.

Die Standuhr schlug fünfmal. Die Kopfschmerzen hatten nachgelassen. Der Tag neigte sich dem Ende entgegen, ohne dass sie etwas Sinnvolles getan hatte. Wie es ihrer Schwester wohl seit dem Streit ergangen war? Sie würde sich gern entschuldigen, aber sie wusste, dass Hannah das Thema nicht ansprechen, sondern von den Kindern erzählen würde. Sie wollte nicht hören, wie schön Sofia und Hugo waren, wie gut Hugo in der Schule zurechtkam und wie glücklich Hannah mit den Knirpsen war, besonders mit der kleinen Sofia. Ob die Hassliebe zwischen ihnen auch so stark wäre, wenn Hannah nicht Mutter geworden wäre? Warum war die frühere Verbundenheit verloren gegangen?

Falsche Frage.

Hannah hatte Kinder und sich von einer aufgeschlossenen Superschwester in eine Superglucke verwandelt. Es war eine gute Entscheidung gewesen, ihr einmal die Meinung zu geigen. Dennoch fühlte sich Pia heute mehr denn je von ihr verlassen.

Ich sollte Hannah eine E-Mail schreiben, dachte sie und öffnete den Laptop. Der E-Melder kündigte eine Mail an. Ob Hannah die gleiche Idee gehabt hatte?

Pia öffnete die E-Mail, ohne auf den Absender zu achten.

WILLKOMMEN IM DUNKEL DER ANGST.

Einen flüchtigen Moment lang konnte sie die Kälte spüren, die sich in ihrem Körper ausbreitete, die ihr das Leben nehmen wollte. *Sonderbar*, dachte sie – da sie doch schon so gut wie tot war.

Sie erstarrte.

In einer Stunde würde Moritz nach Hause kommen, um seine Sporttasche zu holen. Obwohl sie ihm hundertmal gesagt hatte, dass er von der Arbeit direkt ins Fitnessstudio gehen sollte, kam er stets zuerst nach Hause, nur um nach ihr zu sehen.

Sie sollte nach unten gehen, da er sie nicht gern in dem Kinderzimmer sah.

Sie mussten darüber reden.

21

ICH

Ich habe mir ein Tagebuch gekauft, in dem ich meine Vorhaben dokumentiere, wie Greta es getan hat.

Heute, am 15. Februar 2018, ist es drei Jahre her, dass ich Greta zum letzten Mal aufgeweckt und ihr gesagt hatte, dass sie eine unverbesserliche Schlafmütze sei. Ich drängte sie, aufzustehen, weil ich mit ihr frühstücken wollte.

„Ich möchte mal den Tag erleben, an dem du ausnahmsweise mitten in der Nacht nicht so entsetzlich gut gelaunt bist, Mama."

„Komm schon, mein nörgelnder Paradiesvogel", sagte ich dann. „Bevor du in die Schule gehst, werde ich noch dein Haar bürsten."

Ich denke an all die Momentaufnahmen von ihr, die in meinem Kopf entstanden sind, wie an diesem Morgen, bevor sie aus dem Haus ging, als ausnahmsweise *ich* vor dem Spiegel im Flur ihr langes Haar gebürstet hatte, bis es sich in dem durch die Milchglasscheibe in unserer Haustür einfallenden Dämmerlicht kräuselte. Natürlich war sie spät dran, aber Greta ging nie aus dem Haus, ohne sich vorher das Haar zu bürsten. Pubertäre Eitelkeit war bei ihr früh ausgeprägt; die Stimmungsschwankungen setzten damals auch schon ein.

Es war ein feucht-kalter Novembertag, als mein Mann eine Woche zuvor uns mit der Ankündigung überrascht hatte, dass wir vierzehn Tage später zur Matinee-Aufführung von Phantom der Oper gehen würden. Er hatte die Karten drei Monate lang vor uns versteckt.

Wir waren überrascht und so erfreut, als er sie uns zeigte. Greta erzählte uns, dass bereits alle in ihrer Klasse das Musical gesehen hatten, einige sogar mehr als einmal. Später las ich in ihrem Tagebuch, wie erleichtert sie gewesen war:

OMG. Wir gehen in Phantom der Oper. Papa hat Tickets gekauft, Samstagnachmittag sehe ich endlich das Musical! Jetzt können sie mir nicht mehr sagen, dass ich eine unterentwickelte Schnepfe bin und dass meine Eltern mich nicht zu diesem Musical mitnehmen, weil sie sehr wohl wissen, dass ich zu blöd bin, um etwas davon zu verstehen. Ab nächsten Samstag kann ich auch darüber mitreden. Die erste Person, die ich wissen lassen werde, dass ich das Musical gesehen habe, ist Christa. Sie wird stinksauer sein, und vielleicht wartet sie dann später auf mich. Wir werden sehen. Ich bin so glücklich! So glücklich!

Ich hätte die Erleichterung in ihrer Stimme hören müssen, ich hätte Fragen dazu stellen sollen.

Wie werde ich heute nur den Tag überstehen? Im vergangenen Jahr hatten wir einen schönen Frühling. Jetzt sendet der Nebel seit Tagen deutliche Signale und legt sich lautlos und weiß auf die Straßen und Wege wie eine Bedrohung. Es kommt mir vor, als will er mich vor zu hohen Erwartungen warnen. Es ist noch immer sehr kalt, obwohl in wenigen Wochen der Frühling beginnt. Ich habe mich durch die dunklen Tage geschleppt und im Dezember stets einen Weg gesucht, um den Dezembermonat mit den stumpfsinnigen Feiertagen zu überstehen. Im vergangenen Jahr war diese Zeit zum ersten Mal weniger emotional aufgeladen. Ich hatte deswegen ein furchtbar schlechtes Gewissen. Aber dann traf ich meinen Ex-Mann mit seiner neuen Familie und auf dem Friedhof Gretas ehemalige Lehrerin und die Kindermörderin Hannah, und die Wut packte mich. Ich wollte jeden umbringen, auf den ich traf, konnte mich aber einigermaßen beherrschen. Nur dieses fette, sich ständig abrackernde Miss-Piggy-Überbleibsel, diese Frau, die für eine Herzstiftung Spenden sammelte, musste dran glauben.

An der Kasse im Supermarkt hörte ich später einen älteren Herrn sagen, dass Miss Piggy förmlich darum gebeten hätte. „Wer geht denn auch im Dunkeln mit einer Spendenbüchse von Tür zu Tür? Der Nachmittag ist doch viel besser für solche Aktionen geeignet, da ist es noch hell und jeder sieht dich. Heutzutage schlagen sie dir für ein paar Euro den Schädel ein!"

Hundert Euro waren in der Sammelbox der fetten Kuh. Ich habe das Geld für einen guten Zweck gespendet.

Ich habe einmal ein Ei für Greta gekocht, es in Scheiben auf ein weißes, dick mit Butter bestrichenes Sandwich gelegt und die Tube Mayonnaise darüber ausgedrückt.

„Nicht so viel Mayo, Mama", rief sie. „Ich werde viel zu fett!"

Greta war gertenschlank, ein wenig zu dünn.

„Ich habe mich schon gefragt, wie viel Gewicht du wohl auf die Waage bringst?", neckte ich sie. „Papa und ich würden dich auch lieben, wenn du ein pummeliges Mädchen wärst."

Plötzlich schrie sie. „Das ist nicht lustig! Hör auf!"

Schockiert über ihren Ausbruch sagte ich: „Aber mein Schatz, was ist los? Hat jemand gesagt, dass du dick bist? Der hat dann wohl keine Augen im Kopf."

Ich wollte sie knuddeln, aber sie weigerte sich.

„Natürlich nicht", schnaubte Greta.

Sie sagen ständig, dass ich immer dicker werde und dass sich kein Junge in mich verlieben wird. Wenn doch, käme das laut Christa, einem Wunder gleich. Sie würden sich zu Tode schämen, wenn sie neben mir gehen müssten. Was für ein Unsinn, es ist mir egal! Ich bin nicht zu dick. Oder fällt es mir vielleicht nicht auf? Jetzt laufe ich einen Umweg, wenn ich aus der Schule komme, damit ich zusätzliche Kalorien verbrennen kann. Ich darf nicht fett werden.

Greta wollte an dem Morgen des fünfzehnten Februar wütend das Haus verlassen, aber das habe ich nicht zugelassen. Wir hatten einen Familienkodex, an den sich jeder halten musste. Keiner von uns ging aus dem Haus oder schlief ein, wenn es Meinungsverschiedenheiten gab. Zuerst darüber reden und sich versöhnen.

Ich durfte sie knuddeln, und sie sagte, sie hätte vielleicht ein wenig übertrieben. Sie legte ihre Arme um mich und flüsterte mir ins Ohr, dass ich die süßeste Mutter der Welt sei. Vielleicht hatte sie recht.

Dieses Gefühl hat mich lange Zeit in meiner Konzentration gestört, und ihr Freitod fraß mit stählernen Zähnen an meinem Verstand. Eine Welle des Entsetzens und der Verzweiflung wollten mich davonspülen.

Später sah ich stets in die falsche Richtung und verscheuchte das Gefühl der Panik, bis mir klar wurde, dass ich auch eine Mutter war, die nicht aufmerksam genug war, die nicht sah, was ihr Kind bedrückte.

Dieses Gefühl kann ich niemandem erklären.

22

ICH

Mein Haus in Warnberg ist mein sicherer Hafen. Ich kann mich hier von allem abschotten, es ist mein Refugium. Hier behalte ich alle greifbaren Erinnerungen an mein Kind, hier kann ich über meine Traurigkeit, meinen Zorn und meine Vergeltungspläne nachdenken. Es ist kein großes Haus, aber ich brauche nicht viel Platz. Entscheidend ist, hier völlig frei und ungestört zu sein.

Ich bitte nie jemanden herein.

Jonas wollte, dass ich das Haus verkaufe. Er konnte nicht aufhören, sich immer wieder in mein Leben einzumischen, obwohl wir getrennt waren und er eine neue Partnerin hatte. Ich blieb ruhig, sagte, ich könne selbst Entscheidungen treffen und riet ihm, mich in Ruhe zu lassen. Anfangs löste seine Einmischung nur ein Gefühl von schleichendem Unbehagen aus, doch irgendwann kamen mörderische Gedanken hinzu. Hm … Alles zu seiner Zeit.

Man hört oft, dass eine Ehe den Verlust eines Kindes nicht überlebt. Es hat wohl etwas mit den verschiedenen Formen der Trauer zu tun, die einen auseinanderdriften lassen. Hätte jemand mir vorher gesagt, dass der Tod meiner Tochter zur Scheidung führen würde, hätte ich denjenigen für verrückt erklärt. Ich war mir stets sicher, dass Jonas und ich immer zusammen bleiben würden.

Fünfzehn Jahre lang genügte nur ein Wort, um zu wissen, was in dem anderen vor sich ging, aber von dem Moment an, als die Kripo in unser Haus kam, um uns zu sagen, dass unser Kind tot war, sprachen wir eine andere Sprache.

Manchmal frage ich mich, wo und warum wir gescheitert sind. Dann vergesse ich das Schweigen, das meine Kehle zuschnürte und die ewigen Streitereien, die mich lähmten. Manchmal glaube ich, dass wir es gemeinsam hätten schaffen können, hätte Jonas nicht vorgeschlagen, die Karten für das Musical umzutauschen. Als er den Vorschlag machte, zerbrach etwas.

Es kamen jede Menge Leute, die sich auf Trauerbegleitung spezialisiert hatten. Sie waren uns empfohlen worden, wir führten Gespräche mit ihnen. Sie sagten vernünftige Dinge, die mich zum Nachdenken brachten. Aber als sie fort waren, kamen Unverständnis und Wut zu uns zurück, und in kürzester Zeit lagen wir wieder auf dem Boden einer Grube des Elends.

Jonas war derjenige, der eine Trennung vorschlug. Er sagte, er müsse gehen, sich darüber klar werden, was er wollte, dass auch keine andere Frau im Spiel sei. Sein Freund Mike hatte ihm eine vorübergehende Unterkunft angeboten.

Natürlich gab es eine andere Frau, aber das hat mir damals nichts ausgemacht. Er hätte alle Frauen der Welt haben können oder alle Männer. Aber als ich herausfand, dass er diese Frau sofort geschwängert hatte und sie eine Tochter bekamen, begann ich über Möglichkeiten nachzudenken, ihn und diese Schlampe loszuwerden.

In der Nacht, als ich auf dem Weg zu seinem Haus war, um meine Absicht zu realisieren, traf ich einen Obdachlosen, der, wie ich Tage zuvor von der Kassiererin im Supermarkt erfahren hatte, jedes Jahr einige Monate durch Warnberg streunte. Ich wusste, dass er seinen Job wegen Alkoholproblemen verloren hatte. Der Mann war wie immer betrunken und klammerte sich an mich. Ich roch das Bier. Auch Jonas hatte nach Gretas Tod zu viel getrunken. Ich hasse seitdem den Gestank von Alkoholausdünstungen.

Eine Person ist oft zur falschen Zeit am falschen Ort, wie dieser Obdachlose. Wenn ich nicht gewusst hätte, dass er einst als Lehrer gearbeitet hatte, hätte ich ihm höchstens einen Kinnhaken verpasst. Aber ich wusste es, und in mir toste die Wut. Ich erwürgte ihn mit bloßen Händen und ging wieder nach Hause.

Letzte Woche stand ein Artikel in der Zeitung über die beiden ungelösten Morde in unserem Ortsteil. Ein Journalist hatte sich mit den Morden befasst und versucht, die Leute zum Reden zu bringen, rannte aber gegen eine Mauer des Schweigens. Diese schockierenden Ereignisse wollte niemand ohne Weiteres in der Öffentlichkeit diskutieren, kommentierte er den Artikel und gab auf.

Wenn ich das alles richtig verstanden habe, so hat er die Kassiererin im Supermarkt nicht interviewt.

Ich werde mein Tagebuch an einen unbekannten Leser richten, sozusagen an einen zukünftigen stillen Gesprächspartner, dessen Gedanken ich niemals hören werde; das fühlt sich verdammt gut an. *Hey du, du, der dies hier vielleicht mal lesen wirst. Hast du schon dein Urteil über mich gefällt oder zögerst du immer noch zwischen entschiedener Abneigung und möglicher Sympathie? Sag mal ehrlich, siehst du mich als Täter oder als Opfer? Du wirst doch wohl ein wenig Verständnis für mich aufbringen können? Kannst du dir nicht vorstellen, was der Selbstmord eines zwölfjährigen Kindes auslöst? Oder bist du eine Art Mensch, der glaubt, dass das Böse niemals mit dem Bösen vergolten werden kann? Ja? Dann ist der dicke Mittelfinger für dich. Wir sprechen uns noch, wenn dir etwas Ähnliches widerfährt.*

23

Hannah

„Viel besser.“ Emma sah mich anerkennend im großen Spiegel des Schlafzimmerschranks an. „Und was wirst du mit deinem Make-up machen?“

Ich hob die Augenbrauen. „Make-up? Damit bin ich eigentlich schon fertig.“

Emma rollte die Augen, schob mich auf das Bett und sah mich prüfend an. „Du bist seit sieben Jahren verheiratet. Wie wär’s mal mit Smokey-Eyes?“ Es war keine Frage. Sie kramte in ihre Handtasche nach dem Kosmetiktäschchen. „Still sitzen, die Augen geschlossen halten. Wenn ich fertig bin, erkennst du dich selbst nicht mehr.“

Als ich fünf Minuten später in den Spiegel blicken durfte, sah ich eine Femme fatale, und es gefiel mir.

Sofia betrat den Raum und musterte mich mit ihren großen Kinderaugen.

„Schön, Schätzchen?“, fragte ich.

Sofia schüttelte ihren Lockenkopf. „Doof!“

Emma flüsterte mir ins Ohr. „So wirst du heute Abend mit deinem Kerl ins Bett gehen und eine heiße Nacht mit ihm verbringen.“

„Was hast du gesagt, Emma?“, wollte Sofia wissen.

„Ich habe Mama nur gesagt, dass sie wunderschön aussieht.“ Sie zwinkerte mir zu.

Plötzlich kündigte das Handy eine WhatsApp an. MORGEN WÄRE SIE FÜNF GEWORDEN! DANK DIR BLEIBT SIE EWIG VIER.

Mit einem Gefühl im Kopf, das dem Wahnsinn ziemlich nahe kam, ging ich kurz zum Schlafzimmerfenster. Mein Magen zog sich krampfhaft zusammen. Sekunden später drehte ich mich wieder um.

Emma hob fragend die Augenbrauen.

„Von Pia“, antwortete ich. „Sie gratuliert uns zum Hochzeitstag. Ich rufe sie morgen zurück.“

Emma sah mich strahlend an, seufzte. „Versprich mir, dass du den Abend schamlos genießen wirst!“

Ich nickte und versprach es. Ich war die Frau, die David verdient hatte. Und das beinhaltete auch den Sex mit meinem Mann.

Der Kellner brachte zwei Prosecco und eine Schüssel Oliven. Ich leerte mein Glas in einem Zug.

„Wir werden heute Abend nicht auf die Kleinen achten müssen, Liebling.“

„Ja, das ist wunderbar.“ Der Prosecco wärmte mich unter dem Eis.

David nahm meine Hand. „Ich habe mich wirklich auf diesen Abend gefreut, Hannah.“

Ich konzentrierte mich auf das Spiel des Pianisten, der sanfte Barmusik seinem Klavier entlockte und sah mich um. Niemand hörte ihm und seinen *Sweet dreams* in diesem Raum wirklich zu. Er wirkte wie ein Statist, eine lebendige Dekoration, perfekt gestylt, mit einem sympathischen Gesicht und grau meliertem Haar.

„Gemütlich“, sagte David.

„Stimmt.“

„Schöne Atmosphäre.“

Ich fragte mich, worüber wir *vor Mia* gesprochen hatten.

Mithilfe des Alkohols hielt ich mich von Mia fern. Hier gab es nur David und Hannah, kein kleines Mädchen mit rosafarbenen *Hello-Kitty*-Söckchen.

Scampi, Rinderfilet, Mousse au Chocolat, Anekdoten über Davids Arbeit und den Umzug nach Warnberg, Dinge, die er organisiert und von denen ich nichts mitbekommen hatte. Ich erzählte von Hugo und Sofias Alltag, von Hugos unfähiger Lehrerin, von seiner Klassenkameradin, die die ganze Klasse zur Geburtstagsparty eingeladen hatte, außer Hugo und Benny. „Mobbing unter Kids, gemeiner geht’s nicht. Ich verstehe nicht, dass die Mütter da mitmachen.“

„Wo wohnt diese Frau? Ich könnte sie verprügeln.“ David zwinkerte mir zu.

Ich ließ mich in seinem gespielten Beschützerdrang nieder. Wir sprachen über Pia und welches Glück wir mit unseren Kindern hatten … Plaudereien, und stets ein Glas Rotwein vor uns.

Als ich aufstand, verwandelte sich das Restaurant in ein Meer. Die Stühle und Tische schwankten in den Wellen, Gesprächsfetzen prallten an ihrer Festung Gehirn ab. Ich gab mein Bestes, um die Toilette in einer geraden Linie zu erreichen, und dachte, wie schnell ein Abend doch vergehen konnte. Dabei hatte ich mich so davor gefürchtet. Aber seit Mia war ich ziemlich gut darin, anderen etwas vorzumachen und so den Schein zu wahren. Als wäre nichts geschehen.

Das Meer schlug höhere Wellen, als jemand ein Foto von uns machte, der Blitz blendete mich wie die grelle, mediterrane Sonne auf dem Mittelmeer. Ich trieb mit David in einem Boot übers Wasser, mit einem gemeinsamen Feind, der uns aneinanderkettete, mit Alkohol als Rettungsreifen und den Gesichtern um uns herum als Anker.

David trank einen Cognac und blickte auf. „Lass uns all die Dinge, die uns wichtig waren, zurückholen, Hannah“, flüsterte er und nahm meine Hand. „Besonders unsere Liebe.“

Tränen sprangen mir in die Augen. Überwältigend war plötzlich die Sehnsucht nach Geborgenheit, nach Liebe, nach all das, was wir je einmal waren.

„Hey, Liebling.“ David strich sanft über meine feuchten Wangen. „Alles wird gut. Ich liebe dich.“

Und da war es wieder, das innerliche Zusammenzucken, als ich sagte „Ich dich auch.“ Seit fast drei Monaten hatte ich meinem Mann nichts Liebevolles mehr gesagt. Aber jetzt, in diesem Moment, in diesem Restaurant, war es einige Sekunden wie einst. Bis er lächelnd seine Hand auf meine legte und die Magie verflog.

Ich hatte ein kleines Mädchen getötet. Woher brachte ich den Mut auf, heute Abend hier zu feiern? Und wieder erinnerte ich mich an die Worte meines Psychiaters. „Der kleinste Schritt ist ein Schritt nach vorn. Gehen Sie behutsam mit sich um.“

Draußen wünschte ich mir, dass David mich hielt. Dass ich für eine Weile klein wäre und er mich wie Hugo oder Sofia hochhob und ein Stück durchs Leben trug. Ich wünschte mir die Geborgenheit einer zärtlichen Umarmung. Aber gleichzeitig wollte ich vor ihm davonlaufen. Mein *Ich liebe dich auch* machte mich krank, und ich schaffte es nicht, mich bei David einzuhaken. Ich konnte meine Lippen nicht auf seine legen.

Ich hatte Angst. Angst vor mir selbst, Angst vor der Liebe, vor dem Tremor, vor Davids Händen, die mich später berühren würden. Durfte ich glücklich sein? Lachen, küssen, tanzen, Sex haben? Ich beendete das Leben eines kleinen Mädchens, zerstörte das Leben eines Vaters und einer Mutter. Sollte *ich* nicht auch besser aufhören, zu leben? Ich konnte nicht einfach so tun, als wäre nichts geschehen.

David kümmerte sich um mich und ich hasste mich dafür, dass ich ihm diese Liebe noch nicht zurückgeben konnte. Ich stieg mit ihm in den Wagen. Wir rollten ein paar Meter zum inzwischen überwiegend frei gewordenen Parkplatz, um das Auto dort abzustellen. Wir hatten viel zu viel getrunken, um nach Hause zu fahren. Diese paar Meter waren eine Geste der Liebe, ein kurzes

Stück, um ihm zu sagen, dass ich ihn nicht verdient hatte, dass ich ihn wirklich liebte. Aber ich tat es nicht.

Wir traten unseren Spaziergang durch eine dunkle Nacht nach Hause an.

„Geht es dir gut?“, fragte David.

„Hm …“

Schweigen. Wir gingen getrennt nebeneinander und doch gemeinsam, mehr als in den letzten Monaten.

Es gab keinen Versuch der Annäherung, seltsamerweise gerade deshalb, weil wir uns nah waren. Ohne es auszusprechen, wussten wir beide, dass ich nur langsam zurückkam, dass es um harte Arbeit und geduldiges Warten ging.

Und plötzlich fühlte ich etwas wie Zufriedenheit, bis ich unsere Haustür sah, an der ein Plakat und ein Polaroidfoto, das heute Abend in dem Lokal gemacht worden war, hafteten.

WIR WOLLEN KEINE FRÖHLICHE KINDERMÖRDERIN IN UNSERER STRASSE.

Wie in Trance lief ich auf die Tür zu und schrie, bis ich in Davids Armen zusammenbrach. Erst viel später fragte ich mich, ob ich im Hintergrund Geigenmusik gehört hatte, oder es ein Fantasiegespinst war.

24

ICH

Ich sitze seit drei Stunden mit einem Glas frisch gepressten Orangensaft und zwei Nutella-Sandwiches am Esstisch. Es ist eine Gepflogenheit, die vielleicht keinen Bezug zu irgendetwas hat und keinem Zweck dient – ich kann die Zeit nicht zurückdrehen und die Geschichte rückgängig machen. Dennoch wiederhole ich dieses Ritual zum x-ten Mal in Folge. Ich weiß, dass Greta nicht mehr nach Hause kommt. Aber diese Stunde des Tages ist wie eine Ode an mein Kind.

Wie eine zurückdatierte Einladung, nach Hause zu kommen …

Damals dauerte es ziemlich lange, bis ich mir Sorgen machte. Greta hatte mir gesagt, dass ein neues Mädchen in die Klasse gekommen wäre und dass sie sich gerne mit ihr anfreunden würde. An diesem Nachmittag dachte ich, sie wäre mit ihrer neuen Freundin nach Hause gegangen. Gegen fünf Uhr beschloss ich, sie anzurufen, und stellte fest, dass ihr Handy auf der Treppe lag.

Jonas kam um halb sechs nach Hause. Ich rief in Gretas Schule an. Der Lehrer kannte die Adresse der neuen Klassenkameradin nicht, aber er war sicher, dass Greta an diesem Tag nicht in der Schule gewesen war. Das Kollegium dachte, sie sei krank und dass wir vergessen hätten, das zu melden.

Mein Herz stand still, mein heftiger Atem wirkte störend in dieser eisigen Stille des Moments.

Wir gerieten in eine Achterbahn der Gefühle, waren völlig kopflos. Jonas konnte nicht verstehen, dass uns niemand aus der Schule angerufen hatte. Zuerst übertrug er die gesamte Verantwortung dem Lehrerteam, später änderte sich das. Er attackierte mich, behauptete, dass mir etwas an Gretas Verhalten hätte auffallen müssen, dass der Klang ihrer Stimme sich verändert hatte, dass ich zu sehr mit mir selbst beschäftigt gewesen war, dass ich viel zu spät gehandelt hätte. Später nahm er alles zurück und entschuldigte sich, aber seine Worte waren in meinem Kopf fest verankert. *Er hat recht,* fräste sich in mein Hirn.

Es war sehr kalt für die Jahreszeit, die Meteorologen sprachen von der niedrigsten Temperatur im Februar seit fünfzig Jahren. In der Nacht nach Gretas Verschwinden fiel die Außentemperatur auch unter den Nullpunkt. Ich machte mir Sorgen, dachte an Gretas Kleidung. Sie hatte das Haus ohne Mantel verlassen.

Ich habe im Internet einen Artikel über den Selbstmord einer jungen Mutter gelesen und musste weinen. Sie wollte nicht mehr leben, weil niemand sie verstanden hat. Sie befürchtete, dass ihre Kinder krank werden und sterben könnten. Eines Abends ging sie nach draußen und versteckte sich unter einem Gebüsch im Park. Sie trug keine warme Kleidung, schluckte eine Handvoll Schlaftabletten, schlief ein und starb an Unterkühlung.

Mama nimmt auch Schlaftabletten. Wenn es nachts kälter wird, kann ich mir ein Gebüsch suchen.

Ich hatte diese Nachricht ebenfalls in der Zeitung gesehen und erinnere mich, wie wütend ich auf diese Mutter wurde. Ich gebe zu, dass ich Selbstmord per Definition unerträglich finde. Es ist eine feige Art, ein Problem zu lösen. Das habe ich immer geglaubt. Ich dachte auch, dass niemand das Recht hat, einer anderen Person das Leben zu nehmen.

Jetzt denke ich anders über Selbstmord und Mord. In der *Perdition-Road* ist der Teufel los. Jemand verbreitet dort üble Botschaften.

Hm …

25

ICH

Gestern war Vergangenheit. Erneut hatte ich einen Tag überstanden. Aber *the day after* war viel schlimmer. Ich sah meine zerbrochene Seele, schleppte mich mit diesem Schmerz durch das Haus, schaffte es nicht, zu essen, und suchte Trost in zwei Gläsern Cognac. Nicht mehr.

Cognac roch besser als Bier …

Jonas weinte viel, hatte Angstzustände und war traurig. Von dem Moment an, als ich begriff, dass zwischen uns etwas völlig aus dem Ruder gelaufen war, konnte ich nur noch wütend sein. Ich zertrümmerte das Wohnzimmer, das Geschirr in der Küche, selbst die antike Keksdose von Jonas' Großmutter. Mein Zorn ließ nicht nach und meine Verzweiflung wurde nicht beherrschbar. Mir fiel auf, dass sich stets jemand in meiner Nähe aufhielt, um unser Haus und sein Interieur vor mir zu schützen.

Die Polizei hatte anfangs in Betracht gezogen, dass Greta weggelaufen sei. Ein älterer Polizist, der den Paternalismus zu seiner zweiten Natur gemacht hatte, wagte es, mich mit einem Lächeln auf das Szenario einer hoffnungslosen Liebe hinzuweisen. „Junge Mädchen können eine enttäuschte Liebe nur schwer verdauen. Greta wird bald versuchen, sich so unauffällig wie möglich ins Haus zu schleichen.“ Er lächelte und riet mir, sie nicht zu hart zu bestrafen, denn die jugendliche Liebe könnte ein Kind sehr verletzlich machen. Ich hob meinen Arm, aber Jonas hielt mich von einem Schlag in sein grinsendes Gesicht zurück.

Im Laufe des zweiten Tages zeigte der Beamte mir seine besorgte Miene. Ich fing Bruchteile von Sätzen und Wortfetzen wie Vergewaltigung, Entführung und Loverboy auf.

Und Jonas weinte.

Leute kamen und gingen, die ich später nicht mehr sehen wollte: Jonas' Bruder mit seiner Frau, meine beiden Schwestern, meine Schwiegereltern. Nach der Scheidung habe ich nichts mehr von der Familie meines Mannes gehört oder gesehen, und vor zwei Jahren entschieden meine Schwestern, dass es besser wäre, den Kontakt zu mir abzubrechen. Auch das passiert manchmal in zerrütteten Familien. Ich denke, es ist in Ordnung. Ein Beobachter könnte meinen, ich würde in meiner seltsamen Form von Trauer durchdrehen. Aber hätte er die hervorquellenden, weit aufgerissenen Augen meines Gesichtes gesehen und meine Worte aus den durch anhaltendes Schreien schmerzverzerrten Mund gehört, hätte er Wut und Rache vernommen. Je weniger Beobachter ich um mich habe, desto einfacher wird es sein, meine Pläne zu verwirklichen.

Umso besser wird es mir gelingen, unsichtbar zu bleiben. Niemand wird mir Fragen stellen.

Es ist vier Uhr. Ich habe die vergangenen Stunden am Küchentisch verbracht und die Zeit verstreichen lassen, habe sie einfach verloren. Mein Magen sprudelt Säure, es wäre klug, etwas zu essen. Wofür würde Greta sich entscheiden, wenn ich sie fragen könnte?

Ich schließe meine Augen und frage sie.

Was für eine blöde Frage? Chinesische Tomatensuppe, dazu ein warmes Baguette mit Kräuterbutter. Wie immer, Mama!

Ich strecke meine Arme nach ihr aus und fühle nichts als Leere.

Ich sehe, wie Hannah Franke den Supermarkt betritt, als ich an der Kasse stehe. Sie ist in Gedanken versunken. Ich gehe schnell an ihr vorbei. Dann bleibe ich stehen. Mir kommt spontan eine Idee.

Es ist kein Zufall, dass ich heute auf Hannah treffe. Nicht umsonst wurde ich auf ihre Existenz aufmerksam, ich muss endlich energischer werden. Aber mit Bedacht, nichts überstürzen, sondern wohlüberlegt handeln. Hannah bekommt von mir wesentlich mehr als einen zufälligen Angriff mit irreversiblen Folgen. Sie hat Anspruch auf Verunsicherung, Zweifel, Angst und Panik.

Hannah und ihre Schwester werden das Böse kennenlernen. Sie stehen für all jene, die hätten wissen müssen, dass mein Kind ihre Hilfe gebraucht hätte.

Zu Hause nehme ich meine Geige und spiele *Knorkators Böse.*

26

Pia

Hallo Pia, wie geht es dir? Ich hab da vielleicht was für dich. In der Schule wurde eine Stelle als Lehrerin ausgeschrieben: 16 Stunden pro Woche, verteilt auf drei Tage. Wäre das nichts für dich? Die Direktorin ist eine gute Freundin von mir, da lässt sich bestimmt was machen. Ich habe ihr kurz erklärt, was dir passiert ist. Sie würde gerne ein Gespräch mit dir führen. Ihr Name ist Desiree Baron. Ich hoffe, dass du sie kontaktieren wirst.

Herzliche Grüße, Torge

Keine Telefonnummer. Pia hörte ihren ehemaligen Kollegen sagen, dass nichts so inspirierend sei, wie die Initiative zu ergreifen.

Die E-Mail weckte ihren Widerstand. Sie fühlte sich durch seine Wortwahl bevormundet. Sie kannte ihren Kollegen. Man starb nicht, wenn man das Haus verließ, sich von dem Kinderwunsch ein wenig ablenkte und ein paar Stunden die Woche arbeitete. Und der letzte Satz, in dem Torge zum Ausdruck brachte, dass sie mit der Direktorin Kontakt aufnehmen sollte, klang eher nach einem Befehl als nach einem Wunsch.

Warum glaubte er, dass sie in den Schuldienst zurückkehren wollte? Wie hätte Torge reagiert, wenn ihm das alles zugestoßen wäre. Wahrscheinlich würde er nie wieder diese Schule betreten.

Der Winter, in dem sie die Schule verlassen hatte, war kalt und feucht gewesen. Sie hatte damals, nach dem Selbstmord der Schülerin, versucht, sich abzulenken, aber es gelang ihr nicht. Im Sommer darauf war bereits die Einnistung einer befruchteten Eizelle misslungen, und sie verfiel in eine Depression. Sie konnte in den Sommerferien nicht einmal mehr die Sonne richtig genießen. Dass sie es einst liebte, in der Brandung zu liegen, den Sand zwischen ihren Zehen und das kalte Meer höher und höher um ihre Hüften zu spüren, hatte sie vergessen. Ebenso die langen Radtouren mit Moritz, das Flirten, die Unbeschwertheit, den Prosecco auf der Terrasse.

Seit Gretas Freitod spürte sie die Energie des Sommers nicht mehr.

27

Pia

Sie hatte seit Monaten nicht mehr darüber nachgedacht, aber seit Torges E-Mail waren die Gespenster wieder in ihrem Kopf. Seitdem weinte sie sich an manchen Abenden in den Schlaf. In ihren Träumen kamen die Schüler aus allen Richtungen und stürzten sich auf sie. Dann wachte sie schweißgebadet auf und flüsterte: „Ich konnte Greta nicht helfen.“

Sie grübelte und stand verloren am Küchenfenster. Auf dem Bürgersteig standen einige Nachbarn und zeigten auf ihre Wäscheleine. Sie folgte ihren Blicken. Und dann sah sie es. Eines der weißen Laken war mit hellroter Pixação-Graffiti besprüht. Die Buchstaben waren hoch und schmal. Daneben ein Totenkopf in Schwarz – alles der Typografie und einem Logo einer Heavy-Metal-Band entlehnt.

DU WIRST EINE NACHT IN EISWASSER VERBRINGEN!

Pia konnte ihre Kommentare bis in die Küche hören, aber sie erreichten sie nicht wirklich. Sie war gefangen in einem Kokon, die Außenwelt durfte dort nicht hinein.

In ihrer Klasse hatte es eine kleine Gruppe Schüler gegeben, die andere Schüler dominierte. Dabei war ihr aufgefallen, dass insbesondere eine Schülerin von den Jungen herausgefordert wurde, und dieses Mädchen von dem grenzüberschreitenden Verhalten am meisten betroffen war.

Ihre Kollegen beschwerten sich in den Kaffeepausen und den Meetings über das Verhalten dieser Gruppe. Sie drängten auf Einstimmigkeit in der Vorgehensweise und vor allem auf weniger Toleranz. Es gab heftige Diskussionen mit Torge, weil ein Teil des Lehrerteams das Gefühl hatte, dass er als Vertrauenslehrer nicht kritisch genug war und sie nicht genügend unterstützte. Pia pries sich glücklich, dass sie kaum unter der penetranten Gruppe litt. Offenbar war sie nicht übermäßig hübsch, um ihr Interesse zu wecken.

Bis zu diesem Zeitpunkt hatte sie das geglaubt. Als sie nach Gretas Freitod die Polizei auf die Gruppe hingewiesen hatte, geriet auch sie in das Visier der Jugendlichen. Zwei Monate später hatte sie ihre Stelle gekündigt und sich nur noch auf die In-vitro-Fertilisation konzentriert.

Sie hatten das Laken und den Rest der Wäsche von der Leine genommen und saßen sich nun am Küchentisch gegenüber. Pia presste ihre Hände zusammen, um das heftige Zittern zu kontrollieren.

„Wir müssen wohl nicht fragen, welcher Idiot das getan hat", sagte Moritz wütend. „Wir sollten ihn anzeigen."

„Sollten wir das nicht einfach ignorieren? Es könnten auch ehemalige Schüler von mir gewesen sein. Die haben ständig Flausen im Kopf. Die Schule ist voll von solchen Schmierereien." Pia konnte ihre Stimme kaum kontrollieren.

„Und Theo Steiner davonkommen lassen?"

„Wir können nicht beweisen, dass er es war. Niemand hat etwas gesehen."

Moritz schlug mit der Hand auf den Tisch. „Beweise? Glaubst du wirklich, dass er *dabei* jemanden hat zusehen lassen? Nichts unternehmen, bedeutet, dass wir dieses Verhalten akzeptieren. Wir melden es. Wir können zwar den Täter nicht identifizieren, aber die Sache wird durch eine Anzeige aktenkundig. Wer weiß, was dieser Irre noch vorhat? Was ist in dieser Straße neuerdings bloß los?"

„Vielleicht sollte ich die Wäsche sonntags nicht mehr aufhängen." Pia bereute ihre devoten Worte sofort.

„Begreifst du eigentlich, was du sagst? Wo ist das toughe Mädchen geblieben, das ich geheiratet habe? Verdammt, Pia! Warum soll dein Schwanger-werden-Wollen oder deine gescheiterte Mutterschaft unser ganzes Leben zerstören? Hast du in den letzten Wochen mal in den Spiegel geschaut? Oder hast du zu viel Angst vor dem, was du da siehst, was du *hinter* dem Spiegel finden wirst?"

Der Angriff kam völlig unerwartet.

Moritz stand auf. „Natürlich geht es hier nicht um den dummen Wäschestreich. Wir müssen über ganz andere Dinge reden. Ich war zu hart, sorry, aber ich weiß nicht mehr weiter. So können wir doch nicht weitermachen. Ich habe die Schnauze gestrichen voll."

Pia schwieg. Sie fragte sich, wo der fürsorgliche und verständnisvolle Mann geblieben war, mit dem sie seit so vielen Jahren verheiratet war. Sie wollte ihm sagen, dass alles gut würde, aber ihre Lippen blieben versiegelt. Ihr Herz klopfte wild, ihre Brust verkrampfte, die Atmung stockte. Ein heftiger Schlag ins Gesicht wäre nicht so schmerzvoll gewesen.

Etwas in seinem Gesicht geriet in Bewegung, ganz leicht nur, weit unter der Oberfläche.

„Ich muss an die frische Luft“, sagte Moritz.

28

Pia

Sie starrte noch immer auf die Küchenwand. Moritz war seit einer Stunde fort. Sie fühlte sich tief verletzt.

Dein Schwanger-sein-Wollen!

Deine gescheiterte Mutterschaft.

Pia legte den Kopf in die Hände, wollte weinen. „Gefühle können, gleich einer Welle, ihre individuelle Gestalt nicht lange bewahren", hatte Hannah mal gesagt. Vielleicht blieben deshalb ihre Augen trocken.

Jemand klopfte an das Fenster der Küchentür, die in den Garten führte. Sie blickte auf und winkte ihre Nachbarin herein, bereit für die nächste Ausrede und Entschuldigung. Danach musste Charlotte verschwinden. Und sich fortan fernhalten. *Vor allem, fernbleiben!*

„Theo hat damit nichts zu tun, Pia", begann Charlotte. „Das kann ich dir versichern. Er würde so etwas nie tun und ist völlig neben der Spur wegen dieser Unterstellung."

„Unterstellung?", wiederholte Pia leise.

„Wir haben es nicht einmal gesehen, und dann standen plötzlich ein paar Leute vor unserer Haustür. Sie hätten ihr ganzes Leben lang hier gewohnt, aber so etwas noch nie erlebt. Sie haben Theo aufs Übelste beschimpft und ihm gedroht. Er erholt sich jetzt auf der Couch."

Dieses Gespräch muss ich ganz schnell beenden. Sie musterte ihre Nachbarin. „Jemand hat auf eines der Laken mit blutroter Farbe *DU WIRST EINE NACHT IN EISWASSER VERBRINGEN!* gesprüht. Bist du nun zufrieden, Charlotte?"

„Um welche Uhrzeit ist das passiert?", fragte sie irritiert.

„Irgendwann am Vormittag, zwischen elf Uhr und zwölf Uhr."

„Da war Theo beim Steuerberater und ich im Supermarkt. Bitte, Pia, glaub mir, wir haben damit nichts zu tun".

„Du vielleicht nicht, Charlotte!"

„Nein und Theo auch nicht, wirklich nicht. Er kann ziemlich nervig sein, aber ich bin sicher, dass er niemals das Eigentum eines anderen zerstören würde." Ihre letzten Worte endeten in einem Schluchzen.

Pia hatte Mitleid mit ihr. Charlottes Beteuerungen schwebten über ihr wie ein Omen. Wenn die Nachbarn es nicht waren, wer dann?

„Es tut mir so leid." Charlotte trocknete ihre Tränen. „Vielleicht waren es die Kids aus der Schule. Die können sich manchmal echt daneben benehmen. Kann ich vielleicht etwas für dich tun, Pia?",

„Was möchtest du denn tun?"

„Darauf achten, dass nicht noch einmal so etwas passiert. Theo hat noch zwei Überwachungskameras auf dem Dachboden, vielleicht kann er sie installieren."

Sicherheitskameras hätten nicht nur ihren Garten, sondern auch sie und Moritz im Visier. „Nein danke. Moritz wird den Vorfall zur Anzeige bringen. Du wirst wohl mit einem Besuch der Polizei rechnen müssen."

Charlotte zuckte erschrocken zusammen.

„Aber das ist ja dann kein Problem", fuhr Pia fort. „Du warst ja nicht zu Hause …?"

„Richtig. Wir haben damit nichts zu tun, Pia, Hand aufs Herz. Ich will keinen Streit. Soll Theo auch vorbeikommen, um es dir zu bestätigen?"

„Nicht nötig."

Einen Augenblick schwiegen sie. Pia spürte, wie ihr eine Schweißperle über die Schläfe lief, die Wange und ihren Hals hinab, wie sie schließlich im Kragen ihrer Bluse versickerte.

Charlotte sprang auf. „Ich wollte es dich nur wissen lassen." An der Küchentür drehte sie sich noch einmal um. „Ich werde allerdings darauf bestehen, dass Theo diese Kameras installiert."

Bevor Pia einen Protest äußern konnte, hatte Charlotte das Haus verlassen.

29

Pia

Es war schon dunkel und Moritz immer noch nicht zurück. Sie hatte beschlossen, ihn nicht anzurufen. Aber jetzt fragte sie sich, ob er das von ihr erwartete. Der Gedanke machte sie wütend. *Er* hatte das Haus verlassen, nicht sie. Etwas ging in ihm vor. Halb vergessene Erinnerungen an bessere Zeiten, die an die Oberfläche gespült wurden?

„Wir müssen miteinander reden", sagte er stets. Darin stimmte sie mit ihm überein. Je früher, desto besser. Aber sie wollte ihn nicht anrufen. Er würde schon wieder nach Hause kommen.

Das mit Farbe besprühte Laken lag immer noch auf dem Küchenboden. Sie hätte es gerne in die Mülltonne geworfen. Weg damit! Aber Moritz brauchte es als Beweisstück, falls er die Sache tatsächlich zur Anzeige bringen wollte. „Ich kann zwar nicht beweisen, dass der Nachbar oder einer deiner früheren Schüler etwas damit zu tun haben, aber der Vorfall ist dann zumindest aktenkundig", hatte er gesagt.

Als ob mir das etwas bringen würde.

Im Gefrierschrank waren noch zwei Baguettes, worauf sie mit einem Mal Appetit verspürte. Als sie jedoch den Backofen einschaltete, wurde sie von einem Déjà-vu überwältigt. An dieser Stelle hatte sie nach ihrer ersten künstlichen Befruchtung oft gestanden und Baguettes in den Ofen geschoben. Sie lechzte förmlich jeden Morgen danach. „Lass es dir schmecken, mein Liebling", hatte Moritz ihre Gelüste immer wieder mit einem sanften Lächeln kommentiert, während er, der werdende Vater, sich unwohl fühlte, sobald sie ihre Zähne in die fette Masse setzte. Moritz stand auf Fruchtsmoothies, die bei ihr zu Übelkeit führten. Sie hatten viel gelacht, damals, als sie das einzige Mal drei Monate lang schwanger gewesen war.

Pia stellte den Teller mit den Baguettes auf den Küchentisch und setzte sich. Der Geruch von Käse und Tomaten drang in ihre Nase und verursachte ihr plötzlich Übelkeit. Sie musste sich einen Moment hinlegen, sich ausruhen …

Als sie eine Stunde später schweißgebadet auf der Wohnzimmercouch aufwachte, war es draußen bereits dunkel. Sie wollte das Licht einschalten, aber es gelang ihr nicht, aufzustehen. Sobald sie den Kopf hob, wurde ihr wieder übel. Der Teller mit den Baguettes stand unberührt auf dem Küchentisch. Vielleicht würde Moritz später alles in den Müll werfen. Hoffentlich hatte er Verständnis, dass die Erinnerung zu viel für sie war.

Sie dachte an das besudelte Bettlaken und wurde wütend. Sie hätte den Vorfall sofort der Polizei melden sollen. Aber sie hatte es nicht getan. Es war ihre eigene Schuld. Die Kollegen, mit denen sie in der Schule nach ihrer Kündigung einen guten Kontakt pflegte, hatten auch stets behauptet, dass es unmöglich war, sich ausreichend gegen Schüler zu wappnen, die ungezogen waren und einflussreiche Eltern hatten.

Es ist deine eigene Schuld.

Jemand ging durch den Garten. Moritz? Oder der seltsame Nachbar? Gestern hatte sie das Gefühl gehabt, dass sie verfolgt wurde. Immer wieder hatte sie jemand aus den Augenwinkeln durch die Ränder ihres Gesichtsfeldes huschen sehen, jemand im Nacken gespürt. Es war nicht leicht, so zu tun, als bemerkte sie es nicht. Aber sich umdrehen und den Verfolger konfrontieren, wäre falsch gewesen. Falsch und vielleicht gefährlich. Die Kids konnten unberechenbar sein.

Pia stand langsam auf und ging zur Küchentür. Niemand zu sehen. Kein Moritz, kein Nachbar, kein Schüler. Vor dem Schuppen lag etwas auf dem Boden. Sie schaltete das Außenlicht ein, fuhr entsetzt zusammen und schrie.

30

ICH

Auf bestrumpften Füßen lenke ich meine Schritte im Wohnzimmer über den Parkettboden und bringe die Miniwanze in Pias Wohnzimmer an.

Beeil dich! Ein Befehl meiner inneren Stimme.

Niemand beachtet mich. Niemand hindert mich daran. Niemand ist zu Hause. Niemand packt Pia von hinten und presst eine Hand auf ihren Mund. Niemand zerrt sie in ein Auto. Niemand rammt ihr eine Faust in den Bauch und dann ein Messer.

Noch nicht!

Pia, die Mittäterin an Gretas Tod, verdient das Grauen. Mein Schatten torkelt durch den Wohnraum vor mir her wie ein düsterer Begleiter, die Treppe hinauf ins Schlafzimmer. Ich werde hier keine Wanze anbringen. Das Schlafzimmer ist der Taburaum für Lauschangriffe. Zu privat. Es ziemt sich nicht. Im Bad peitsche ich am Waschbecken eiskaltes Wasser gegen mein Gesicht. Hier ist das Lauschen ebenfalls überflüssig. Ich möchte Pia nicht beim Duschen oder Pinkeln zuhören.

Wie leicht man in die Häuser der anderen eindringen kann, war mir bis dato nicht bewusst. In der *Perdition-Road* vertrauen die Anwohner einander. Kaum jemand besitzt hier eine Alarmanlage.

Ich werde Pia in ein finsteres Loch voller Blindheit und Grabesstille stürzen, wie sie es mit meinem Kind gemacht hat. Jedenfalls habe ich sie und ihr Haus nun unter Kontrolle. Wenn die Zeit reif ist, werde ich dort wieder auftauchen wie eine Schimäre aus den Sümpfen des Bösen, um sie …, ach, wir werden sehen.

Pia hat heute völlig unerwartet im Supermarkt geweint, begleitet von einem hypnotischen Wortschwall und würgenden Schluchzern. Seltsam. Das besprühte Bettlaken hat seine Wirkung nicht verfehlt. Ich unterdrücke ein Kichern. Im nächsten Moment fährt ein stechender Schmerz durch meinen Körper. Ich halte einen Moment inne, atme tief ein und aus, lausche in die Stille, nehme schwach Autogeräusche und Stimmengewirr wahr.

Plötzlich spüre ich mein Kind, wie ein Windhauch im Nacken. Mir kommen Zweifel. Vielleicht liegt das Leben doch jenseits der Wut und der Rache? Was meinst du, Greta?

Nein, dein Schmerz ist zu groß. Du wirst das schaffen, Mama. Sie hat es verdient, wispert meine innere Stimme.

Ich nicke.

Schon bald werden sich aus Pias erkalteten Mundwinkeln blutige Würmer winden.

„Du wünschst ihr den Tod?“, flüstere ich und schließe für einen Moment die Augen.

Was sonst?

„Bitte nicht!“ Ich verdränge das widerwärtige Gewisper in meinem Kopf.

Ich werde es schaffen, Greta.

In Windeseile verlasse ich das Haus. Draußen verdunkelt sich die *Perdition-Road*, alles kommt ins Strömen. Ich spüre, wie mein Gesicht zu glühen beginnt. Meine Prophezeiung soll wahr werden.

Ich öffne die trocknen Augenlider und gehe weiter in Richtung Friedhof, wo mir der Geruch verborgener Orte entgegenweht, modriger Grabesstaub, den die Dunkelheit verströmt.

Das schwache Gelächter von der Straße erstirbt.

Grauen erfüllt die Stille.

Das Gehen fällt mir immer schwerer. Kurz vor Gretas Grab stolpere ich, stürze, weine, schluchze. Der innere Schmerz raubt mir den Atem und jede Fähigkeit, um Hilfe zu rufen. Meine Finger tasten über den Boden bis zum Grabstein meines Kindes. Schmutz vermischt sich mit dem Blut an meinen Händen. Ich rieche den Unrat, sehe schemenhaft die Leiber der Ratten, die ihr nächstes Opfer im Visier haben, und versuche aufzustehen. Die Welt schwankt für einen Moment.

Dann höre ich ihre sanfte Stimme aus der Tiefe. *„Mami ... Ach, meine liebe Mama.“*

Ich wische die Hände an meinem Mantel ab und sehe mich um. Sechs Bäume, aus dessen Schatten Augen wie goldene Kreise auf mich starren. Eine Krähe schreit. Ich hebe den Blick zum Himmel.

Ich werde es schaffen.

Die Saltos, die mein Herz schlägt, sagen mir, dass sich auch der Körper meines Kindes dem Sterben widersetzt hatte.

31

Hannah

Es wäre so viel einfacher, wenn Pia wütend auf mich wäre. Wenn ich nach dem Wutausbruch nicht mehr mit ihr hätte sprechen wollen, oder wenn Pia vielleicht einen Unfall gehabt hätte, hier in der Straße, ausgerutscht beim Schneekehren. Nicht, dass ich wüsste, wie ich hätte reagieren sollen, aber Pias Schweigen war nicht greifbar. Wut wäre zumindest etwas Konkretes. Damit konnte ich etwas anfangen – es geduldig ertragen, Pia sagen, dass sie mich mit Recht bespucken würde.

Aber sie schwieg. Und ich hatte auch geschwiegen.

Jetzt war meine Schwester hier, saß auf der Couch, wie sie es vor ihrem wütenden Abgang jede zweite Woche getan hatte. Sie trank ihren Kaffee, lehnte den gefüllten Kuchen ab, weil sie wieder mal gerade gegessen hatte. Sie war höflich. Das war zehnmal schlimmer als ein Streit.

„Was ist mit deiner Hormonbehandlung?“

„Es läuft gut“, antwortete Pia.

„Ich bin sicher, dass es diesmal funktionieren wird.“ Ich bereute meine unüberlegten Worte sofort und erntete einen vernichtenden Blick.

„Ach ja?“, schnaubte Pia. „Schon etwas gehört über diese seltsame Botschaft an deiner Tür?“

Es kam mir vor, als wartete Pia nur noch auf eine Version über die Schulhofmütter, die mich jetzt noch mehr anstarrten, über die Kommentare von Davids Mitarbeitern, die Reaktionen im Internet, den Blick der Kassiererin im Supermarkt. Ich war mir sicher, dass auch die fette Tratsche davon gehört hatte.

Bleib ruhig. Sie ist deine Schwester. „Emma hat mir ein wenig moralischen Beistand geleistet.“

„Oh, Emma, deine neu gewonnene Freundin.“

Ich lächelte. „Noch eine Tasse Kaffee, Pia?“

„Also war es nicht so schlimm?“, bohrte meine Schwester weiter.

Halbherzig zuckte ich mit den Schultern. „Nein …“

„Nun, wie schön für dich. Ich musste in der vergangenen Woche oft sagen, ja, das ist in der Tat meine Schwester. Zuerst treibt sie ein kleines Mädchen in den Tod, und dann brüllt sie vor Lachen in einem Restaurant."

Ich wagte es nicht, Pia anzusehen. „Ich habe dir eine E-Mail geschickt, dass es nicht so war."

„Oh, du hast dich nicht amüsiert?"

„Ich war betrunken, Pia. Es war unser Hochzeitstag."

„Es war also keine *Happy Hour* mit happy Drinks?"

„Ich …"

„Ich hole den Kaffee." Mit einem Ruck stand Pia auf. „Mach es dir gemütlich auf deiner Couch!"

„Wir hatten endlich mal einen Abend für uns … Ich würde nie …", erwiderte ich leise, aber Pia war bereits in die Küche verschwunden.

Der Tremor nagte an meinen Händen, ich spürte, wie Tränen in meine Augen schossen.

Windsor spürte meine Traurigkeit und lief unruhig im Wohnzimmer hin und her. Wie sehr wollte ich meiner Schwester folgen, ihr sagen, dass ich alles, was vorgefallen war, bereute, dass ich sie vermisste und sie liebte. Aber es gelang mir nicht, die Distanz zwischen uns zu überbrücken, obwohl ich verzweifelt nach einen Weg suchte.

Ein Geheimnis vielleicht? Ja, ich musste Pia ein Geheimnis offenbaren, sie ins Vertrauen ziehen. Das war das Einzige, was funktionieren könnte. Als Pia wieder auf der Couch saß, erzählte ich ihr von dem Plan, mich selbst bestrafen zu wollen. Dass ich Mia nie vergessen würde und dass ich auch glaubte, indirekt für Pias Kinderlosigkeit verantwortlich zu sein.

Pia sah mich fassungslos an. „Dich selbst bestrafen? Ich dachte, wir hätten diesen Unsinn hinter uns gelassen." Sie zeigte auf meine Narben an den Unterarmen. „Willst du wieder auf *diesen* Zug aufspringen? Weiß David davon?"

Ich legte meine Hände unter das Gesäß. Ich musste ruhig bleiben, das Zittern bändigen. *Nur keine Panik.*

„Vielleicht erinnerst du dich daran, dass du fast gestorben bist, Hannah?"

Ich warf Pia einen wütenden Blick zu. Meine Schwester übertrieb mal wieder. Es hatte schlimmer ausgesehen, als es in Wahrheit war. Das hatten die Ärzte in der Notaufnahme gesagt.

„Es geht dir nicht gut, Hannah!"

„Es ist nicht das, was du vermutest. Es hat nichts mit dem zu tun, was vorher passiert ist. Überhaupt nichts. Ich werde gut auf mich achten und konstruktiv mit den Nachwirkungen des Unfalls

umgehen. Ich möchte eine echte Veränderung herbeiführen, damit ich weitermachen kann."
„Noch weiter?" Sie zeigte auf den Wohnraum. „Neues Haus, neue Möbel, neue Straße, neuer Ort."
Ich spürte, wie sich Risse bildeten. „Ich will mehr, Pia. Dass mein Leben wieder wirklich normal verläuft!"
„Und was möchtest du tun?", erwiderte Pia kalt. „Vielleicht mal campen, statt einen Luxusurlaub auf den Malediven?"
„Du verstehst es nicht. Ich …"
„Oh, ich verstehe es schon. Du willst Aufmerksamkeit!" Sie legte ihre Hand auf den Bauch. „Sobald die *Hol-mich-hier-Raus-Show* zu Ende geht, wirst du dir etwas Neues einfallen lassen."
Ich schwieg und starrte meine Schwester an, fühlte deren Zorn. Einen Augenblick glaubte ich, dass Pia auf mich losgehen würde, ihr Gesicht war hassverzerrt. Und ich spürte noch etwas, das mich erschreckte: Häme. Pia empfand Häme. Etwas stimmte hier ganz und gar nicht. Ich bekam Kopfschmerzen. Meine Nerven lagen blank.
Seit dem Vorfall fühlte ich nichts mehr. Gemeinsam mit Mia war ein Stück von mir gestorben. Die Nachricht an der Haustür *Wir wollen keine Kindermörderin in unserer Straße* hatte jedes aufkeimende Gefühl in mir getötet. Ich blieb in einem Zustand der Gleichgültigkeit gefangen und fühlte, abgesehen von der Schuld, nichts mehr.
In Pias Stimme hatte süß schmeckende Häme gelegen.
Mein Schweigen reichte für eine Eskalation.
Pia sprang auf, nahm ihre Handtasche von der Couch und schlug Sekunden später die Haustür hinter sich zu.
Und wieder einmal sagte ich mir, dass ich das nicht beabsichtigt hatte. Ich wusste auch nicht, warum ich über Pias Abgang so schockiert war. Als ich aufstand, musste ich mich am Türrahmen festhalten, um nicht das Gleichgewicht zu verlieren.
Plötzlich durchfuhr es mich und der dumpfe Schmerz in meinem Kopf war zurück, schwoll an und ab. Häme …, schmeckte sie nicht süß?
Ich wusste, dass ich mich über den Besuch meiner Schwester hätte freuen sollen. Pia war sicher nicht gekommen, um boshaft zu sein. Aber etwas rührte sich in mir, etwas tief drinnen. Lange wusste ich nicht, was es war. Doch langsam dämmerte es mir. *Es macht Pia Spaß, mich verzweifelt zu sehen. In ihren Augen verdiene ich es.* Ja, es gefiel meiner Schwester, meine Verzweiflung zu sehen.
Pia machte mich mürbe, aber ich durfte mich jetzt nicht von meinen Gefühlen leiten lassen. Außerdem hatte ich keine Lust,

länger umsichtig zu handeln. Ich wollte diese Sache zu Ende bringen.

Meine Kopfschmerzen waren mittlerweile so intensiv, dass immer wieder winzige Lichtblitze vor meinen Augen aufflackerten. Wenn Pia das nächste Mal die Kontrolle verlor, würden wohl die Kaffeetassen der Eltern zu Bruch gehen. Vielleicht war es ja meine Schwester, die das Plakat geschrieben und das Foto gemacht hatte.

Mit aller Kraft versuchte ich, mich zu beruhigen. Ich fürchtete mich. Noch immer. Vor allem vor mir selbst.

32

ICH

Ich sitze schweren Herzens vor dem Bildschirm des Laptops und suche den Zeitungsartikel über eine junge Schülerin, die sich vor zwei Jahren das Leben nahm. Ich klicke mich durch die Archive der regionalen Zeitungen, entdecke einen Artikel mit einem Foto des Fundorts und zerbeiße mir die Lippe. Gleichzeitig belausche ich Pia. Am liebsten würde ich sie die Treppe runterschupsen, ihre Knochen anzünden und dabei zusehen …

Staub kitzelt mich in der Nase, ich niese.

Abs: info@unknown789.com
An: pia.bachmann123@arcor.com

Hallo Pia,

Unglaublich, dass du dich auf die Straße traust. Unsere Schulfreundin wäre heute durch die Klassen gegangen, hätte die Einladungen für ihre Party verteilt. Und nun ...? Tot! Deshalb werden wir dich bald zu unserer Party einladen. Time to say goodbye.

Ich habe Pias und Hannahs E-Mail-Adresse aus dem Internet und drücke auf den Senden-Button. Dann wähle ich mit unterdrückter Rufnummer Pias Anschluss, atme laut in den Hörer und nehme ihre Reaktion mit höchstem Genuss wahr. Sie hört sich an, als hätte ihr Hintern Angst vor der Sonne. Hm …

Ich schäme mich ein bisschen und lege auf. Aber Scham ist hier fehl am Platz. Noch einmal suche ich nach einem anderen Artikel, finde die Seite in einer lokalen Tageszeitung und muss mich einloggen, um das Archiv verwenden zu können. Das ist gefährlich, denn ich hinterlasse eine Spur.

Ungeduldig lege ich einen neuen Account an.

Benutzername: unknown3.

Passwort: Mia3.

Ich gebe Suchbegriffe ein, klicke herum. Es braucht keine fünf Minuten, dann finde ich den Artikel über das Kind, das Pias

Schwester Hannah, diese Bitch, überfahren hat. Das ist wahrlich eine mörderische Familie.

Abs: info@unknown.com
An: hannah.franke456@arcor.com
Betr.: Mia

Du Mörderin ...,
Ende des Monats ist es vorbei. Dann wirst du wissen, was es bedeutet, eine Tochter zu verlieren.
Ende des Monats ist es vorbei.
Ende des Monats wirst du ....
Eine Tochter verlieren.
Eine Tochter sterben sehen.
Tot!
Senden.

Ich reiße mich zusammen, rufe Pia erneut an, warte, bis sie den Hörer in die Hand nimmt.
„Sie haben Post!“, zische ich mit verstellter Stimme und lege auf. Ich gebe zu, nicht nur hinter dem Telefonterror, sondern auch hinter einigen gemeinen Online-Kommentaren zu stecken.
Erledigt!
Ich stehe auf und gehe in die Küche. Wie sehr freue ich mich jetzt auf Gretas chinesische Tomatensuppe, dazu ein warmes Baguette mit Kräuterbutter.
Am Küchentisch plaudere ich in Gedanken mit meinem Kind.

33

Hannah

Ich nahm die Computermaus, musste das sofort wegklicken. Das darf nicht sein.

Meine Hand zitterte. Die E-Mails waren untermalt mit einem Heavy-Metall-Sound und vervielfältigten sich ununterbrochen. Mein Blick irrte über den Bildschirm. Ich starrte auf die Worte.

Du Mörderin ...,

Ende des Monats ist es vorbei. Dann wirst du wissen, was es bedeutet, eine Tochter zu verlieren.

Ende des Monats ist es vorbei.

Ende des Monats wirst du ....

Eine Tochter verlieren.

Eine Tochter sterben sehen.

Tot!

Pia.

Als ich den Namen unter der Nachricht las, hörte die Musik auf. Der Text flimmerte vor meinen Augen. Nur der Cursor zwinkerte mir freundlich zu.

Ende des Monats ist es vorbei ...

Ich sah Sofia an, die fasziniert fernsah, dann wieder den Bildschirm.

Dann wirst du erfahren, was es bedeutet, eine Tochter zu verlieren ...

Der Verfasser der E-Mail gewährte mir Zeit? Er wollte, dass ich spürte, was es bedeutete, ein Kind zu verlieren. Bis zum 31. März hatte ich Zeit. Heute war der erste März – vier Wochen Galgenfrist!

Mein Kopf explodierte, eine Ohnmacht nahte. Mir war, als läge ich in kochend heißem Wasser, spürte Hitze, dann Kälte. Wieder traf eine E-Mail mit dem gleichen Wortlaut ein. Ich klickte den Button Löschen. Weg damit. *Weg, weg, weg! Verschwinde! Verzieh dich!*

Ich war völlig leer, lag wieder unter einer Eisfläche, wie an dem Tag, als ich Mia getötet hatte. Unter dem Eis war es still. Selbst der Tremor legte dort eine Pause ein.

Plötzlich sprang ich auf, schloss die Vorhänge, eilte zu Sofia und zog meine Tochter auf den Schoß.

Wenn das ein übler Scherz von Pia war, wollte ich meine Schwester nie mehr sehen.

34

ICH

Ich bin geladen. Zur Zeit verbringe ich wieder fünf Tage die Woche im Fitnessstudio, hauptsächlich zum Krafttraining. Ich muss meine Muskelmasse aufbauen; ich werde die körperliche Kraft brauchen, um zuzuschlagen. Es ist immer besser, jemanden mit den Fäusten ins Jenseits zu befördern, als eine Waffe zu benutzen. Die Fäuste muss ich nach der Show nicht verschwinden lassen, sie können immer wieder zum Einsatz kommen. Deswegen begann ich mit dem Boxtraining. Allmächtiger, was für ein Feuer kommt aus diesen Boxhandschuhen, was für einen Kick das Boxen einem geben kann. Ich hätte viel früher damit anfangen sollen.

Ich sitze auf dem Boden vor meinem Laptop. Pia ist im Wohnzimmer, ich höre ihr beim Weinen zu. Sie schluchzt tief und theatralisch, wirft mit Sachen um sich. Ich habe keine Ahnung, ob diese Frau aus manipulativen Gründen weint, oder ob sie wirklich verzweifelt ist, hoffe aber auf Letzteres. Falls dieser Moment der Schwäche echt ist, muss ich ihn natürlich für mich nutzen.

Ich stehe auf und will gerade den Laptop ausschalten, als ich die Hand wieder sinken lasse. Soll sie doch in ihrer Verzweiflung baden. Sie wird sich keinen Strick nehmen oder sich die Pulsadern aufschneiden. Dafür ist sie nicht der Typ.

Lass die dumme Gans ruhig heulen. Am Ende wird sie wieder aufstehen, wie so oft.

Ich schließe den Laptop.

Kurz darauf verlasse ich das Haus und schöpfe frische Luft. Mein Blick schweift über meine *Perdition-Road.* Kahle Bäume. Fast Frühling und noch immer liegt Schnee. Ein älterer Mann führt seinen Dackel aus, Kinder spielen im Schnee. Eine Idylle. Anmutige Häuser und Villen. Wunderschöne Fassaden, dahinter zerbröckelnde Welten.

Ich gehe ein paar Schritte, unterdrücke meine Gewissensbisse, die sich ab und zu melden, frage mich, ob ich richtig handle. Vielleicht sollte ich zum Friedhof gehen und Greta um Rat bitten. Nein, nicht heute. Ich brauche lediglich ein bisschen Schlaf.

Als mich der Mann mit Hund freundlich grüßt, zucke ich zusammen, bin kurz irritiert. Dann erwidere ich den Gruß und gehe weiter. Small Talk war noch nie mein Ding.

Drei Häuser weiter bleibe ich stehen, blicke nach oben, zum Schlafzimmerfenster. Pia ist nicht zu sehen.

Abrupt wende ich mich ab und kehre in mein Haus zurück. Dort öffne ich meinen Laptop und denke nach.

Später ertönt *Knorkators Böse* aus meiner Geige.

35

Hannah

Mit dem Telefon in der Hand lief ich durch das Haus. Auf der Suche nach Ruhe und Frieden, nach Sicherheit, einer Möglichkeit, die drohende Gefahr auszuschalten. Wohin? Nirgendwo war es sicher. Kein Wachhund, keine Alarmanlage, keine verschlossenen Türen oder geschlossene Fenster konnten mich vor dem Unheil schützen, vor dem, was ich gerade gelesen hatte, den schrecklichen Gedanken und Bildern in meinem Kopf. Wie ein Geist durchdrang die albtraumhafte Nachricht meinen Schutzwall aus Eis, stürzte sich auf mich, jagte mich, kroch wie eine fette Made unter meine Haut.

Ende des Monats ist es vorbei. Dann wirst du wissen, was es bedeutet, eine Tochter zu verlieren. Pia

Ich schüttelte den Kopf, schüttelte die freie Hand. Diese Bilder mussten verschwinden! Weg! Weg von mir. Ich wollte das nicht lesen. Und vor allem wollte ich Pia am anderen Ende der Leitung nicht wieder sagen hören, dass sie das wirklich nicht getan hatte. Dass sie es *nich*t war.

Hör auf, Hannah, sagte meine innere Stimme. Du musst damit aufhören! Blicke nach vorn!

Ich konzentrierte mich wieder auf die Stimme am anderen Ende der Leitung.

„Aber warum um alles in der Welt sollte ich so etwas tun, Hannah? Nochmals, ich schwöre dir, dass ich dir keine E-Mail geschickt habe. Wirklich nicht. Warum glaubst du mir nicht?“ Die Verzweiflung in Pias Stimme klang echt.

„Weil es dein verdammter Name ist, den ich hier auf meinem Bildschirm vor mir habe!“

Warum gab Pia es nicht zu?

Ein beschissener Scherz, zum Totlachen! Ha, ha, ha!, kicherte Mia in meinem Kopf.

Es reicht! Rückwirkend wurde dieses Mädchen gruselig, seine Lider über den Knopfaugen schwollen an, sein Lächeln verzerrte sich zu einer heimtückischen Fratze. Und dann dieses schreckliche „Hoch soll sie leben, dreimal …“ Falsch. So falsch wie ein

Rottweiler, dessen Maul schäumte vor Aggressivität, die Lefzen hochgezogen, Raserei in den Augen.

Ende des Monats wirst auch du deine kleine Tochter verloren haben! Das war die Botschaft!

„Hannah, bist du noch da?“, drang Pias Stimme wieder an mein Ohr.

„Gib es einfach zu, Pia“, sagte ich. Mittlerweile weinte ich. Vor Ohnmacht. Ich wollte nicht hören, dass Pia nichts davon wusste. Denn wenn sie diese E-Mail nicht geschickt hatte, kam sie von jemandem, der die Ankündigung *wirklich* ernst meinte. Jemand hatte es auf Sofia abgesehen.

„Wenn du so anfängst, sind wir fertig mit dem Gespräch!“

Ich schluchzte, legte meine Stirn gegen die Wand. Ich wollte diese Unterhaltung nicht führen, wollte, dass Pia mich festhielt, mir sagte, dass sie mich liebte und dass dies nichts zu bedeuten hatte, dass es nur ein übler Scherz war.

„Um Himmels willen, beruhige dich, Hannah! Wo sind die Kinder?“

„Sofia schaute fern und Hugo ist bei Benjamin.“

„Leite die E-Mail an mich weiter. Ich möchte sie lesen.“

Ich schüttelte den Kopf. Warum verstand meine Schwester nicht, dass ich das *nicht* hören wollte? Mir war kalt. Eiskalt. Ich sehnte mich nach Vergangenem, dem Gestern, einem Zuhause, nach Normalität, nach dem Vertrauten. Weg von diesem Flipperautomaten, in dem ich brutal hin und her geschleudert wurde. Mein Kopf war ein großer Bluterguss, ein Nörgeln nach Ruhe, die ich nirgendwo finden konnte.

Ich sank auf die Knie, drückte mich an Windsor neben mir und presste mein Gesicht an den Hörer, die Verbindung zu meinem alten Leben, in dem alles einmal gut war.

„Hannah? Hannah, bist du noch da?“

Ich legte wortlos auf.

36

Hannah

Ich sollte David anrufen. Natürlich sollte ich David anrufen. Jemand hatte mein Kind bedroht. Als Vater sollte er es als Erster erfahren.

Aber ich konnte es nicht. Seit meinem *Ich liebe dich auch* war alles schiefgelaufen. Mein Sekundenglück – dieser Hauch von Nähe an unserem siebten Hochzeitstag – hatte uns weiter voneinander entfernt als in den Wochen zuvor. Die Botschaft an der Haustür und das Polaroid beschädigte nicht nur Davids, sondern auch den Ruf von Hugo und Sofia. Der Neuanfang, den ich mir so gewünscht hatte, lag in Scherben. Ich konnte ihn nicht anrufen und ihm sagen, dass jemand es auf Sofia abgesehen hatte.

Nein, ich konnte es ihm nicht sagen, weil ich seine Sympathie noch weniger ertrug. Warum gab Pia nicht zu, dass ihr übler Streich gescheitert war? Ich versuchte, der Wahrheit meinen Willen aufzuzwingen. Es gelang mir nicht.

Ich griff erneut zum Hörer.

Pia seufzte hörbar erleichtert. „Von welchem E-Mail-Account kam die Mail?“

Ich schloss die Augen. Gott sei Dank. Keine Wut in Pias Stimme. „Von einem Gmail-Konto.“

„Ich benutze Hotmail, Hannah. Das weißt du doch. Ich schwöre dir, diese E-Mail ist nicht von mir. Leite sie bitte an mich weiter.“

Ich warf einen Blick auf Sofia, die ahnungslos kichernd vor dem Fernseher saß. Irgendwo lauerte das Böse, um seine Klauen in mein Mädchen zu setzen. Mich beschlich das grauenvolle Gefühl, als würde ich in diesem Moment meine Tochter verlieren.

Ich hatte keine Ahnung, wer diese E-Mail geschrieben hatte.

Manche Geräusche konnten einem entgehen. Das Ticken einer Uhr, das Blubbern eines Goldfisches in seinem Glasbehälter; sie waren da, aber man hörte sie nicht. Bei Pias Worten war genau das Gegenteil der Fall. Ich versuchte, sie an mir vorbeiziehen zu lassen, sie nicht zu hören, sie nicht zu verstehen, die Folgen nicht zu übersehen. Aber das war nicht möglich.

Jemand hatte ein Konto in Pias Namen erstellt. Jemand, der nicht entdeckt werden wollte. Die E-Mail war echt. Jemand wollte Sofia tot sehen.

Ich öffnete den Laptop und meinen Mailaccount.

Nicht den Ordner Posteingang.

Ich wollte das nicht mehr sehen, das nicht mehr lesen.

Lösche sie!, befahl meine innere Stimme.

Löschen …

Dann könnte ich so tun, als hätte es diese E-Mail nie gegeben. Als hätte ich das alles nur geträumt. Dann musste ich es David nicht sagen. Ich zitterte am ganzen Körper, als ich schließlich den Ordner Posteingang öffnete.

Keine neuen Nachrichten, keine älteren Nachrichten. Keine im Papierkorb. Nichts.

„Sie ist weg“, flüsterte ich. „Pia, sie ist weg! Vor einer Viertelstunde war sie noch da!“ Ich hörte Pias Atem, das Ticken der Wanduhr, das beharrliche Schweigen.

Dann ein tiefer Seufzer am anderen Ende der Leitung. „Verdammt noch mal, Hannah! *Das* ist ein übler Scherz!“ Meine Schwester legte auf.

Da war etwas mit dem Licht. Es war anders. Heller. Der Himmel hatte mich in ein Spotlight gestellt. Draußen waren es die Bäume, die Autos, das Gras, die Häuser, im Supermarkt die Augen, die mich anstarrten. Sie waren vom Schwarz umrissen und mit fluoreszierenden Markern gefärbt.

Ich hatte alles klar und deutlich vor meinem inneren Auge. Jedes heruntergefallene Blatt, jeden verdorrten Grashalm, jeden Passanten, jedes Auto, jeden finsteren Blick.

Mein Handy zeigte mit einem einzelnen Ton an, dass ich eine Nachricht erhalten hatte. Ich schob Sofias Kinderwagen in Windeseile über die Straße. Erst als ich wieder zu Hause war, hatte ich den Mut, die Nachricht auf meinem Handy zu überprüfen. Gott sei Dank, sie war von David.

Es könnte heute Abend etwas später werden.

Ich wusste nicht, ob ich darüber froh oder traurig war.

37

Hannah

Ich fing an zu weinen.

„Bitte …“ Davids Stimme klang eher wie ein müder Seufzer als ein Trost.

„Hannah …“

Ich erstarrte unter seiner Hand auf meinem Rücken.

Nur *ein* kalter Schauer und wir standen wieder am Anfang. Ich wusste es, David wusste es.

Er ließ mich gehen, stöhnte, schlug mit der flachen Hand gegen die Wand, schüttelte den Kopf. Er war nicht nur wütend wegen der E-Mail, er war wütend auf mich. Weil ich zugelassen hatte, dass unser neues Leben dramatisch scheiterte.

„Entschuldigung“, sagt ich leise.

David fuhr sich durch das Haar. „Wie kannst du mir so etwas Wichtiges verschweigen?“

Ich würde einiges dafür geben, mich jetzt wie ein Magier in eine kleine Maus zu verwandeln. Stattdessen schoss Adrenalin in meine Blutbahn. „Ich will auch einen Neuanfang, wirklich, ich gebe mir Mühe. Aber das konnte ich doch nicht kommen sehen?“

„Hast du diese Mail wirklich bekommen, Hannah?“ Argwohn lag in seiner Stimme.

Meine Synapsen klackten, ein dumpfes unangenehmes Gefühl breitete sich in meiner Magengegend aus. „Ja!“, antwortete ich und erzählte ihm zum fünften Mal die gleiche Geschichte.

„Gut. Ich werde jetzt die Polizei anrufen. Das geht eindeutig zu weit.“

Er glaubt mir.

Er glaubte mir. Es stand ihm ins Gesicht geschrieben. Ich unternahm einen Versuch, ihn zu berühren und David erkundete meinen Terrain wie ein Blinder, der einen Zeh in einen Ozean steckte und daraus Schlüsse zog. Nass, kalt und schmerzlos. Ohne Ahnung von der unermesslichen Tiefe, den unzähligen Unterströmungen, Leben und Tod, dem Kampf, der dort tobte. Die Dunkelheit. Die andere Dimension.

In der Nacht schreckte ich auf. Ich saß kerzengerade im Bett und hielt den Atem an, um das Geräusch besser zu identifizieren. Was war das? Kam es von unten?

„David, da ist etwas."

Er drehte sich schlaftrunken um. Eine schwarze Kontur auf einem dunkelgrauen Kissen.

„Da, eine Art Ticken. Hörst du das auch?".

„Liebling, leg dich wieder hin und schlaf. Bitte."

„Pst. Gerade war es noch da."

David knurrte. „Das ist das Wasser in der Heizung." Er zog die Bettdecke an sich und drehte sich um. „Gute Nacht, Hannah."

Angespannt horchte ich weiter. Wie konnte David seelenruhig schlafen, jetzt, wo er wusste, dass jemand hinter Sofia her war?

Ich ging zum Fenster und schob den Vorhang zur Seite. Nur einen Spalt, damit jemand, der im Garten stand, es nicht bemerkte. Kein Mond, keine Sterne, kein Regen. Tintenschwarze Bäume schlugen Löcher in die Dunkelheit, die Terrasse mit den Töpfen und Stühlen war ein großer dunkler Fleck.

Mein Blick schweifte über die Hecke, die unseren Garten von dem der Nachbarn trennte. Ich hatte plötzlich Sehnsucht nach meiner ehemaligen Studentenwohnung, wo ich von Nachbarn umgeben war. Neben mir, über mir, unter mir, gegenüber mir. Von Kommilitonen umgeben, hatte ich mich stets sicher gefühlt.

Dieses Haus hingegen, dieser überdimensionale Schrank, war von Leere umgeben; zu viel Raum, zu viel Garten. Kein Nachbar, der meinen Hilferuf hören könnte. Keine Möglichkeit, vom Balkon zu fliehen. Ich war verwundbarer denn je, in dieser Straße voller anständiger Menschen.

Die dunklen Fenster auf der anderen Seite sagten mir, dass die Nachbarn in tiefem Schlaf lagen, im Koma eines *normalen* Lebens. Niemand wachte hier über mich. Keinem würde etwas auffallen.

„Hannah, was machst du da?" David knipste die Nachttischlampe an. Er schüttelte den Kopf und seufzte.

Schnell ließ ich den Vorhang zurückfallen. „Ich dachte, ich hätte etwas gehört."

„Komm. Du musst schlafen. Das Haus ist sicher. Alles ist verschlossen, das hast du selbst sechsmal überprüft. Außerdem schlägt Windsor an, wenn jemand durch den Garten schleicht."

„Ja, ja, ich komme." Ich wollte das Schlafzimmer verlassen, vor seinem Blick fliehen. „Ich seh nur kurz nach Sofia."

David schluckte und verschränkte seine Arme. Hellwach sah er mich an. „Liebling, das kann so nicht mehr weitergehen. Das muss aufhören."

Ich presste meine Lippen zusammen, fragte nicht, was er damit meinte, denn ich kannte seine Antwort bereits. Die Wahrheit, die ich nicht hören wollte. Nicht heute Abend.

„Ich denke, du solltest wieder mit einem Psychiater reden."

Ich zuckte mit den Schultern.

„Das alles führt zu nichts, Hannah. Es geht schief, richtig schief!"

Ich ließ die Schultern sinken und schüttelte den Kopf; stellte mich auf einen Kampf ein.

„Was ist denn das für ein *Nein*? Verdammt. Du spürst es doch auch!"

Ich drehte mich um. *Was will dieser Mann von mir?* Ja, ich hatte mich wieder übergeben, aber das war nach dieser E-Mail erlaubt. Nach Mias Tod war das nächtliche Erbrechen wie eine Befreiung gewesen. Nacht für Nacht die Schuld aus dem Leib zu kotzen, hatte hier und da Risse in dem Eis über mir verursacht, die mir das Atmen erleichterten. Aber das nächtliche Erbrechen war vorbei. David musste doch auch sehen, dass ich Fortschritte gemacht hatte, seit wir hier wohnten? Ich hatte eine neue Freundin gefunden, hatte mit Emma etwas unternommen und sogar mein eigenes Brot gebacken!

„Ich sehe nur, wie du wieder in den Treibsand der Schuld versinkst. Wir beide hatten einen schönen Abend. *Einen!* Und das Ergebnis ist, dass du dich noch mehr abschottest. Ich will das nicht mehr, Hannah, diese Distanz, diesen ständigen Kampf. Dass du wieder Tag und Nacht mit diesem Unfall beschäftigt bist, dass du dich nur noch schuldig fühlen kannst, dass du dir nichts erlaubst, dass du nervös wirst, wenn ich dich auch nur ansehe. Dass du dich selbst bestrafen willst. Schon wieder! Wir sind hierher gezogen, um neu anzufangen. Um das hinter uns zu lassen. Ich will nicht, dass es wieder wie damals wird. Nicht für mich, nicht für dich und schon gar nicht für unsere Kinder."

„Unsere Kinder sind genau der Grund, warum ich noch wach bin. Verdammt David, Sofia wurde bedroht. Ist dir das entgangen? Ich verstehe nicht, dass du dabei so leicht schlafen kannst."

„Du weißt so gut wie ich, dass die Nachricht an der Tür eine alberne leere Drohung war. Irgendein Spinner, der von dem Unfall erfahren hat. Die Polizei wird dir morgen dasselbe sagen."

„Und wenn nicht? Falls jemand es wirklich auf Sofia abgesehen hat, um mich zu bestrafen …"

„Die Einzige, die es auf dich abgesehen hat, bist du, Hannah. Dieser jemand bist du selbst!"

Schweigen. Mein Kiefer zuckte nervös.

„Pia ist ebenfalls der Meinung", fuhr David fort, „dass es eine gute Idee ist."

„Bitte? Dass ich wieder zu Dr. Lange gehe? Hast du darüber mit meiner Schwester gesprochen?"

„Ich bin mir sicher, dass sie in Warnberg auch gute Psychiater haben. Komm jetzt bitte ins Bett." Er klopfte auf die Matratze und sah mich an, als wäre ich *seine* labile Patientin. Wie konnte er es wagen, hinter meinem Rücken mit Pia über mich zu reden.

„Hier." Er drückte zwei Schlaftabletten aus dem Streifen auf dem Nachttisch.

Sein bedeutungsvoller Blick brachte mich in Rage.

„Ich brauche sie nicht!"

Er funkelte mich zornig an. „Das ist es, was ich meine! Erinnerst du dich? *‚Ich brauche keine Betäubung, weil ich es dann zu leicht loswerde'*."

Das waren meine Worte, die ich vor dem Umzug in unserem ehemaligen Haus gesagt hatte. Ich kochte vor Wut, weil er die Grenze überschritt.

„Nein? Dann leg dich wenigstens ins Bett!"

Ich gehorchte und legte mich widerstrebend hin – auf meine Seite, an den Rand, meilenweit von David entfernt.

„Gute Nacht, Liebling."

Ich schwieg.

„Dann nicht. Auch gut." David drehte sich wütend um.

Ich starrte auf meinen Wecker.

3:33 Uhr.

Dreizinkenuhrzeit.

Wieder war ich allein.

Die vergangenen Monate, dieser Neuanfang, kamen mir so falsch vor, wie die grandiose Fälschung eines Gemäldes, die letzten Wochen wie ein einziges Versagen. Davids Schnarchen betonte meine Einsamkeit. Ich war zu enttäuscht von mir, von ihm. Wie konnte ich nur glauben, dass ich die Vergangenheit hinter mich lassen konnte? Dass ich das Recht dazu hatte? Für mich gab es keinen Weg zur Genesung.

Ich blickte zur Seite, fragte mich, wovon David träumte. Schließlich döste ich ein …

Ich floh. Vorbei an Spaziergängern, Haustüren, Hausfluren, entlang der gefälschten Gemälde, entlang des Handlaufs an der Wand, an dem sich die Bewohner festhielten. Im Windschatten fiel irgendwo eine Vase mit getrockneten Blumen um, Ich floh weiter.

Cut.

Ich stand in einem Korridor, wo mich mehrere Türen anstarrten. Ich öffnete eine nach der anderen, bis zur letzten Tür, dahinter eine

Treppe, die in eine Schneelandschaft führte. Von unten winkte mir das Mädchen zu und streckte mir die Hand entgegen. Dann drehte es mir jäh den Rücken zu und verschmolz mit dem Schnee. Ich folgt ihm und sah, dass es keine Stiefelchen trug, nur rosafarbene Hello-Kitty-Söckchen. Aus dem Hinterkopf tropfte Blut und hinterließ Spuren im Schnee. Ich folgte der Spur, doch das Mädchen war nirgends zu sehen. Wieder öffnete sich eine Tür. Dann war ich unter dem Eis ...

38

ICH

Kann jemand das Licht dieser grellen tiefen Wintersonne löschen? Es ist geradezu lächerlich, dass es Anfang März noch so kalt ist. Frühlingsstürme sollten über das Land wüten, statt im Pelzmantel und mit Handschuhen das Haus verlassen zu müssen. Die Natur geht immer mehr verloren, das gefällt mir nicht. Es ist schon schlimm genug, dass sich ein großer Teil der Weltbevölkerung immer törichter verhält, dass Staatschefs das Klimaschutzabkommen ignorieren und sich einen Dreck darum scheren, ob die Natur im Gleichgewicht bleibt.

Es macht Spaß, hin und wieder auf der Straße eine einseitige Unterhaltung zu führen. So als wäre es das Selbstverständlichste auf der Welt. Ich habe keine Zeit mich über die Menschen zu ärgern, die mich dabei belächeln. *Hey, hast du mich gerade ausgelacht?,* denke ich dann. *Es ist besser, das nicht zu tun. Vorsicht!*

Ich nehme Gretas Tagebuch zur Hand.

Ich weiß nicht, was ich tun soll, damit sie aufhören, über mich zu lachen, mich lächerlich zu machen. Ich fühle mich ihnen so ausgeliefert. Mama hat mir endlich den schwarzen Schal gekauft, um den ich sie seit Ewigkeiten gebeten habe. Jeder in dieser Gruppe hat einen schwarzen Schal, er ist das Zeichen, dass man dazugehört. Ich trage ihn jetzt jeden Tag, bei Wind und Wetter, obwohl meine Wollallergie einen schrecklichen Juckreiz verursacht, aber ich ignoriere das. Wenn ich anfange zu kratzen, kann ich auf ihre Kommentare zählen, die mir um die Ohren fliegen, und ich bin sicher, dass jeder ein Treffer wird.

Heute Morgen bemerkte Christa plötzlich, dass ich den Gruppenschal trug. Sie sah mich zuerst mit zusammengekniffenen Augen an, flüsterte dann den anderen etwas zu, und wieder lachten sie mich aus. Nein, sie brüllten vor Lachen. Christa flossen die Lachtränen über die Wangen. Ich versuchte, davonzulaufen, aber drei von ihnen hielten mich zurück und rissen mir den Schal vom Hals. Danach musste ich schwören, dass ich nie wieder mit einem schwarzen Schal in die Schule kommen würde. Christa sagte, dass er nur für Mädchen bestimmt war, die mehr Hirn besaßen als ich und nicht so ekelhaft fett waren. Als ich davonlief, hörte ich, wie sie weiter über mich lachten.

Ich habe Greta damals gefragt, wo sie den schwarzen Schal gelassen hat.

„Ich habe ihn einem Mädchen aus meiner Klasse geschenkt, Mama, weil sie krank und ihr kalt war“, hat sie geantwortet.

Ich wollte sie deswegen knuddeln, aber sie entzog sich mir und tauchte in ihr Zimmer ab. Sie wollte auch keinen neuen schwarzen Schal, und ich dachte, dass die Wollallergie der Grund sei. Ich habe ihr einen Neuen gekauft, einen aus Baumwolle. Damit wollte ich sie zu Ostern überraschen …

39

ICH

Ich habe Pia eine tote Katze vor den Schuppen gelegt. Ich finde, es ist eine gute Idee, mit einem toten Tier zu beginnen, eine Art Aufmarsch – auf zu einem toten Mädchen.

Die Katze lag auf der Straße. In der Regel lege ich überfahrene Katzen an den Straßenrand. Die Vorstellung, dass weitere Autofahrer über das Tier fahren, finde ich unerträglich.

Leute sagen oft, dass sie tote Tiere fürchten. Letztes Jahr lag sechs Tage lang eine tote Maus am Rande des Bürgersteigs vor dem Eingang der evangelischen Kirche. Ich habe sie zunächst nicht angefasst, wollte sehen, wie lange es dauert, bis jemand dieses Tier in einem Erdloch begräbt. Wenn ich nicht selbst eingegriffen hätte, hätte die Maus wohl dort gelegen, bis nichts mehr von ihr übrig war.

Die Menschen haben keinen Respekt vor toten Tieren, sie finden den Anblick unerträglich, und mir kommt es vor, als hätten sie sich massenhaft darauf geeinigt, dass Kadaver ignoriert werden sollten.

Ich respektiere Wesen, die selbst nicht in der Lage sind, ihre letzte Ruhestätte zu bestimmen. Die zuletzt überfahrene Katze muss einen Zwischenstopp in ihrem Garten einlegen, aber ich bin sicher, dass dieses süße Tier irgendwann ordentlich begraben wird. Ich werde dafür sorgen, dass dies geschieht.

Der Vorteil, in einem Stadtteil zu leben in dem sich fast jeder kennt, ist, dass man sich leicht über Nachbarn informieren kann, ohne unangenehm aufzufallen. Ein geeigneter Ort für solche Gespräche ist hier der Supermarkt. Er ist in Warnberg der zentrale Treffpunkt der Kommunikation. Dort trifft man immer auf jemanden, der etwas gehört oder gesehen hat, was man selbst gerne erfahren möchte.

Im Supermarkt erfuhr ich, dass Pias Mann als Sozialarbeiter in einer Rehabilitationsklinik arbeitet, und ihre Mutter im Altersheim lebt. Ich erfuhr auch, dass Pia Schwangerschaftshormone nimmt und deshalb oft schlecht gelaunt ist, Tobsuchtsanfälle bekommt und sich manchmal seltsam verhält. Wenn ich diese Frau heute sehe, mit ihrem schlaffen Körper und dem glanzlosen Haar, kann ich mir kaum vorstellen, dass sie jemals das Interesse eines Mannes geweckt hat, geschweige denn versucht hat, drei Teenager zu verführen. Ich weiß nicht, ob dieses Gerücht der Wahrheit entspricht. Die Kassiererin erzählt viel, wenn der Tag lang ist …

Ich hasse Menschen, die mit gespreizten Beinen auf Kindern sitzen, besonders wenn das Frauen sind. Die Tatsache, dass Männer sich dessen schuldig machen, ist schon schlimm genug. Meiner Meinung nach müssen solche Frauen unerbittlich bestraft werden. Pia wird nicht schwanger und meine Quelle – die Kassiererin – sagte mir leicht schnüffelnd, dass Gott immer seine Schäfchen bestraft, entweder sofort oder auf lange Sicht. Aber auch wenn nichts an dem Gerücht dran ist, verdient Pia die höchste Strafe.

Es muss einen Weg geben, ihr klarzumachen, dass ich mehr über sie weiß, als sie vermutet. Sie zeigt sich zwar nicht oft in der Öffentlichkeit, aber ich denke dennoch, sie geht davon aus, dass niemand hier etwas weiß von ihren eh … möglichen *Neigungen*. Ein Fehler, Pia! Ich werde meine Kommunikation sorgfältig dosieren. Eine gelegentliche Bemerkung, die harmlos erscheint, aber bei der die Menschen in der *Perdition-Road* sich fragen werden: *Hey, worum ging es hier noch mal?* Mit solchen Aktionen kannst du jemanden ziemlich verunsichern. Ich werde ihre Unsicherheit schüren, bis sie keinen Schritt mehr vor ihre Türe wagt. Gut, dass es sie und ihre Schwester gibt. Die beiden sind genau das, was ich brauche.

Nur noch wenige Tage, dann sind es zwei Jahre, seit ich mein liebes Kind begraben musste. Auch dieses Jahr erlebe ich jede Stunde des Tages, nachdem sie nicht nach Hause gekommen ist, aufs Neue. Ich hatte immer wieder zur Tür geschaut, ob sie hereinkam.

Meine Handflächen schmerzen, wenn ich daran denke, weil meine geballten Fäuste meine Nägel tief ins Fleisch bohren.

Ich schlief damals kaum und hatte das Gesicht stets zum Fenster gerichtet, um die Straße hinunterzuschauen. Später lag ich tagelang in einer fetalen Position auf der Couch. Erst als der Tag der Beerdigung vorbei war, konnte ich wieder aufrecht gehen.

Selbst das Wissen, dass Pia Bachmann nicht schwanger wird und bereits eine Frucht verloren hat, kann mich nicht trösten. Sie und ihre Schwester haben meine Rache verdient. Alles hätte so bleiben sollen, wie es war.

Ich habe gerade eine WhatsApp von Jonas erhalten. Er schreibt, dass er an mich und auch an Greta denkt, dass er mir viel Kraft wünscht.

Ich antworte nicht und zerschmettere eine Kaffeetasse. Bin wie versteinert und sehe der Milch aus dem umgeworfenen Kännchen zu, wie sie auf den Boden tropft. Keuchend ringe ich nach Luft.

„Beschäftige dich mit deinem neuen Kind, Idiot!“, brülle ich. „Achte mehr auf ihn, als du es bei Greta getan hast. Schwängere zur Sicherheit noch einmal deine Frau, dann hast du ein Ersatzkind auf Lager. Aber was auch immer du tust, lass mich außen vor.“

Ich habe Besseres zu tun. Es ist Jonas nie in den Sinn gekommen, dass es eine Rechnung zu begleichen gibt. Und wenn es ihm in den Sinn gekommen wäre, hätte er es ignoriert. Weil er dies für klüger gehalten hätte. Ich nicht. „Du bist ein feiges Arschloch, Jonas!“

Ich reiße die Terrassentür auf. Die Wintersonne schlägt mit geballter Wucht zu. Ich verdränge den Scheißkerl aus meinen Gedanken und summe leise vor mich hin.

Hm … Gift zu versprühen, belebt meine Sinne.

40

ICH

Ich war wieder auf dem Friedhof. Als ich mit dem Fahrrad nach Hause fuhr, habe ich Pia in unserer Straße gesehen. Sie ging ein wenig nach vorn gebeugt. In dem Moment, als ich sie fast überholte, hob sie ihren Kopf und winkte jemandem zu, der uns beiden entgegenkam. Rasch bog ich rechts ab, Richtung Supermarkt. Gewiss war sie dort gewesen, und ich konnte etwas über die tote Katze in ihrem Garten erfahren.

Bingo!

Die Katze ist das Tagesgespräch. Pia und Moritz haben die örtliche Polizei angerufen, die aber nur feststellen konnten, dass das Tier überfahren wurde.

„Autofahrer achten nicht genügend auf die zulässige Geschwindigkeit in Wohngebieten“, schnatterte die Kassiererin, „was dazu führt, dass jedes Jahr eine beträchtliche Anzahl von Katzen, Igeln, Ratten und Mäusen getötet werden.“

Niemand versteht, wie die tote Katze in Pias Garten gekommen ist, aber ich habe gehört, dass Nachbar Theo wieder auf dem Kriegspfad ist. Er scheint Pfeil und Bogen auf Pia und Moritz gerichtet zu haben. Natürlich gibt es keinen Beweis dafür, dass Theo diese Katze in den Garten gelegt hat, ist die Meinung der Leute. Gleichzeitig fragen sie sich, wer es denn sonst gewesen sein soll.

Mein Vater ist tot, es stand in der Zeitung. Er wurde sechsundachtzig und hat bis zum Schluss instinktiv die Naturgesetze befolgt, die nur ein verrottender Alpha-Wolf verstand. Seine Witwe, dreißig Jahre jünger sowie sein zweites Standbein, die sechzehnjährigen Zwillinge, waren zutiefst schockiert und würden ihn sehr vermissen. Dem Anschein nach ist er plötzlich gestorben, sie haben es überhaupt nicht kommen sehen. Mal ehrlich, ist das nicht ein bisschen lächerlich? Er war sechsundachtzig, das ist ein Alter, in dem man erwarten kann, dass der Tod mal vorbeischaut, nicht wahr? Meine Geschwister und ich werden im Nachruf nicht erwähnt. Wir existierten bereits zu Lebzeiten nicht mehr für ihn, also ist das nicht wirklich ungewöhnlich.

Und doch verursacht es mir einen Stich mitten ins Herz.

Als ich noch klein war, gab es in meiner Familie nur eine Routine: der tägliche Streit. Meine Eltern stritten um alles. Um den Haushalt, um die Kinder, um das Geld für Zigaretten und Bier, und um Dinge, die gesagt oder nicht gesagt wurden – und von wem, in welcher Weise und mit welcher Absicht. Meine Brüder kämpften außerhalb der Mauern unseres versifften Reihenhauses, bis zumindest Blut sichtbar war. Ein Grund für einen Kampf war nicht immer eindeutig nachweisbar oder gar notwendig. Obwohl ich um Jahre jünger war als die beiden und einen Kopf kleiner, galten für mich die gleichen Maßstäbe wie für meine Geschwister. Die Strafe meines Vaters. Die Narben sind noch heute auf meinem Rücken und meinen Beinen zu sehen. Verbrennungen heilen am schlechtesten – meine Erfahrung.

Meine Eltern haben nie eingegriffen. Mein Vater vertrat als Berufssoldat stets die Meinung: der Schmerz ist gut, Blut ist gut und Juckreiz macht Spaß.

Absolute Wahrheiten, lernte ich erst später durch meine Brüder kennen, aber aus einer anderen Perspektive. Sie brachten mir bei, dass es einen großen Unterschied macht, auf welcher Seite des Schmerzes man steht. Ob das Blut aus deinem Körper oder aus dem Körper des anderen fließt …

Manchmal beunruhigte mich meine Mutter mit ihren durchschaubaren Versuche, unser Verhältnis zu verbessern. Eine Kompensation für all die Jahre, in denen sie ihre Kinder in ihrer Nähe kaum toleriert hatte. Es war rührend. Der scheinheilige Schrei unten an der Treppe, ob sie mir etwas vom Supermarkt mitbringen konnte, oder das Knöllchen, das sie für mich bezahlt hatte, stets mit „Sag deinem Vater nichts."

Vielleicht war es keine Reue, sondern Selbsterhaltung, die sie dazu brachte, mir zu gefallen. Frauen haben eine schärfere Intuition als Männer, womit sie ihren Mangel an Aggression und Kraft ausgleichen. Meine Mutter spürte, dass ich jemand war, den man nicht unterschätzen sollte.

Sie wurde nicht alt. Ich kann nur zu dem Schluss kommen, dass ich wesentlich zu ihrem vorzeitigen Tod beigetragen habe. Ich überforderte sie, und am Ende wurde der Stress und die Trennung von meinem Vater zu viel für sie. Ich habe keine Sekunde lang um sie getrauert und kann es immer noch nicht. Meine Eltern waren am Ende die Schöpfer ihres eigenen Schicksals.

Die Lektionen, die ich von meinem Vater gelernt habe, erwiesen sich am Ende als wertvoll, obwohl ich nicht glaube, dass das seine

Absicht war oder dass er es sogar verstanden hätte. Seine Raserei war zu blind, seine Handlungen zu primitiv.

Aber an einem bestimmten Punkt berührten mich nur noch seine Schläge, seine Worte nicht mehr. Und irgendwo um meinen vierzehnten Geburtstag herum erreichte ich den Punkt, an dem mich der körperliche Schmerz nicht mehr verletzte.

Ich habe gelernt, dass Schmerz, so stark und allumfassend er auch manchmal erscheint, nie ein Ende ist, sondern ein Tor, ein Durchgang zum nächsten Spielfeld. Wenn du den Schmerz ertragen kannst, dann liegt dahinter eine andere Welt, die auf dich wartet, mit neuen Möglichkeiten - eine Welt, zu der ich Pia Eintritt gewähren werde.

Mit meiner Fähigkeit zu absorbieren, habe ich mir Respekt verschafft. Ich verbeuge mich nicht, für niemanden. Sie könnten mir die Knochen brechen, ohne dass ich schrumpfe. Psychisch erreicht mich niemand. Meine Seele gehört nur mir.

Seit Gretas Tod noch mehr.

Mein Vater ist nun auch ein toter alter Mann, der mich nicht wollte, das bringt mich wieder zu der toten Katze. Sie ist nicht genug.

Ich werde mir etwas Schlimmeres für Pia einfallen lassen.

Mein Gehirn macht Überstunden.

41

Pia

Sie schaute jeden Tag nach dem Aufstehen aus dem Badezimmerfenster, um sicherzustellen, dass kein weiteres totes Tier vor dem Schuppen lag. Das Bild der toten Katze mit ihrem zerquetschten Körper und den gestreckten Beinen verfolgte sie noch immer. Bei dem Gedanken daran wurde ihr jedes Mal übel.

Unvermittelt fiel ihr Blick auf die Badewanne. Sie weinte still, als ein Wunschbild vor ihrem inneren Auge aufflackerte. Moritz und sie gemeinsam in der Wanne, ein Glas Wein am Wannenrand für ihn, Apfelsaft für sie. Ihr Babybauch, der aus dem Badeschaum herausragte. Moritz' dunkle Augen lächelten vor Glück, seine Grübchen sah Pia einen Moment lang genau vor sich. Milliarden von winzigen, bunt schillernden Bläschen Badeschaum prickelten auf ihrer Haut und liefen ihren Bauch hinab.

Sie seufzte, drehte sich um, blickte in den Spiegel und trocknete dabei ihre Tränen. Rasch wusch sie sich ihr Gesicht. Im Schlafzimmer zog sie das neue blaue Kleid an und ließ die vergangenen Tage Revue passieren.

Bislang hatten sie und Moritz nichts mehr von der Polizei gehört. Im Nachhinein war es sinnlos gewesen, sie zu rufen. Was konnten sie schon tun? Wegen einer toten Katze regte sich heutzutage keiner mehr auf, und die Polizei hatte weiß Gott andere Probleme. Theo in ihrem Garten erschlagen aufzufinden, war hingegen eine andere Sache. Sie hatte ihren Nachbarn jeden Tag in seinem uralten schwarzen Peugeot, mit einem breiten Grinsen im Gesicht und nicht angeschnallt, vorbeifahren sehen. Dann hatte sie die Augen geschlossen und die Kollision mit einem anderen Wagen förmlich vor Augen: Dieser wunderbare Moment, wenn Theo nach dem Aufprall durch die Windschutzscheibe flog, mit seinem Kopf auf die Fahrbahn schlug, der zerbarst und die Straße das Übel darin freilegte.

Der Gedanke hatte sie schon häufig beschlichen. Jetzt schämte sie sich für ihre Fantasien. Sie sollte niemanden so etwas wünschen. Sie musste zivilisiert bleiben. Gedanken waren nur Impulse, die von Synapse zu Synapse sprangen. Theo Steiner hingegen war ein schwieriger Mann mit seltsamen Angewohnheiten. Jeder wusste, dass er unberechenbar war. Sie hatte bereits starke Geschichten über ihn im Supermarkt gehört. Es gab dort etliche Kunden, die mit ihm aneinandergeraten waren.

Vielleicht war es eine gute Idee, einkaufen zu gehen und im Supermarkt zu erfahren, was andere Leute über alle diese Vorfälle dachten. Sie fischte eine große Plastiktüte aus dem Küchenschrank, nahm ihre Handtasche und verließ das Haus.

Draußen wurde sie das Gefühl nicht los, dass jemand sie beobachtete. Was, wenn sie jetzt einfach den Geräuschen nachgehen würde? Sie drehte sich um und fuhr sich mit der Hand durchs Haar. Da war nichts. Wieder dachte sie an ihren Nachbarn. Er konnte es nicht gewesen sein. Gedanken waren auch nicht das Problem. Zu einem Problem wurden sie nur, wenn man ihnen nachgab. Wie konnte sie das nicht in Betracht gezogen haben? Vielleicht hatte eine andere Person sie die ganze Zeit im Auge behalten? Sie war nur auf Theo fixiert und musste vorsichtig sein, denn genau dieses Versäumnis könnte ihr zum Verhängnis werden.

42

ICH

Die *Perdition-Road* ist eine Straße voller Geschichten und Geheimnisse. Bis heute hat sie ihr bezauberndes Aussehen und ihre Lebendigkeit bewahrt. Es ist ein Jammer, ausgerechnet hier den nächsten klebrigen Faden meines todbringenden Netzes zu spinnen. Aber mein Opfer ist nun mal Mittel zum Zweck.

Ich habe neulich gelesen, dass weltweit fast 30 Prozent der Tierarten als bedroht bewertet werden. Demnach schreitet das vom Menschen ausgelöste größte Artensterben seit Verschwinden der Dinosaurier unvermindert voran. Eine Entwicklung mit gravierenden, negativen Folgen. In der *Perdition-Road* taumeln manche Arten regelrecht dem Aussterben entgegen, wie der kinderlose Dinosaurier Theo.

Der Wetterbericht hat einen Sturm vorausgesagt, der die Wolken mit siebzig Stundenkilometern vor sich hertreiben soll. Seit einer Stunde sitze ich in meinem Haus vor meinen Laptop, lausche dem Wind, der um die Dächer heult, und beobachte die Straße. Theos Ehefrau Charlotte besucht für zwei Tage ihre Mutter. Im Haus brennt kein Licht. Theo ist mal wieder in der Kneipe. Ich muss warten, bis er durch das Gartentor torkelt.

Es ist der Wind, den ich mag, wenn er auffrischt und zu heulen beginnt, den Schnee in hundert seltsame fliegende Figuren treibt und klingt wie all der Hass und Schmerz und alle Furcht der Welt. In der Stimme des Sturms liegt der Tod – und vielleicht Schlimmeres, über den Tod hinaus. Man hört es nicht, wenn man bequem eingerollt im eigenen Bett liegt, mit verriegelten Fensterläden und verschlossenen Türen. Wenn man fährt, ist es viel schlimmer.

Ich ertappe mich dabei, dass Greta sich in den vergangenen Tagen immer stärker in mein Bewusstsein schleicht und linse zum Bilderrahmen auf meinem Schreibtisch. Ob sie mein Tun gutheißt? „Es ist ein perfekter Plan, Greta. Die Welt wird aufatmen, wenn ich sie von diesem Dinosaurier befreit habe“, flüstere ich und hauche einen Kuss auf das Foto. Dann wandern meine Gedanken wieder zu Theo und zu Pia. „Wenn sie Theo hinter Pias Schuppen finden, werden sie wissen, wer ihn umgebracht hat.“

Sobald ich an die ehemalige Lehrerin meiner Tochter denke, glüht meine Haut, erhitzt vor Zorn. Ich blicke wieder auf den Monitor.
Theo versucht, die Gartentür zu öffnen. Mein Herz hämmert, presst mit jedem Schlag mehr Blut in meinen Körper, jagt es durch die Halsschlagader und lässt meinen Schädel pochen. Theo ist schwer angetrunken, aber seine Reise ist fast zu Ende.
Noch einmal werfe ich einen Blick auf den Monitor, streife sorgfältig meine feinen, schwarzen Lederhandschuhe über und verlasse das Haus. Ich trage einen dunklen Pullover, schwarze Jeans und Jacke, und verschmelze mit der Dunkelheit.

Geduld ist nicht gerade meine Stärke. Ich werde Theo keine panische Angst einjagen, und meine Kreativität und meine Selbstdisziplin nicht auf die Probe stellen, obwohl der Gedanke, das Selbstvertrauen dieses Kotzbrockens zu zerstören und dieses Leben mit Furcht zu durchdringen, eine angemessene Entschädigung wäre.
Ich habe mein Spiel bis heute unauffällig gespielt, passend zu meinem Stil, auch diesmal werde ich dezent vorgehen. Ich husche zur Hintertür. Sie ist unverschlossen – eine lachhafte Nachlässigkeit des Dinosauriers – und führt in eine kleine Küche, die nach altem Müll und schmutzigem Geschirr stinkt. Ich halte inne und lausche in den Raum hinein. Aus dem Wohnzimmer sind die Geräusche aus dem Fernseher und das völlig unsinnliche Schnarchen Theos zu hören.
Ich lächle, es ist kein nettes Lächeln. Es ist das Lächeln der Wut, das ich mir für die Nacht aufspare. Die Menschen, die es dann sehen, leben selten lange genug, um es zu beschreiben. Ich nehme die Injektionsspritze mit Carfentanyl aus meiner Jackentasche und entferne den Nadelschutz. Das Opioid habe ich im Darknet bestellt. Kein Problem. Es wird in China hergestellt und zur Betäubung großer Wildtiere eingesetzt. Perfekt.
Ich husche im Flur an einem Spiegel vorbei. Mein Anblick erfüllte mich mit warmer Energie. Im Wohnzimmer sind die Gardinen zugezogen. Theo liegt lang ausgestreckt auf dem Sofa, sein weißer Bauch ragt aus dem offenen Hemd, sein Gürtel ist offen, seine Hose mit Bier bekleckert. Mit sparsamen Bewegungen injiziere ich das Betäubungsmittel in seine Halsschlagader.
Einen Moment öffnet er die Augen. Entsetzen löst die Verwirrung ab, gefolgt vom Unglauben, bis wieder die Furcht einsetzt. Theo sträubt sich kurz, dann fällt er in eine tiefe Bewusstlosigkeit.
Ich lächle. Draußen neben der Küchentür steht die Gartenkarre, als hätte Theo mit mir und meinem Vorhaben gerechnet. Ich schleppe

ihn nach draußen und hieve ihn in den Karren. *Puh.* Das Krafttraining ist doch noch von Nutzen!

Theo hat kurz vor seinen Tod nach mir gegriffen, er wollte mich nicht angreifen oder sich verteidigen. Nein, er wollte sich an mir festhalten. Ich bin nicht zurückgewichen, sondern näher herangetreten und habe ihn umarmt, während der Wind ein Klagelied heulte. Und während Theo hinter Pias Schuppen sein Leben aushauchte, empfand ich eine seltsame Ruhe und ein Gefühl des Einsseins mit mir selbst.

43

Pia

Pia blickte wieder aus dem Fenster, öffnete es und sah dieses Mal richtig hin. Aus dem Schuppen drangen knirschende Geräusche zu ihr. Moritz hatte das Haus verlassen, sodass sie ihn nicht darauf aufmerksam machen konnte.

Sie beobachtete die Fliegen vor dem Schuppen, hörte ihr Brummen. Ein merkwürdiger Geruch hing in der Luft. Es war noch früh, und die winterliche Morgensonne warf zwischen den Bäumen ihre Strahlen auf den Schuppen.

Charlotte lehnte im Nachbargarten ihren Kopf gegen die Kastanie. Ihre Nachbarin schien mit dem Baum zusammengewachsen zu sein, wie sie dort in ihren braunen Mantel und der dunklen Mütze stand, die ihre blonden Haare verdeckte. In der Hand hielt sie einen kurzen Ast.

„Guten Morgen", rief Pia ihr zu. „Ich dachte, du würdest ein paar Tage bei deiner Mutter verbringen?"

Keine Bewegung, als ob Charlotte Wurzeln geschlagen hätte. Dann sah sie zu ihr herauf und grinste. Und als sie es tat, fühlte Pia ihre innere Unruhe zu einem Schrecken werden, kalt wie ein Grab. Selbst vom Fenster aus konnte sie das finstere Aufblitzen in Charlottes Augen sehen.

Pia warf einen Blick auf das Nachbarhaus und versuchte, die Dunkelheit hinter den Fenstern zu ergründen. Theo versteckte sich oft im Schatten, wenn er sie beobachtete, aber heute war keine Bewegung zu sehen. Zum Glück. Er beschwerte sich mittlerweile über jeden Grashalm in Schieflage.

Sie ging rasch die Treppe hinunter und betrat durch die Küchentür den Garten. Ob die Bäume und Sträucher dem Sturm standgehalten hatten? Als sie den Schuppen erreichte, konnte sie das Chaos sehen. Heruntergefallene Äste und hier und da Schnee, der durch Schmutz verfärbt war. Still schaute sie sich den Schaden an.

Plötzlich fiel ihr etwas anderes auf. Ein Ast? Oder …? Sie sah die Spitze eines Schuhs, der unter den Büschen herausragte. Ein Arbeitsschuh, voller Gartenboden.

Pia lehnte sich nach vorn. Etwas Weißes schimmerte durch den Strauch. Am Schuh. Im Schuh! Es drang zu ihr durch, aber sie verstand es nicht. Sie wollte es nicht verstehen. Sie blickte wieder zu Charlotte, dann zum Fuß, und fuhr sich mit der Zunge über die trockenen Lippen. Vorsichtig schob sie die Spitze des Strauchs beiseite, während ihre Augen auf den Schuh starrten.

Dann sah sie Theo: sein blasses Gesicht, die glanzlosen, halbgeöffneten Augen, die Kopfwunde. Sein Mund war mit verdorrtem Laub gefüllt. Ihr Atem verließ ihre Lungen ruckartig. Pia dachte an Theos Worte, an seine Drohungen. *Selbst schuld*, wollte sie rufen. *Dein verdienter Lohn!*

Dann sah sie Charlotte an, sah den mit Blut verschmierten Ast in ihren Händen. „Warst du das?“

Charlotte nickte, legte den Ast auf den Boden, machte ein Kreuzzeichen und wich zurück. Ihre Augen irrten an Pia vorbei.

„Ich rufe jetzt die Polizei. Das verstehst du doch?“, sagte sie traurig und dachte, dass sie im Traum unter der Kastanie den Winzling begraben hatte, der nun in der Zigarrenkiste verfaulte, dass dies vielleicht schon immer ein Ort des Todes war.

44

ICH

Du warst schon immer da,
Ich kannte Dich,
aber ich war vorsichtig,
und Du hast Dich abgewendet,
nur zum Schein.
Es ist ein altes Thema,
aber neu für mich.
Ich habe Dich nie als Freund betrachtet,
mit Freunden redet und lacht man,
mit Freunden teilt man alles,
was zu teilen fällt.
Aber seit Kurzem möchte ich Dich sehen,
ich möchte mit dir reden,
sehne mich nach Dir.
Du lädst mich ein.
Und wohin das führen wird,
weißt auch Du.
Ich will mit Dir tanzen,
wenn ich meine Furcht überwinde,
meinen Zweifel zerstreuen kann,
dann komme ich,
und schließe für immer Freundschaft.

Greta erlaubte mir, jedes ihrer Gedichte zu lesen, nur dieses nicht.

Sie hatte Talent, darin waren Jonas und ich uns einig. Unser Mädchen war sehr gut darin, Worte zu finden, über das, was sie fühlte, was sie berührte. Wir haben sie ermuntert, sich Gefühle und Emotionen von der Seele zu schreiben, mit denen sie nicht umgehen konnte. Manchmal wurden wir still, wenn wir ihre Worte lasen. Jonas war davon überzeugt, dass Greta später mal eine bekannte Schriftstellerin werden würde. Als er ihr das sagte, prustete sie vor Lachen.

Dieses Gedicht ist der letzte Eintrag im Tagebuch meiner Tochter. Hätte ich es zu Gretas Lebzeiten gelesen, wäre ich wieder gerührt gewesen, weil ich eine Verliebtheit dahinter vermutet hätte, oder zarte Gefühle für eine Person, die schon vergeben oder zu alt für sie sei. Es wäre mir nie in den Sinn gekommen, dass dieser Text an den Tod gerichtet war.

Die Nachricht vom Tod meines Vaters bringt den Tod wieder ins Rampenlicht. Ich hatte es gerade geschafft, weniger darüber nachzudenken und jetzt das. Die Beerdigung ist in zwei Tagen. Seine andere Familie wird mich nicht erwarten, aber sie werden mich dort auch nicht bemerken.

Ein Jahr nach dem Verlust von Greta begann ich damit, viermal im Jahr, öfter möchte ich das nicht. Einmal pro Quartal besuche ich inkognito Trauerfeiern, vorzugsweise solche mit einem Begräbnis. Meine zweite Präferenz ist die Beerdigung eines Kindes, das nicht älter als dreizehn Jahre wurde.

Tagtäglich schlage ich in der Regionalzeitung die Seite mit den Todesanzeigen auf. Für meine Bestattungsausflüge reise ich durch das ganze Land.

Das Begräbnisritual kann Emotionen hervorrufen, die ich im normalen Leben wegsperre, die ich aber brauche, um zu überleben. Ich muss in der Lage sein, sie zu spüren, zu erleben, sie mir einzuprägen, um die Trauer und den Schmerz danach wieder loszulassen. Das schulde ich meinem Kind und vor allem der Entscheidung, die Greta getroffen hat. Das, was sie ertragen musste, weil ich meine Augen vor dem, was vor sich ging, verschlossen hatte.

Ich erscheine auf den Beerdigungen in einer Verkleidung, in der ich mich selbst nicht wiedererkenne. Ich bin dort gütiger und schöner als im normalen Leben. Dieses Wissen gibt mir die Kraft, zu beobachten, wie andere Mütter ihre Trauer erfahren und zum Ausdruck bringen. Sie tun dies auf unterschiedliche Weise. Ich war damals völlig gelähmt. Nach meinen ersten destruktiven Handlungen und meiner Zerstörungswut brach ich zusammen und erstarrte. Ich habe wochenlang kein Wort gesprochen, saß nur auf einem Stuhl und starrte auf die Tür. Als ich endlich den Mut fand, in Gretas Zimmer zu gehen, und ihre Sachen und Kleidung zu berühren, fand ich das Tagebuch.

Es kommt regelmäßig vor, dass Jugendliche Selbstmord begehen, weil sie in der Schule gemobbt werden. Man hört es im Fernsehen, man liest es in der Zeitung.

„Oh“, sagen die Menschen dann. „Ist denn niemanden etwas aufgefallen?“

Wenn sie das sagen, meinen sie stets die Mutter. Eine Mutter weiß immer um die Not ihres Kindes, sie verliert nie die Situation aus den Augen, sucht immer nach einem Ausweg. Natürlich sollten auch Lehrer, Klassenfreunde und alle anderen Personen im Schulleben eines Kindes die Anzeichen von Panik und Angst kennen und erkennen, aber die Mutter darf von allen Beteiligten niemals scheitern.

Mir ist nichts an Gretas Verhalten aufgefallen. Ich habe nichts bemerkt und nichts gesehen. Meine Greta war ein Mädchen, das alles, was sie antrieb und fühlte, in berührende poetische Texte umsetzte, und in diesem Sinne war sie für mich ein offenes Buch.

Warum hat sie das letzte Gedicht nicht mit mir geteilt?

Ich genieße es neuerdings, in den Tierpark zu gehen und die Tiere dabei zu beobachten, wie sie das rohe Fleisch von den Knochen reißen, die der Tierpfleger ihnen zum Fraß hinwirft. Mir gefällt die Vorstellung. Ich bilde mir dann ein, es wären die Menschen, die mein Kind in den Tod getrieben haben.

Umgeben von einer riesigen, undurchdringlichen, schweigenden Vegetation kann ich hier meiner Fantasie freien Lauf lassen und finde mich dort in Gedanken in einer Welt wieder, die mich immer tiefer in die Geheimnisse meines eigenen Wesens verstrickt. Nun … ich finde es hier jedenfalls faszinierend und abscheulich zugleich. Aber es ist, wie es ist.

Ein Mord wird die Kassiererin im Supermarkt zu Höchstformen auflaufen lassen und die *Perdition-Road* beleben. Charlotte wurde verhaftet und saß eine Nacht in Untersuchungshaft. Die Kripo hielt es zuerst für eine Beziehungstat. Dieser Kollateralschaden war nicht von mir beabsichtigt. Ich hätte diese arme Frau aber auch nicht in einer Zelle verrotten lassen. Die Zelle ist für eine andere bestimmt.

Aber dann wurde Charlotte plötzlich wieder aus der U-Haft entlassen. Die Spurensicherung hätte festgestellt, dass Theos Schädel von einem heruntergefallenen Ast zertrümmert worden war. So ein Schwachsinn. Also ist Pia wieder davongekommen.

Ich muss mir etwas einfallen lassen …

45

Hannah

Ich wachte aus meinem Albtraum auf und legte meine Hand auf die Stirn. Ich glühte. Wieder hallten Davids Worte in meinen Ohren nach. *„Ich denke, du solltest noch einmal mit einem Psychiater sprechen. Pia meint auch ...“*

Schlafen. Nur nicht grübeln, einfach nur schlafen.

Dennoch ... Je stärker ich darüber nachdachte, dass ich morgen frisch und vernünftig sein musste, um allen zu zeigen, dass ich keinen neuen Psychiater brauchte, desto wacher wurde ich. Auch konnte ich den Gedanken an die E-Mail nicht verdrängen. Vielleicht hatte David recht, und das Ganze war nur ein übler Scherz.

Oder vielleicht war alles viel logischer ...

Pia. Sie hatte sich verändert. Wenn sie einst voller Mitgefühl war, dann war da nicht mehr viel davon übrig. Sie gaukelte allen etwas vor und war nicht die liebenswürdige Schwester. Oder? Warum dachte ich immer an Pia, sobald ich Unheil witterte. Vielleicht hatte David recht, und ich verlor allmählich den Verstand.

Nein, natürlich nicht Pia.

Pia, mit den dunklen Rändern unter ihren Augen, den abgekauten Fingernägeln, mit diesem Blick und ihrem zerstochenen Bauch. Pia und ihre eisigen Vorwürfe.

Oder waren es vielleicht die Eltern der kleinen Mia ...?

Ich fuhr hoch. Natürlich. Warum hatte ich nicht eher darüber nachgedacht?

David murmelte etwas im Schlaf.

Warum hatte ich es nicht selbst gesehen? Mias Geburtstag war wichtig für die Eltern, die Familie, aber andere dachten nicht darüber nach. Es konnte gar nicht anders sein. Sie waren das. Oder zumindest jemand, der Mia gekannt hatte. *Persönlich* gekannt hatte.

Ich ließ mich wieder ins Bett fallen. Ich musste schlafen, ausgeruht sein, um meine Familie morgen schützen zu können. Ich schloss die Augen. Schlafen. Ich musste schlafen!

Draußen prasselte leise ein kalter März-Regen gegen die Fenster. Im Haus war es still. Im Badezimmer brannte Licht, ich konnte den Lichtstreifen unter dem Türspalt sehen. Ich hatte Angst, glaubte, an den Rand des Wahnsinns zu gelangen … und vielleicht auch noch ein Stück darüber hinaus. Das schöne Gefüge der Dinge meiner Welt löste sich weiter mit schockierender Konstanz auf. Ich hatte Angst, Mias stummen reglosen Körper wieder vor meinem inneren Auge auf dem Schnee liegen zu sehen und in ihr Gesicht blicken zu müssen. Ihre kleinen Füße in *Hello Kitty*-Söckchen. Aber da war auch diese große Anziehungskraft, mich genau darauf einzulassen, andererseits käme es mir wie die Probeaufführung meines eigenen Todes vor.

Ich presste meine Lider so stark zusammen, dass weiße Punkte dahinter aufblitzten. Was machten eigentlich die Augen, wenn ich schlief? Blickten sie nach vorn oder sanken sie nach unten und erschlafften wie meine Arme und Beine?

David drehte sich um und knurrte etwas Unverständliches. Dann glitt seine Hand unter mein Nachthemd. Ich riss mich vom ihm los, stand auf, warf meinen Bademantel über und ging wutentbrannt in die Küche. Ich wusste nicht, wieso er das ständig machte. Ich war mir nicht mal sicher, ob er sich selbst hundertprozentig darüber im Klaren war. Ich wollte keine zärtliche Berührung. Noch hatte ich sie nicht verdient. David richtete damit nur Unheil an. Das hatte mit Liebe nichts zu tun. Das war eine Form von Vergewaltigung.

Ich öffnete die Küchentür und trat hinaus. Der Regen hatte nachgelassen, es war eiskalt. Die schmale Sichel des Mondes hing am Himmel. Es tat mir gut, die kalte Luft auf meinem Gesicht zu spüren. Ich brauchte die Kälte, um mich wieder sauber zu fühlen.

Als ich fröstelte, und meine Atmung und mein Puls schneller wurden, ging ich wieder hinein.

In der Küche starrte ich auf den Messerblock. Ein Messer fehlte …

46

Hannah

„Hannah!“

Ich spürte den Rausch des Blutes wieder in meine Venen, dachte an Davids Hände auf meinen Brüsten, seine Erektion gegen meinen Bauch. Ich musste in die Küche geflüchtet sein. Aber wie? Wann? Das Letzte, woran ich mich erinnern konnte, war ein Korridor voller Deckenleuchten, eine Schwenktür am Ende …

Ich hatte den Schmerz gespürt. Irgendwo in der Ferne. Instinktiv blickte ich auf meine blutigen Hände, auf meine Arme, ebenfalls blutverschmiert, die rote Lache auf den Küchenboden.

„Hannah!“

Eine Hand umschloss meine Taille. Es raubte mir sofort den Atem. Ich ließ das Messer in meinen Händen auf den Boden fallen.

Warum hatte ich dieses Brotmesser in der Hand?

„Bleib bei ihr“, schrie Pia.

Warum war sie so panisch? Wieso war sie hier?

„Holt einen Arzt, David! Moritz!“, rief meine Schwester. „Beeilt euch. Hannah hat sich geschnitten, wir brauchen einen Krankenwagen!“

Erst mit dem Wort ‚geschnitten‘ durchbrach die Realität meinen Panzer aus Eis. Der Schmerz brannte. Wer hatte mich verletzt?

„Geht es wieder?“ David legte seine Hand auf meine Schulter.

Ich konnte den Schrei nicht aufhalten. Er durfte mich nicht berühren.

„Du musst dich setzen, Hannah!“, sagte er entsetzt. „Dich beruhigen. Um Gottes willen. Hör auf zu kreischen!“

Meine Kinder! Sofia. Hugo. Für meine Kinder musste ich am Leben bleiben. Wer hatte mir das angetan?

Die Welt war rot, und aus Stahl, und irgendwo im Nebel sah ich Pia davonlaufen. Ich glaubte, Moritz Hände auf meinen Körper zu spüren. *Blut.* Aus meinen Armen tropfte das Blut. Rote Tropfen auf den weißen Bodenfliesen in der Küche, rote Streifen auf der Abzugshaube, auf der Waschmaschine. Überall hatte ich blutige Fingerabdrücke hinterlassen. *Wieso?*

„Fass mich nicht an!“, schrie ich, aber David war stärker und jeder war so damit beschäftigt, ihm zu Hilfe zu kommen, dass niemand sah, wie Moritz Lippen meine Wange berührten, mich küsste, mir etwas Beruhigendes ins Ohr flüsterte.

Das Licht ging aus.

Stimmen. Hände. Geräusche.

Nach zwei Tagen kam ich zur Besinnung. Und sah es.

Fünf Streifen. Fünf Schnitte in meinen Arm, die genäht worden waren, die für immer auf meinem Unterarm blieben. Alle sagten, ich hätte es selbst getan. Dass ich mich in der Nacht selbst geschnitten hätte. David, Moritz, Pia, die Psychiater in der Klinik.

Aber warum?

Ich nickte nur und bekam eine Adresse. Dr. Alina Ziegler, Psychiaterin, spezialisiert auf dem Gebiet der Traumata. Jetzt musste ich wohl in Therapie, obwohl ich mich beim besten Willen nicht an den Vorfall erinnern konnte.

Ich hatte einen Spaziergang durch den Garten gemacht und musste danach in der Küche auf dem Stuhl kurz eingeschlafen sein. Aber ich schlief niemals tief, war selbst auf der Hut, wenn ich nicht wach war. Warum sollte ich mich selbst in die Arme schneiden? Zu welchem Zweck? Alles, was ich wollte, war Ruhe. Meine Familie. Außerdem hatte ich schon reichlich Blut an meinen Händen.

Ich strich mit einem Finger unwillkürlich über die Narben auf meinem rechten Unterarm. Fünf horizontale Linien zwischen dem Handgelenk und dem Ellenbogen. Irgendetwas war da mit mir in der Küche gewesen …

In den darauf folgenden Tagen beruhigte sich mein Puls. Alles war in Ordnung, die Situation unter Kontrolle. Dennoch berührte ich immer wieder die roten Linien auf meinem Arm und fragte mich, wer mir das angetan hatte.

Ich fand keine Erklärung und entschied, ab sofort nur noch langärmelige Kleidung zu tragen.

47

ICH

Ich habe es genossen, als ihre rosigen Wangen sich verfärbten. Hannah ist nicht unempfindlich gegen Aufmerksamkeit, aber sie versteckt es gut. Sie hält Abstand, zögert, und sucht dann wieder Bestätigung. All die Emotionen, die ich mühelos von ihrem Gesicht ablesen kann. Und immer wieder dieses breite Lächeln, das sie jedem schenkt - dem Ehemann, den Kindern, der Schwester, der Kassiererin, dem Hund, jedem zufälligen Passanten.

Perfekt. So verbirgt sie ihr Innenleben. Genau richtig.

Ihr linker Arm ist verbunden. Sie berührt ihn oft und es sieht ziemlich schmerzhaft aus. Ich habe diese Haut geritzt, schnell, fünf Mal. Sechs Minuten für fünf Schnitte, sechs Minuten für fünf hässliche Narben auf Hannahs Arm. Genau dort, wo es am meisten schmerzt. Zuerst leicht, dann fester, dann tief und hart. Tiefer, schärfer, länger, bis sie zusammenbrach. Bis das Blut floss.

Mit den k.o.-Tropfen und dem nächtlichen Ritzen in der Küche beginnt das Finale meiner Abrechnung mit Hannah. Alles andere war Ouvertüre.

„Sie soll sich selbst verletzt haben", trällerte die Kassiererin im Supermarkt.

Ich gab mich schockiert. „Woher wissen Sie denn das?"

„Das muss sie schon einmal getan haben, hat mir jemand von Pias Schule ins Ohr gezwitschert."

Sie gaben also Hannah die Schuld, weil sie sich früher schon oft geritzt hat.

Mein Vater vertrat als Berufssoldat stets die Meinung: „Schmerz ist gut, Blut ist gut und Juckreiz macht Spaß."

Auf zum Finale …

48

Hannah

David und Moritz glaubten nicht an eine reale Bedrohung, selbst Emma wies die E-Mail als feige Belästigung zurück. Pia schmunzelte nur noch über den Vorfall, der nun einige Tage zurücklag und erzählte pausenlos von ihrem Nachbarn, der auf dem Kriegsfuß gewesen war, bevor er in der Sturmnacht von einem Ast in ihrem Garten erschlagen wurde und nun auf der Intensivstation in Koma lag.

„Alle haben angenommen, dass er die Nacht nicht überleben würde. Die Ärzte wissen aber nicht, ob er es schafft. Seine Verletzungen sind sehr schwer. Ich frage mich, was er in dieser Sturmnacht in unserem Garten gemacht hat. Charlotte hat mir erzählt, dass die Kripo fremde DNA an seiner Kleidung gefunden hat. Sie ist am Boden zerstört und macht sich Vorwürfe, weil sie ihre Mutter besucht und Theo allein gelassen hat. So ein Blödsinn. Egal. Der Typ hat sowieso nicht alle Tassen im Schrank.“ Pia plapperte ununterbrochen über ihren Nachbarn, sie blühte förmlich auf. *Seltsam.* Über meine Schnitte verlor niemand ein Wort.

Wohin jetzt mit all *meinen* Ängsten?, fragte ich mich. War ich nun verrückt oder der Rest der Welt?

Zu meiner großen Erleichterung nahm Dr. Alina Ziegler mich ernst. Ich bekam nach meinem Anruf sofort einen Termin. Die Praxis der Psychiaterin befand sich nur zwei Straßen von meiner Straße entfernt. Angetrieben von meiner inneren Unruhe und der Aussicht, dass jemand endlich den Ernst der Situation erkannte, hatte ich der Behandlung sofort zugestimmt. Emma würde die Kinder hüten. Ich vertraute Emma, sie war eine der wenigen, die keinen Grund hatte, mir wehzutun.

Ich fand für den leeren Terminkalender der Psychiaterin erst eine Erklärung, als ich die Praxis betrat. In der Halle standen einige Umzugskartons. Das Behandlungszimmer war zwar komplett eingerichtet, atmete aber dennoch die Atmosphäre des

Unwirklichen. Alles stand an seinem Platz, als hätte es jemand hingestellt, der keinen Bezug zu diesen Behandlungsraum hatte.

Dr. Zieglers Aussehen – „Nennen Sie mich bitte Alina. Meine Patienten und ich nennen uns stets beim Vornamen" – passte perfekt zum Interieur: Eiskalte Hände und blutunterlaufene Augen, die ständig tränten, als kämpfte sie mit einer schweren Erkältung.

„Umzugsstress", entschuldigte Alina sich und zog ein Papiertaschentuch aus der Box auf ihrem Schreibtisch.

„Das macht nichts", erwiderte ich. „Ich bin froh, dass ich so schnell einen Termin bekommen habe."

Dr. Ziegler lud mich ein, auf dem Sofa gegenüber ihrem Ledersessel Platz zu nehmen, und reichte mir eine Tasse Minze-Tee. „Ihre Hausärztin hat mir bereits Ihre Akte elektronisch übermittelt, Hannah. Natürlich war die Zeit ein bisschen knapp, um alles gründlich zu studieren, aber das spielt keine Rolle. Ich möchte die ganze Geschichte sowieso von Ihnen persönlich hören."

Das klang, als hätte Alina ihren Text auswendig gelernt, aber es war mir egal. Die Worte klangen gut, die Stimme war angenehm, und wegen Alinas distanzierter Haltung würde ich mich hier wohl kaum verlieren.

„Also, erzählen Sie mal." Alina faltete ihre Hände. „Was kann ich für Sie tun, Hannah?"

Wo sollte ich anfangen? Es gab so viel zu erzählen, aber ebenso viel, worüber ich *nicht* sprechen wollte!

„Jeder benimmt sich neuerdings, als sei ich verrückt", begann ich schließlich, „aber es ist doch völlig normal, dass ich Hugo und Sofia nach all den Drohungen und dieser E-Mail beschützen möchte. Oder?"

Alina nickte.

„Haben Sie Kinder, Alina?"

„Wir sprechen über Sie, Hannah, nicht über mich", antwortete Alina. „Dass Sie Ihre Kinder schützen wollen, scheint mir eine sehr natürliche Reaktion zu sein, und ich kann mir gut vorstellen, dass Sie schockiert sind. Vielleicht könnten Sie mich zu dem Moment führen, als Sie die E-Mail oder die Botschaft an der Tür gelesen haben?"

Die Psychiaterin saß bewegungslos in ihrem Sessel, fast wie eine Statue. Nur ihr Mund verzog sich gelegentlich, wie ein Nerventick, den sie nicht einmal unterdrückte, als ich ihr von den Vorkommnissen berichtete und mit „Wie ist das alles nur möglich?" endete. Ich hatte keine Ahnung, woher meine Offenheit plötzlich kam. Vielleicht durch Übermüdung, Davids Enttäuschung, vielleicht die Tatsache, dass die Frau vor mir nicht der allumfassende Dr. Lange war. Ich vermisste plötzlich meinen alten, vertrauten Psychiater und seufzte. „Ich habe mir die Rolle der Märtyrerin nicht ausgesucht."

Zum allerersten Mal in dieser seltsamen Sitzung lächelte Alina und sah mich mitfühlend an. „Ich kann Ihnen helfen, Hannah. Ich verspreche Ihnen, dass Sie sich danach befreit fühlen."

Ich wusste nicht, ob Alina die richtige Therapeutin für mich war. Ihre Zusicherung klang vielversprechend, andererseits schwer und beängstigend. Ich wollte die Vergangenheit keineswegs noch einmal durchleben. Es gab so vieles, worum ich mich kümmern musste: um die Kinder, um meine Ehe, die Beziehung mit Pia kitten. Um die seltsamen Verletzungen, die ich mir zugefügt hatte.

Alina zog das letzte Papiertaschentuch aus der Box und putzte sich die Nase. „Ich hole schnell neue Taschentücher."

Von wegen Umzugsstress! Auf ihre Bazillen konnte ich verzichten.

Alina verließ das Behandlungszimmer.

Ich nutzte die Gelegenheit, um über die Ausführungen der Psychiaterin in Ruhe nachzudenken. Was sie über meinen Wunsch, mich bestrafen zu wollen, gesagt hatte.

„Schmerz und Schuldgefühle sind Teil einer verdammt praktischen Komfortzone, in die man sich zurückziehen kann, Hannah. Ein Trauma ist ein Zustand, in dem Betroffene sich sicher fühlen, weil er so vertraut ist. Außerdem geben Ihnen die Schuldgefühle eine gewisse Daseinsberechtigung."

Vielleicht war dieser unerbittliche Angriff eine gute Option: in meine Albträume kriechen und gnadenlos durch den Schmerz traben. Ich hatte keinen Halt. Alina war eine distanzierte Frau, dieser Praxisraum unpersönlich und ein spiegelglattes Terrain, die Wahrheit härter, als ich es vielleicht verkraften konnte. Die ideale Bestrafung bedeutete, mir genau anzusehen, was ich getan hatte.

„Ich kann Ihnen helfen. Aber ich möchte Sie nicht drängen", sagte Alina, als sie den Raum wieder betrat. „Es ist absolut keine Schande, Nein zu sagen. Glauben Sie mir, Sie wären nicht die Erste und schon gar nicht die Letzte. Es gibt viele Gründe, die Therapie nicht durchzuführen. Denken Sie einfach in Ruhe darüber nach, ob Sie das wirklich wollen und ob Sie damit umgehen können."

Kurz war es still.

Ich nickte, aber Alina gab sich nicht zufrieden. „Eine Therapie kann sehr schmerzlich sein, Hannah. Vielleicht möchten Sie sich mit Ihrem Mann beraten?"

Ich schüttelte den Kopf. „Nein. Es ist meine Entscheidung.“ Plötzlich wusste ich es ganz sicher. Ich musste das angehen. Ich wollte keine Angst mehr haben, wollte für meine Familie da sein. „Ich mache es“, betonte ich noch einmal.

„Sicher?“

„Ganz sicher.“ Ich hob zwei Finger. „*Total commitment.* Bei vollem Einsatz!“

„Dann schlage ich vor, für Ende der Woche einen Termin zu vereinbaren?“ Alina nahm ihren Terminkalender.

Meine Nerven vibrierten vor Anspannung. Vielleicht hatten David, Moritz und Pia ja recht. Ich musste diese Flucht mit beiden Händen ergreifen. „Das wäre prima. Ich sollte mich zukünftig nicht so mitreißen lassen. Diese E-Mail ist vermutlich tatsächlich nur eine feige Bedrohung.“ Ich sah Alina erwartungsvoll an, wartete auf eine Bestätigung.

Im Raum wurde es still, nur das Ticken der Wanduhr verriet, dass die Welt sich weiterdrehte. Ich war schon zu der Einsicht gelangt, dass Alina auf meine Feststellung nicht einging, als sie sich räusperte. „Folgen Sie bitte auch weiter Ihrem Instinkt, Hannah. Okay?“

Verunsichert, was ich von Alinas Bemerkung halten sollte, stieg ich wenig später auf mein Fahrrad. Die Sitzung war alles andere, als das, was ich erwartet hatte. Sollte ich darüber froh sein? Keine Ahnung.

Plötzlich dachte ich an Emma. Ich war meiner neuen Freundin, die sich mit einer überwältigenden Selbstverständlichkeit in meinem Leben einnistete, keineswegs ebenbürtig. Dieser Eingriff in meine Privatsphäre hätte mich früher gestört, aber im Moment war ich froh, dass Emma da war. Mit Emma war alles unkompliziert. *Wann hatte ich das letzte Mal, ohne zu streiten, mit Pia gesprochen?* Wenn Pia einen Haustürschlüssel hatte, warum nicht auch Emma?

Ich wusste jetzt, was ich tun musste, ich wusste aber nicht, ob ich es konnte.

49

Hannah

„Ich bin so glücklich."

Gestern hatte die Ultraschall-Untersuchung gezeigt, dass Pia mithilfe der Hormonbehandlung eine Eizelle produziert hatte. *Eine.* Sie wusste, was das bedeutete. Dass sie sich plötzlich auch wieder auflösen konnte, wie im letzten Jahr. Dann hatte Pia nichts mehr. Aber so durfte niemand denken.

Ich blickte in das Gesicht meiner Schwester und erkannte die Erschöpfung darin. Mir wurde klar, dass es an der Zeit war, Frieden zu schließen. Keine Provokationen, stattdessen Vertrauen schenken. Die Ringe unter Pias Augen waren mittlerweile dunkelblau, mit grünlich-gelbem Rand, die Lippen aufgesprungen. Ständig biss sie darauf herum, da es keine Fingernägel mehr gab.

Ich hatte heute einen zweiten Termin mit Dr. Ziegler vereinbart und Pia bot mir an, auf Hugo und Sofia aufzupassen. Ich war mir sicher, dass sie mit der E-Mail überhaupt nichts zu tun hatte. Sie war meine Schwester. *Ich vertraue ihr.*

„Die Eizelle ist jetzt sechzehn Millimeter. Noch zwei Millimeter, dann können wir einen Termin für die Punktion vereinbaren. Alles wird gut. Ich spüre es. Positiv bleiben. Stress nützt uns überhaupt nicht", beteuerte Pia.

Ich nickte. „Alles wird gut. Nächstes Jahr werde ich eine ebenso gute Tante für deine Kinder sein wie du für Hugo und Sofia."

Pias Hände zitterten. „Der Arzt sagt, es sieht alles mehr als gut aus."

„Prima, Liebes."

„Und was ist mit dir, Hannah? Hast du dich schon ein wenig von dem Schrecken erholt?"

„Ja, alles ist in Ordnung. Mehr als gut." Da saßen wir uns gegenüber, jede spielte die Rolle der liebende Schwester. Was war daran so schlimm? Nichts. Meine Schwester war da. Das zählte. Ich nahm ihre Hand. „Ich bin froh, dass du da bist, Pia."

„Ich auch", erwiderte sie und entzog sich mir. Biss sich wieder auf die Lippen.

Das Babyfon meldete sich. Sofia war aufgewacht und brabbelte vor sich hin. Vermutlich erzählte sie ihrer Puppe eine Geschichte.

„Schwestern per Zufall, Freunde durch Wahl, erinnerst du dich, Hannah?“

Ungeduldig sah ich Richtung Haustür. *Ja, ich brauche dich.*

„Jetzt geh schon. Dr. Ziegler wartet.“

Ich vertraute ihr. Sie war meine Schwester. *Sie ist ein Teil von mir.* Pia würde niemals meiner Familie Schaden zufügen oder sie bedrohen. Nicht einmal aus Neid …

50

Hannah

„Was hatten Sie an dem Tag an, Hannah?“

„Meinen Wintermantel … Jeans.“ Ich schloss die Augen, fühlte wieder den nassen Jeansstoff an meinen Oberschenkeln. Den Gürtel um meinem Bauch, als ich mich über das Kind beugte. Der Schnee auf meinen Knien, die Decke um meine Schulter. Mein Auto quer auf der Straße. Die schneebedeckte Straße, rote Finger, die ich nicht als meine erkannte, die kurzen Beine leicht auseinander, ein Schuh im Schnee. *Rosa Hallo Kitty-Söckchen.*

„Was noch?“, fragte Alina.

Ich musste tief darüber nachdenken, die Augen öffnen. Warum war das so? Es war dunkel um mich herum. Alina hatte die Vorhänge geschlossen. Es war mitten am Tag, aber in der Praxis war es Nacht. Ich durchlebte wieder meinen Albtraum. Alinas Fragen, meine Antworten.

„Meine hohen schwarzen Stiefel. Ein Riemchen um den Absatz, mit einem silbernen Ring in der Mitte.“ Ich war gerührt, dass ich mich plötzlich an dieses triviale Detail erinnerte, und kämpfte gegen meine Tränen. Wieso hatte ich diese Kleinigkeit vergessen? „Meinen blauen Pullover. Den mit dem V-Ausschnitt.“

Schwach nahm ich den Hauch von Duftöl aus dem Bücherregal wahr, spürte die Wärme von Minze-Tee.

„Welche Bluse haben sie getragen? Welche Strümpfe?“

„Ich glaube, es war ein graues T-Shirt, aber ich bin mir nicht sicher.“

Alina schwieg.

War es wirklich grau gewesen?, grübelte ich. Wie konnte es sein, dass ich mich nicht mehr daran erinnerte?

„Und der Himmel?“

Ich zuckte vom Klang ihrer Stimme zusammen. Sie klang so heiser. Ganz nah, als wäre sie in meinem Kopf.

„Blau.“ Das wusste ich noch. „Ein seltsames Blau, wie im Frühjahr. Mit Schäfchenwölkchen … Oder? Ich weiß es nicht, in meiner Erinnerung ist er Blau. Es gab eine Wolke, die auf dem Himmel lag und nicht in ihm. Die Sonne stand dahinter und es kam mir vor, als hätte die Wolke einen Bleistiftrand. Ein Vogel zog seine

Kreise und da war noch ein Kondensstreifen eines Flugzeugs … Die Wolke driftete auseinander und die Sonne kam zum Vorschein. Eine sehr starke Sonne, durch die Wolken konnte man ihre Strahlen sehen. Ein schönes Winterlicht. Ich hatte die Klimaanlage an, wodurch es sich wie Frühling anfühlte. Die Welt war verschneit, aber in diesem einen Moment, kurz vor dem, eh … es geschah, war es für mich Sommer."

„Wie hat sich das angefühlt?"

„Gut." Mein Mund wurde trocken. Ich durfte nicht lügen. Schon gar nicht mich selbst belügen. Da musste ich jetzt durch. „Ich … Ich sehnte mich nach dem Sommer, ich …" Ich hasste mich für die Worte, die ich zum ersten Mal laut aussprechen wollte. „Für einen kurzen Moment war ich sehr glücklich." Ich drückte meine Nägel in die Handinnenfläche. „Sie spielten ein Sommerlied im Radio."

Alina nahm ein Taschentuch und putzte sich die rote Nase. Gemeinsam gingen wir durch diesen grauenvollen Morgen. Jede Sekunde. Jedes Detail, jedes Gefühl. Erinnerungen kamen zurück, die mir entfallen waren, manchmal ganze Sequenzen dieses Tages. Die Wahrheit war hundertmal härter, als ich angenommen hatte.

Ich war schockiert, wie stilisiert der Tag in meinem Kopf geworden war. Wie viele Autos hatten am Straßenrand gestanden? Waren Fahrzeuge vor mir auf der Straße gewesen? Gab es Fußgänger auf dem Bürgersteig? Ich konnte es nicht mit Sicherheit sagen.

„Und Mias Gesicht?" Alinas Stimme klang leise.

Ihr kleines Gesicht … Die Frage überforderte mich. Ich erinnerte mich, wie ich das Mädchen auf den Rücken gedreht hatte, aber dann sah ich nur die eigenen Hände, die überkreuzt auf Mias Brust lagen. Immer wieder. *Fünf, sechs, sieben, acht …* Und urplötzlich hatte es angefangen zu schneien.

„Hannah, wie sah Mias Gesicht aus?"

Tausend kleine Nadeln stachen in meiner Brust. Ich spürte wieder die Schneeflocken, die auf uns beide herabrieselten, den Schock, die Nässe, die Kälte. Das Blut auf dem Schnee, meine Venen füllten sich mit Schnee. Ihr grelles *Nein …*, der abgeknickte Arm, die kleine Hand, die Handfläche nach oben, der rote Wintermantel. Aber so sehr ich mich auch anstrengte, an Mias Gesicht erinnerte ich mich nicht.

„Nun?"

Ich schloss meine Augen, versuchte, mich stärker zu konzentrieren. Nichts. Da war kein Gesicht in meiner Erinnerung. Jede Nacht sah ich, wie mein Fuß vom Pedal abrutschte, wie der Wagen sich auf spiegelglatter Fahrbahn im Kreis drehte, aber da war niemals ein Gesicht. Wie konnte es sein, dass ich das vorher nie bemerkt hatte?

„Hannah, da müssen Sie jetzt durch."

Ich schluckte. Ich konnte es nicht. Ich konnte es nicht laut aussprechen. In dem Moment, in dem ich meine Erinnerung in Worte fasste – die gebrechliche Lücke in meinem Gedächtnis – würde es wahr werden. Dann *musste* ich es glauben. Ausgesprochene Sätze hatten eine Bedeutung, Worte behielt man, daran erinnerte man sich. Ich wollte, dass meine Gedanken schwebten. Solange sie nicht in Sprache umgesetzt wurden, konnte sich ihnen niemand anschließen. Ich konnte das nicht und wollte es auch nicht.

„Hatte Mia ihre Augen geöffnet?", bohrte Alina weiter.

Ich schüttelte den Kopf.

„Waren sie geschlossen? Lebte sie da noch?"

„Ich weiß es nicht."

„Ich kann Sie nicht hören, wenn Sie flüstern."

Ich legte meine Finger auf die Nasenspitze. Mein prall gefülltes Inneres war zu groß für meinen Körper, gleichzeitig fühlte ich mich wie ein Nichts. Weniger als nichts. Mir war kalt. Mir fehlte die Wärme. Mir fehlte alles, was in dieser Welt von Bedeutung war.

„Ich weiß es nicht", wiederholte ich.

„Was wissen Sie nicht? Wie Mias Gesicht aussah?"

„Hm-hm."

„Das ist nicht möglich!"

Ich wusste, dass das unmöglich war. Ich musste Mias Gesicht gesehen haben. Natürlich hatte ich es gesehen. Aber warum konnte ich mich nicht daran erinnern?

„Kommen Sie schon, denken Sie nach."

Ich schloss die Augen. Zwei Zöpfe. Eine weiße Haut. Eine verschwommene Stelle, wo der Kopf hätte sein sollen.

„Ich weiß es nicht."

„Unsinn!"

„Ich weiß es wirklich nicht."

„Wenn Sie das hier weiterführen wollen, müssen Sie mir jedes Detail erzählen."

Der Tremor setzte ein, meine Hände zitterten, mein Atem kroch aus der Lunge. In Panik versuchte ich, meinen Körper wieder unter Kontrolle zu bringen.

„Ihr Gesicht, Hannah. Wie sah ihr Gesicht aus?"

Ich hielt es nicht mehr aus. Ich musste fort von hier. Ich sprang auf, stieß eine Lampe um. Nur fort von hier. Ich hatte nur ein Ziel:

den Lichtstreifen über der Tür. Ich musste hinaus, ins Licht, weg aus dieser Finsternis.

„Hannah, was machen Sie?“

„Entschuldigung.“ Ich riss die Tür auf und stand keuchend im Eingang. Das Licht blendete mich. „Es tut mir leid, ich kann nicht.“

Plötzlich war Alina hinter mir. Sie packte mich an den Handgelenken. Bei meinem hastigen Versuch, mich zu befreien, rutschte mein Ärmel hoch. Da waren sie. Die fünf horizontalen Streifen.

Alina tat, als wäre alles in Ordnung.

Ich fing an zu weinen.

„Es ist in Ordnung, Hannah. Bitte, kommen Sie und ruhen sich noch ein wenig aus.“

51

Hannah

Warum – warum in Gottes Namen – hatte ich nie bemerkt, dass ich das wichtigste Detail des Unfalls vergessen hatte? Wie herzlos war ich eigentlich? Ich hatte Mia zu einer Sache gemacht. Ich war durch den Unfall so belastet, dass ich mich selbst stets dabei in den Mittelpunkt gestellt hatte. In all meinen Erinnerungen ging es nur um meine Gefühle. Meine Hände, meine Knie, meine Tränen, mein erstickter Atem. Seit mehreren Monaten erinnerte ich mich nur an das Erfrieren meiner Seele, an meinen eigenen Tod. Nicht an den des kleinen Mädchens.

„Nächstes Mal versuchen wir es einfach noch einmal", wiederholte Alina.

Ich schämte mich so sehr und konnte Alina nicht in die Augen sehen, ihr nicht zunicken oder *Ja, beim nächste Mal* sagen. Beim nächsten Mal würde es sicher auch nicht besser laufen. Das war eine Tatsache, keine Hypothese. Ich hatte keine andere Wahl, als es zuzugeben: Ich hatte Mias Gesichtchen vergessen.

Alina nahm ihren Terminkalender. „Können Sie am kommenden Montag, Hannah?" Das darüberliegende Blatt Papier fiel versehentlich auf den Boden. Alina hob es schnell auf und warf es in den Mülleimer.

Draußen blies mir der kalte Wind die Tränen von den Wangen. Was tat ich nur? War ich auf dem Weg in Richtung Zukunft, in der Hoffnung, dass diese mir Antworten brachte. Oder war ich auf der Flucht vor der Vergangenheit? Gehetzt schaute ich über die Schulter. Hinter mir waren nur Bäume. Keine Menschen, keine Männer, keine Geister, keine Gespenster, keine Dämonen. Nur die Bäume, von ihren Blättern befreit. Die kahlen Äste hoch erhoben. Die Welt existierte nicht mehr. Stopp! Die Welt existierte, aber ich existierte nicht. Ich lag unzugänglich unter dem Eis, dachte an den anonymen E-Mail-Verfasser, an meine Schnitte, an den Zettel an meiner Haustür.

Die Menschen um mich herum irrten sich alle. Es gab sehr wohl jemanden, der Sofias Tod wollte. Als Bestrafung. Weil ich mich nicht einmal an Mias Gesicht erinnern konnte.

Wenn ich in der Lage wäre, vor mir selbst davonzulaufen, würde ich es tun. Ich war auf dem besten Wege, den Verstand zu verlieren, ein zweites Ich bahnte sich einen Weg durch das Eis, und ... es bedrohte mich und meine Welt. Meine Beine traten in die Fahrradpedale, als hätte ich jede Selbstbestimmung verloren. Auf der Flucht vor der Vergangenheit, direkt in die Arme des 31. März.

Ich hatte kein Auge zugetan. David hatte mich beim Frühstück ständig mit Fragen gelöchert. „Was ist los, Hannah. Was hast du? Fühlst du dich krank?"

Ich musste nachdenken, brauchte Einsamkeit, Ruhe und Frieden. Was auch immer geschah, David durfte nicht erfahren, wie ich mich fühlte und was ich vergessen hatte. Er würde mich dafür hassen und mich als die schlimmste Mutter der Welt bezeichnen.

Ich sah aus dem Küchenfenster. Sofia drehte im Vorgarten mit dem Dreirad Kreise. Ich muss vernünftig bleiben, dachte ich und winkte meiner Tochter zu. Ich durfte keine Sekunde von Sofias Seite weichen, musste mich *normal* verhalten. In der Regel tat ich das auch. Mich *normal* verhalten. Ich wollte nicht sterben, ich wollte Sofia nicht verlieren.

Mit einem Mal ertönte ein Knall. Ich zuckte zusammen, rannte aus dem Haus. *Mein Kind! Ich muss mein Kind beschützen.* Ich fühlte nichts, ich fühlte alles – Sofias Wärme, sah, wie ihr Bein unter dem Dreirad lag. *Warum habe ich mein Kind nicht gehört?* Warum hatte ich Sofia nicht nach ihrer Mutter rufen hören?

Draußen streifte etwas meinen Kopf, die Welt war mit roten Punkten übersät. Dann der Geruch von Abgasen, der Geschmack von Kieselsteinen und schließlich hörte ich Sofias Schreie. Sie war noch am Leben.

Noch nie zuvor war ich so glücklich über ihr Weinen.

52

ICH

Mir steht der Mund im Supermarkt offen. Theo hat den Übergriff überlebt. *Nicht gut!* Statt einfach nur zu sterben, vegetiert der Dinosaurier in einer Klinik dahin, hat mir die Kassiererin erzählt. Er ist angeschlossen an eine erschreckende Anzahl von Schläuchen, Infusionen und Apparaturen, und ein Beatmungsgerät hat seine Atmung übernommen. Ich frage mich, ob die Ärzte die Einstichstelle an Theos Hals übersehen und ob sie sein Blut nicht auf Substanzen gescreent haben? Fragen über Fragen.

Ich werde Charlotte einen anonymen Hinweis zukommen lassen und ein paar subtile Andeutungen im Supermarkt machen. Eine gute Idee, die ich sofort in die Tat umsetzen werde. So soll Pia nicht davonkommen.

Jonas und ich haben damals versucht, mit Gretas Lehrerin zu sprechen, aber sie weigerte sich, die Verantwortung zu übernehmen. Ich erinnere mich an ihre Reaktion, als ich in der Schule vor ihr stand und ihr *Mörderin* ins Gesicht geschleudert habe. Einen Moment lang lasse ich die Szene vor meinem inneren Auge noch einmal Revue passieren.

„Sie sind ihrer Aufsichtspflicht nicht nachgekommen, haben nicht auf mein Mädchen geachtet, haben einfach ignoriert, dass sie zum Mobbingopfer wurde. Wie viele Kinder haben Sie sonst noch auf dem Gewissen? Sie sind mit verantwortlich für den Tod meiner Tochter! Sie sind eine Versagerin und eine Mörderin!“

Statt sich bei mir für ihr Fehlverhalten zu entschuldigen, lag in ihrem Blick nur Verachtung, und ihr humorloses Lächeln war ein mit spitzem Bleistift gezogener Strich.

„Sie wissen nicht, was sie da sagen. Glauben Sie mir, aber Sie irren sich!“, kreischte Pia mit hoher Stimme und ich brauchte einen Moment, um zu begreifen, dass sie mich nachäffte. „Ich bin einfach nur eine Lehrerin! Ich kann keiner Fliege etwas zuleide tun! Greta ist in meinen Augen das Opfer ihrer zu großen Fantasie geworden. Sie hat ihre Gedanken stets ausgeschmückt, ein Problem größer erscheinen lassen, als es war, und ist dadurch zu ihrem eigenen Feind geworden.“

Mein Gesicht wird ganz taub bei dieser Erinnerung. Ich spüre die Dunkelheit von Abscheu in mir, bin noch immer fassungslos über diesen Satz.

Damals habe ich die Sprache verloren. Diese Frau darf nicht ohne Weiteres davonkommen.

Mit Hannah bin ich fast fertig. Ihre Nerven liegen blank.

Seit ich die Miniwanzen wieder aus den Häusern entfernt habe, verspüre ich oft das Bedürfnis, an den Gärten der Nachbarn vorbeizuschlendern. Ich besitze ein eher kleines Haus und einen kleinen Garten, verglichen mit den umliegenden Häusern und Gärten. Mein Grundstück ist eine Art optimale Lösung der Nutzfläche, eine Art Kuchenecke oder ein Snack. Ein eckiger Snack.

Die Nachbarn haben einen Hund, der oft an unserem Gartenzaun bellt. Greta liebte ihn und die Nachbarn erlaubten ihr immer, mit ihm in ihrem Garten zu spielen. Sie warf Bälle, die er zurückbrachte oder sie rollte mit ihm über den Boden und ließ sich von ihm das Gesicht lecken. Unser Hund war damals zu alt, es interessierte ihn nicht, wenn Greta mit der Konkurrenz spielte.

Die Nachbarn verbrachten damals einige Tage bei Freunden, den Hund hatten sie in einer Hundepension untergebracht. Wäre er da gewesen, hätte er Greta sofort in den Büschen gewittert. Der Hund hätte alle gewarnt. Er war verrückt nach meiner Tochter. Als er, zurück aus der Hundepension, freudig bellend in den Garten rannte, war es zu spät.

Die Kriminalbeamten fanden Gretas Mantel, ihre Strümpfe und Schuhe unmittelbar hinter einem Gebüsch auf dem Grundstück der Nachbarn, als hätte sie gewusst, dass der Hund sie wittern würde. Sie trug nur eine Leinenhose und einen dünnen Pullover. Ihr Körper lag wie ein Fötus in einer der Plastikhüllen, in denen wir unsere Sommermäntel aufbewahrten. Es war die erste kalte Nacht der Jahreszeit, als sie im Garten der Nachbarn in zu dünner Kleidung einschlief. Die Plastikhülle bot keinen ausreichenden Schutz gegen die Kälte.

Noch immer quält mich die Frage, ob meine Tochter diese Hülle genommen hat, um ihren Tod in letzter Sekunde zu verhindern. Seit dem Tag, an dem wir herausfanden, was geschehen war, werde ich vom gleichen Traum heimgesucht. Darin sehe ich ihre Hand, die sie durch eine Öffnung der Kunststoffhülle steckt, den Reißverschluss ein wenig öffnet und mich ansieht. Manchmal glaube ich, dass ihre Augen mich anflehen, ihr Blick ein anderes Mal voller Wut ist, dann wieder voller Verzweiflung oder Resignation.

Greta wusste, dass die Nachbarn für ein paar Tage verreist waren und dass der Hund nicht zu Hause sein würde. Aber sie blieb selbst in ihrer Todesstunde in der Nähe ihres Zuhauses, in meiner Nähe. Sie hätte sich darauf verlassen können, dass ich sie rechtzeitig finde. Aber anstatt gründlich nach ihr zu suchen, tauchte ich in Angst und Stress ab.

Jonas hat mir mal gesagt, dass ich zu sehr gehänselt werde und mich zu unterwürfig benehme. Ich mache aus mir einen willigen Gegenstand, den jeder ergreifen könne. Ihm zufolge sollte man im Leben bei allem, was einem widerfährt, auch sorgfältig über seine eigene Haltung nachdenken. Seitdem stelle ich mir stets die Frage: Habe ich diesen Freitod vielleicht provoziert? Als ich versuchte, ihm klarzumachen, dass er zu weit gegangen war, unterbrach er mich sofort. Er behauptete, dass meine Fantasie überschwappen würde und dass ich mich besser dem Schreiben von Gedichten hingeben sollte.

Pia Bachmann sieht beschissen aus. Das beweist, dass meine Entscheidung richtig war, sie auf dem Schirm zu haben.

53

Hannah

Rote Flocken tanzten vor meinen Augen.

Ich hatte drei Nächte nicht geschlafen. Auf der Suche nach Mias Gesicht taumelte ich durch die Nächte. Mit Grausen erinnerte ich mich an meine Träume in der letzten Zeit. Der Anfang war nicht neu. Ich träumte seit einer Ewigkeit von dem Mädchen. Es war immer das Gleiche. Immer wieder saß ich in der Hocke neben Mia, drehte den kleinen Körper um, aber der Moment, in dem ich meine Hände um Mias Arm legte und danach auf die Brust des Kindes, war und blieb verloren. Ich starrte das Kind an und geriet wegen der fehlenden Erinnerung stets in Panik, dabei musste ich mich auf Sofias Bedrohung konzentrieren.

Ich konnte die Augen kaum offen halten, rief Alina an, um den Termin abzusagen. „Ich kann nicht", gestand ich der Psychiaterin. „Ich weiß, dass ich versprochen habe, mich hundertprozentig auf Ihre Therapie einzulassen. Und dass ich all dem zugestimmt habe, trotz der Tatsache, dass Sie mich gewarnt haben, dass es schwer wird. Aber in letzter Zeit ist so viel passiert. Und ... Ich erinnere mich einfach nicht."

Ich ballte eine Faust. Es war schwer, Alina zu erklären, dass ich nicht wieder mit ihr im Dunkeln sitzen wollte. In dem Dunkel lag die Angst. Ich schämte mich deswegen, aber vor allem wollte ich nicht zu dem Moment zurückkehren, in dem die Wahrheit mich zu sehr bedrängte.

„Geht es darum, dass Ihnen unsere Sitzung zu viel wurde?"

„Ja, ich glaube schon."

„Wäre es nicht sinnvoll, herzukommen, Hannah? Dann können wir die Dinge gemeinsam in Ordnung bringen. Wir verschieben die geplante Sitzung um eine Woche und sprechen über andere Dinge."

Ich gehorchte wie ein Schulmädchen.

„Beschreiben Sie mir Ihre Angst, Hannah", forderte Alina mich auf. „Wovor genau haben Sie Angst?"

Darauf konnte ich klar und eindeutig antworten. „Meine Familie zu verlieren. Meine Kinder und David. Allein schon die Idee, dass ..." Ich überlegte kurz. Wie sollte ich in Worte fassen, dass meine größte Angst nicht so sehr darin bestand, dass ich meine Familie verlieren würde, sondern darin, dass die Familie *mich* verlor.

Meine Kinder brauchten mich. Ich war diejenige, die alle liebte, auch wenn es in diesem Moment nicht so aussah, besonders was David betraf. Ich war derzeit eine miserable Mutter und eine lausige Ehefrau, aber die Basis, die wir zu viert geschaffen hatten, war dennoch hart wie Stein, das Fundament einer bedingungslosen Liebe.

„Sie haben also Angst, Ihre Kinder zu verlieren?“, wiederholte Alina.

Ich faltete meine Hände. „Ich habe Angst, als Mutter zu versagen.“

„Wieso? Weil Sie genau daran arbeiten?“

Alinas Worte lagen mir schwer und unverdaulich im Magen.

„Ich weiß es nicht“, antwortete ich und sprang auf. Ich lief im Besprechungszimmer auf und ab. Entlang des Bücherregals – *Posttraumatischer Stress, Trauerarbeit entwirren, Traurigkeit, Vergeben und Vergessen* –, vorbei an einem gerahmten Bild eines Ferienhauses. *Temps perdu* stand auf dem Giebel, *die verlorene Zeit.*

„Ich …“ Mein Kopf war ein Sieb. In den letzten Wochen wurde ich von einer Emotion zur anderen geschleudert und wieder zurück, wie ein Bumerang. Mein paranoides Verhalten auf der Straße, der Streit mit Pia, meine Panikattacken, die Nächte, die ich schlaflos im Bett verbrachte, wachsam gegenüber jedem Geräusch und besessen auf der Suche nach Mias Gesicht. Vergeblich. „Ich …“

„Ja?“, fragte Alina leise. „Sagen Sie es einfach.“

„Ich glaube …. ich fürchte, ich verliere den Verstand. Ich habe Albträume.“

Alina sah mich ermutigend an. „Ich werde Ihnen helfen. Machen Sie sich keine Sorgen.“

„Bitte“, flehte ich. „Bitte …“

Ich wagte es nicht, Alina zu fragen, ob diese schon mal daran gedacht hatte, dass ich längst den Verstand verloren hatte.

54

Hannah

Als ich am Abend von meinem Bett aus David beim Zähneputzen zusah, fiel mir ein, was ich Alina hätte sagen wollen. Dass die Schuld für Mias Tod bei mir lag, viel mehr, als ich der Psychiaterin offenbart hatte.

Ich konnte nicht mehr einfach tun, als wäre nichts geschehen, und fröhlich sein, mein *Normalsein* war grandios gescheitert. Und wieder fühlte ich mich deswegen schuldig. Ich stand einfach nur da, sah zu, wie meine Familie auseinanderbrach, wie meine Freunde von mir wegtrieben. Ich sah geduldig zu, wie meine größte Angst wahr wurde. Bei Alina hatte ich innerlich darüber gelacht. Als ob ich stolz darauf, als ob es mir egal wäre.

David kam in T-Shirt und Boxershorts ins Schlafzimmer und schlüpfte leise unter die Decke. Wie jeden Abend überprüfte er rasch sein Handy, beantwortete die letzten E-Mails. Heimlich beobachtete ich durch die halb geschlossenen Augen das Profil meines Mannes.

„David kümmert sich um Sie, Hannah“, hatte Alina gesagt. „Sie können sich glücklich schätzen, mit einem so fürsorglichen Ehemann verheiratet zu sein.“

Ich drückte die Zehen so stark gegen die Bettkante, dass ich befürchtete, sie könnten brechen. Dann legte ich eine Hand auf seinen Penis. Erstaunt blickte er zur Seite. Ich schloss meine Augen, rieb mit dem Daumen über sein Geschlecht. Unter meiner Berührung wuchs seine Erregung.

Die Dinge änderten sich schlagartig: Handy auf den Nachttisch, Licht aus, er seufzte, sagte: „Oh, mein Liebling“, suchte meine Lippen. Ich spürte seine Hände, die meine Brüste zärtlich streichelten, während ich im Dunkeln nach Mias Gesicht suchte.

Es war alles meine Schuld, und ich musste diesen Preis bezahlen, um David zu behalten.

„Bist du dir sicher?“, fragte er.

Ein leises „Hm.“

Ich ließ es zu, dass er mein Nachthemd hochschob, mich auf die Seite rollte, mir den Hintern ein wenig nach hinten zog und mich penetrierte. Es war nicht so schlimm. Ich zählte seine Stöße, bis er kam. *Einundzwanzig, zweiundzwanzig, zweiundzwanzig, dreiundzwanzig* ... Wie damals meine Hände auf Mias kleinen Brustkorb. Wo war ihr Gesicht?

... neunundzwanzig, dreißig ....

Ich schwebte über das Bett, hatte nichts mit der Frau da unten zu tun.

David umfasste meine Hüftknochen und stöhnte. Vorbei! Erledigt! Klamm blieb er neben mir liegen.

Zwischen meinen Schenkeln brannte es. Mein Po klebte an seinem Schamhaar. Ich musste mich waschen, sonst würde ich nie einschlafen können. Es stach, schwoll an, klebte, juckte. Aber es fühlte sich gut an.

Ich blieb liegen, starrte auf den Lichtstreifen unter der Badezimmertür.

55

Pia

In Gedanken versetzte sie Charlotte einen Stoß, packte sie am Arm, zerrte sie Richtung Tür, mit all ihrer Kraft. Tränen traten Pia in die Augen vor Anstrengung und Hass, aber Charlotte hielt dagegen, riss sich los. In Wahrheit war Pia nicht in der Lage, ihre Nachbarin eigenhändig hinauszuwerfen.

„Weißt du, Pia, die Leute chatten und tratschen hier gern, und es gibt immer jemanden, der sich für eine andere Person irgendeine Widerwärtigkeit ausdenkt. Die Menschen lieben Gerüchte, sie veranstalten sogar Klatschpartys, um sich auszutauschen. Ich lasse mich nicht darauf ein. Ich mag dich und ich denke, dass wir vielleicht auch Freundinnen werden können, wenn du mich ein bisschen besser kennenlernst. Es tut mir leid für dich, dass das mit der Befruchtung noch nicht funktioniert hat. Ich habe selbst keine Kinder und kann dich deshalb gut verstehen. Kümmere dich nicht um diese Mobbing-Aktion. Bald wird jemand etwas tun, das wieder Aufmerksamkeit erregt, und dann werden sie dich in Ruhe lassen. Mein Theo benimmt sich zwar manchmal völlig bescheuert und überwirft sich schnell mit jemanden, aber diese seltsamen Dinge sind nicht sein Ding“, beendete Charlotte ihren Monolog.

„Wie geht es ihm eigentlich?“

„Er wird sterben, behaupten die Ärzte.“ Charlotte zuckte die Schultern. „Sollte er tatsächlich jemals aus dem Koma erwachen, dann wird ein schwachsinniger Mann in meiner Küche sitzen. Warum musste er auch in einer solchen Nacht das Haus verlassen, so stürmisch wie es war?“ Jetzt klang ihre Stimme verzweifelt und zerbrochen. Pia glaubte, dass Charlotte eine sehr einsame Frau war, die insgeheim unter ihrer Ehe mit Theo litt. Aber die Wahrheit nagte an ihr, kämpfte in ihr, warf sich herum in ihr wie ein Tier im Käfig, wollte raus, nur raus.

„Ich frage mich, Charlotte, was er wieder in unserem Garten gemacht hat?“

„Das weiß ich nicht, Pia. Aber ich weiß, dass er ganz sicher nicht von einem Ast erschlagen wurde. Jemand muss nachgeholfen haben. Theo hatte eine Einstichstelle im Hals. Das haben die Ärzte wohl übersehen, sind ja auch nur Menschen.“

„Du meinst, da war eine zweite Person in meinem Garten, die ihm eine Spritze verpasst und ihm anschließend mit einem Ast den Schädel eingeschlagen hat? Davon wären Moritz und ich doch aufgewacht."
„Die Polizei glaubt das mittlerweile auch. Aber sie wissen auch, dass du nichts damit zu tun hast."
„Woher wollen Sie das denn wissen?"
„Ich habe eine anonyme Nachricht erhalten, in der jemand auf diese Einstichstelle hinweist. Auf dem Brief sind keine Fingerabdrücke von dir, und auch nicht von mir. Somit kommen wir als Täterinnen nicht infrage."
Pia seufzte. „Wie beruhigend. Ich war es bestimmt nicht, und ich habe einen Zeugen für die Tatzeit. Mein Mann, der friedlich neben mir im Bett lag. Aber was besagt schon ein Brief ohne Fingerabdrücke? Der Täter könnte Handschuhe getragen haben." Sie sah Charlotte direkt in die Augen. „Warum bist du eigentlich früher als erwartet nach Hause gekommen? Woher wusstest du, dass es in dieser Nacht stürmisch war? Ich dachte, du warst dreihundert Kilometer von hier entfernt bei deiner Mutter? Hast du etwas damit zu tun?"
Charlotte wurde kreidebleich und stand auf. „Vielleicht ist ja doch etwas an den Gerüchten dran, dass du dir irgendwelche Widerwärtigkeiten mit kleinen Jungs ausdenkst", schnauzte sie, drehte sich um und verließ das Haus.

Pia saß später wie gelähmt in dem weißen Schaukelstuhl im Kinderzimmer. Niemals hätte sie es für möglich gehalten, dass der Verlust des Winzlings, die künstliche Befruchtung und das Gerücht, sie hätte kleine Jungs angefasst, in diesem Ort zum Thema wurden. Jeder in Warnberg wusste anscheinend davon. Dass Theo im Koma lag interessierte anscheinend niemanden.
Warnberg ... Ein unsympathischer Name für einen Ort – vielleicht ein Name, der Fremde abschrecken sollte, hierherzuziehen. Der Gedanke war ihr in den Sinn gekommen, als sie das Ortsschild zum ersten Mal gesehen hatte. Warnberg ... Wir warnen dich. Sieh sich vor!
Sie ignorierte ein zweites Läuten an der Haustür. Charlottes ertrug sie nicht noch einmal und hielt sich die Ohren zu. Sie wollte niemanden sehen.
Sie fühlte sich verraten. Von den Menschen in dieser Straße. Von diesem Ort.

Sie musste eingenickt sein, ein Geräusch hatte sie aufgeschreckt. Sie zog ihre Beine hoch und kroch so tief wie möglich in den weißen Schaukelstuhl.

Stille. Nein, da, ein metallisches Geräusch. Jemand hatte den Schlüssel ins Schloss gesteckt. Vielleicht Hannah? Sie erhob sich seufzend von ihrem Lieblingsplatz. Die Gelenke ihrer Knie knackten trocken, sie streckte sich kurz, lies die Schultern kreisen und ging die Treppe hinunter.

Mein Leben ist seit dem Umzug komplizierter geworden, dachte sie. Und Hannah war daran maßgeblich beteiligt. Oder war das bereits vorher der Fall gewesen?

Unten an der Treppe stand Moritz, er lächelte sanft und hielt einen prächtigen Blumenstrauß in der Hand.

Sie schlang ihre Arme um seinen Hals und küsste ihn ein paar Mal auf den Mund. „Wie lieb von dir, Moritz."

Er zog sie an sich, hielt sie fest. „Ist heute etwas passiert, Liebling? Wieder einen Toten im Garten gefunden?"

Pia lächelte gequält und löste sich vorsichtig von ihm. „Bitte, Moritz. Das ist nicht lustig. Theo ist nicht tot und diesen Übergriff hat er auch nicht verdient."

„Hm … entschuldige, du hast ja recht."

„Ich glaube, Charlotte war vorhin wieder an der Tür, aber ich habe nicht geöffnet. Sie geht mir echt auf den Geist."

Er lachte. „Wo hast du dich denn verschanzt?"

„Im Schaukelstuhl."

Moritz verzog das Gesicht.

„Ich bin gern in dem Zimmer, Moritz." Sie sagte absichtlich Zimmer ohne nähere Bezeichnung.

„Es ist in Ordnung, Pia", hauchte er ihr ins Ohr. „Ich möchte auch oft hineingehen, aber ich finde es schwierig. Es ist so konfrontativ, diese leere Wiege und all das Spielzeug. Ich fühle mich so schuldig." Er zog sie wieder an sich.

Ihr Gesicht war nahe an seinem. Sie sah Tränen in seinen Augen. „Schuldig? Warum? Es gab lediglich einen drei Monate alten Fötus in meinem Körper, den wir verloren haben. Etwas war nicht in Ordnung und die Natur hat das geregelt. Wir können nichts dafür und haben uns nichts vorzuwerfen. Fühl dich nicht schuldig, tu das bitte nicht."

Das üble Wortgefecht mit Charlotte erwähnte sie nicht.

Er küsste sie wieder und wieder.

Eine Last fiel von ihr ab.

Es hatte eine Zeit gegeben, in der Moritz sie nur mit der Fingerspitze berühren musste, um sie zu erregen. Diese Zeit schien seit der Hormonbehandlung vorbei zu sein. Woher kamen diese neuen Gefühle? Sie spürte eine andere und neue, heftige Leidenschaft für Moritz. Das Schlafzimmer war zu weit weg, der Küchentisch am nächsten. Sie waren leise, ekstatisch, innig, ihre Gesten sprachen die gleiche Sprache. Die Sprache des ungezügelten Begehrens, der Hingabe und des Heimkommens.

Das ist es, dachte Pia. Das Gefühl, nach Hause zu kommen. Danach saßen sie nebeneinander auf dem Küchenboden, ihre Körper lehnten erschöpft gegen den Geschirrschrank, ihre Atmung noch nicht ganz unter Kontrolle.

Moritz streichelte ihre Hand.

Vielleicht bin ich wieder schwanger, dachte sie. Natürlich war das nicht möglich, es war nur das Wunschdenken einer Frau, die sich verzweifelt ein Kind wünschte. Sie hatte nicht die Absicht, sich von diesem seltsamen Gedanken leiten zu lassen. Es wäre eher ein Zufall, wenn ihr Wunsch in Erfüllung gehen würde.

„Lust auf eine Fortsetzung im Bett?“, schlug Moritz vor.

Sie nickte. Eng umschlungen gingen sie die Treppe hinauf ins Schlafzimmer, kicherten wie zwei Teenager.

Pia zuckte zusammen, als das Handy auf dem Nachttisch einen Anruf ankündigt.

„Lass es klingeln, Liebling“, sagte Moritz zärtlich und strich ihr über den Po.

Pia schielte auf das Handy, sagte nichts. Sekunden später hörte sie das Signal, dass der Anrufer eine Nachricht auf der Mailbox hinterlassen hatte.

„Okay Schatz. Möchtest du sie abhören?“

„Nein.“

Moritz griff nach dem Handy und wählte die Nummer der Mailbox. Sein Gesicht wurde blass, als er die Nachricht abhörte.

Pias Atem stockte. „Was ist?“

„Hör dir das an“, sagte er wütend und reichte ihr das Handy.

Sie war ruhig. Da, irgendwo in der Luft, im Haus, aber vielleicht nur in ihrem Körper, war etwas, das sie ruhig werden ließ, als sie der Stimme zuhörte.

„Ich werde dich töten.“

56

ICH

Ich war heute zweimal im Supermarkt, weil ich den neuesten Klatsch nicht versäumen wollte.

Als ich beim zweiten Mal an der Kasse stand, hörte ich eine Frau in der anderen Reihe sagen, dass Pia einen festen Platz in ihren Gebeten bekommt.

„Wenn du glaubst, dass du alles erlebt hast, triffst du womöglich Gott auch an der Kasse unseres Supermarktes."

Ich wollte ihr laut und deutlich sagen, dass sie mit ihren idiotischen Ansichten Glaubensbrüder belästigen soll, die noch dümmer sind als sie. Aber ich habe eine viel bessere Idee.

Das Leben eines jeden Menschen ist an sich doch ein Paradoxon. Sie kommen und gehen – dann sind sie für immer fort. Glaubt diese Person wirklich, dass danach noch etwas von ihr übrig bleibt? Kann sie womöglich den Gedanken nicht ertragen, dass es nicht mehr als das gibt? *Nur zu, freunde dich mit jemandem an, der nirgendwo zu sehen ist, rufe ihn an, singe Lieder über seine Güte, bitte ihn um Vergebung für deine Sünden, danke ihm für das Glück, das dir zuteilwurde, und stirb mit dem Gedanken, dass du ihn danach endlich treffen wirst.*

Bescheuert! Sie sollen mich in Ruhe lassen und mich im Supermarkt nicht mit Gott volllabern. Ich würde viel lieber über den Tod mit ihr plauschen. Sollte ich diese Frau noch einmal dort sehen, werden Schläge fallen. Ich habe ein Recht auf Vergeltung.

Gott … Ich habe dieses Wort niemals von meinen Eltern gehört. Sie haben nur versucht, mich davon zu überzeugen, dass Religion eine Funktion hat, dass sie dich stärken und dich trösten kann, wenn du in Schwierigkeiten steckst. Ich konnte aber nicht feststellen, dass sie recht hatten.

Wenn ich von irgendetwas überzeugt bin, dann von der Vorstellung, dass die Religion ein Schnuller ist, den Menschen, die zu feige sind, in den Mund stecken, um bis in alle Ewigkeit daran zu nuckeln. Religion ist wie eine Wabe, die sich irgendwann in einem unendlichen Nichts auflöst, wie ich.

Beten hilft nicht.

Wo war Gott, als mein Mädchen starb?

57

ICH

Die gottesfürchtige Tratschbase hat in der Nachbarschaft für Pia gesammelt. Das schlechte Gewissen der Leute in der *Perdition-Road* reicht nebst einem großen Blumenstrauß selbst noch für einen Gutschein für ein Abendessen zu zweit. Was das schlechte Gewissen so alles bewirken kann.

Im Supermarkt fragt sich die Kassiererin, wer denn nun für all die Geschehnisse verantwortlich ist. Kein Wort mehr über Theo. Der lag in Koma, als Pia die Todesdrohung bekommen hatte. Sie sei in Tränen ausgebrochen, als einige Damen ihr den Blumenstrauß und den Gutschein übergaben. Wie schnell diese Person aber auch jammert.

Ich bin besessen, ich weiß. Aber ich liebe meine Besessenheit und die Atmosphäre, die sie umgibt. Mein Adrenalin steigt, wenn ich mich von Gedanken, die mich beherrschen, mitreißen lasse. Die Art von mitreißen ist so spannungsreich, dass es einem den Atem nimmt, das blendet und betäubt und das nur ein Bestreben haben kann: ein Ziel nach dem anderen.

In meinem Kopf gibt es viele Ziele.

Pia ist derzeit mein Hauptziel, aber es gibt noch einige andere, die in der *Perdition-Road* auf meiner Liste stehen. Alles zu seiner Zeit hat meine Mutter stets gesagt. Ich denke derzeit viel an sie. Zu viel, für meinem Geschmack. Meine Mutter hatte kein großes Herz und kein Gewissen. Sie war nicht einen Deut besser als mein Vater. Die Schläge meines Vaters und ihr Schweigen haben mich und meine Geschwister fast zerstört. Ich sollte ihrer Stimme keinen zu großen Platz in meinem Kopf einräumen, sonst hält sie mich davon ab, das zu tun, was ich tun muss.

Meine Mutter ist die liebenswerteste Frau der Welt, und ich will sie nicht betrüben. Das würde passieren, wenn ich ihr sage, dass die Bedrohung durch die Mädchen immer schlimmer wird. Ich wage es kaum noch, allein nach Hause zu fahren.

Mama glaubt, dass sie nicht ins Badezimmer kommen darf, während ich dusche, weil ich mich für meinen nackten Körper schäme. Ich habe gehört, dass sie das vor ein paar Tagen zu meinem

Vater gesagt hat. Aber ich wollte nur nicht, dass sie die vielen Blutergüsse an meinen Armen und meinem linken Schienbein sieht.

Die Mädchen treten mich immer an Stellen, die abgedeckt werden können. Gestern haben sie mir direkt in meinen Schritt getreten. Ich habe erst heute Morgen gewagt zu pinkeln, als ich den Druck der Blase nicht mehr aushielt.

Manchmal wünsche ich mir, dass die Mädchen ihre Fäuste in mein Gesicht schlagen. Dann würde meine Mutter sehen, was man mir antut, und sie würde Fragen stellen. Aber dann würde ich nicht nur ihren Zorn, sondern auch ihre Trauer sehen. Ich möchte nicht, dass sie meinetwegen betrübt ist.

Manchmal glaube ich, es wäre besser, Gretas Tagebuch zu verbrennen, denn alles, was ich darin lese, macht mich wütend und unendlich traurig. Ich frage mich, was schlimmer ist: das Schweigen einer Mutter oder die Blindheit einer Mutter. Nicht zu sehen, was dem eigenen Kind widerfährt. Gretas Worte motivieren mich, zurückzuschlagen. Es spielt keine Rolle, wen ich dabei treffe. Ich bin bereit, nicht nur Pia, sondern sie alle in Angst und Schrecken zu versetzen.

58

Hannah

Ich hatte mir einen großen Becher Schokolade mit einem Häufchen Schlagsahne verdient. Mein Rücken schmerzte, das trügerische Zeichen, dass alles zu viel war. Auch ein Bad wäre jetzt eine gute Idee.

Morgen wollte ich meine Mutter im Heim besuchen. Es spielte keine Rolle, dass sie nicht mehr wusste, ob nun Pia oder ich bei ihr war, meine Mutter erkannte ihre Töchter nicht mehr. Es machte mir auch nichts aus, dass ich immer wieder erklären musste, dass mein Vater bereits vor vier Jahren gestorben war und dass er sie nicht wegen einer anderen Frau verlassen hatte. Schon früher verstand niemand, warum meine Mutter meinem Vater Ehebruch unterstellt hatte. Er war immer ein treuer Ehemann gewesen.

Nach der zweiten Tasse Schokoladenmilch wurde ich schläfrig und legte mich ins Bett. Völlig erschöpft döste ich ein.

Ein Geräusch weckte mich auf, es musste irgendwo in meiner Nähe sein. Aber ich konnte kaum etwas erkennen, es war zu dunkel. Ich hielt den Atem an. Kam da jemand die Treppe herauf? Ich kroch tiefer unter die Bettdecke.

Stille.

Ich horchte, setzte mich ein wenig auf und konzentrierte mich. Nein, da war nichts, keine leisen Schritte, niemand kam die Treppe herauf oder ging hinunter. Wer sollte auch im Haus sein? Wenn es David wäre, hätte er zuerst angerufen, dass er noch in der Nacht nach Hause kommen würde. Er scherzte stets über die guten Geister, die über mich wachten, sobald er das Haus verließ und er im Hotel übernachtete.

Unten schlug die Uhr dreimal. Ich wollte weiterschlafen, aber ich blieb hellwach. Ich wusste plötzlich mit Sicherheit, dass ich jemanden auf der Treppe gehört hatte. Dass mir eine Stimme etwas zugeflüstert hatte. Mein Herz schlug wild. Sollte ich nach unten gehen und die Polizei anrufen?

Was, wenn es nur ein falscher Alarm war, dann würde ich vor Scham im Boden versinken.

Steh auf und überzeugt dich selbst! Ich schlug die Bettdecke zurück und warf meinen Morgenmantel über, stieg aus dem Bett, zögerte. Einmal kräftig durchatmen!

Totenstille.

Es war totenstill im Haus. Selbst von der Straße drang kein Geräusch ins Haus.

Urplötzlich erinnerte ich mich. „Was hast du getan?“, hatte die Stimme geflüstert und „Sag es!“

Ich sah mich um. *Blödsinn!* Da war niemand. Niemand hatte geflüstert, ich hatte nur geträumt. *Schnell zurück ins Bett, noch ein paar Stunden schlafen.*

Hell und durchdringend schallte mein Schrei durch die Stille des Hauses. Ich öffnete die Augen und schloss sie gleich wieder vor dem grellen Flash der Erinnerung. *Nein! Bitte nicht!* Mit einem leisen Stöhnen öffnete ich die Augen ein zweites Mal.

Ich lag auf dem Parkettboden vor dem Schlafzimmerfenster und sah mich verwirrt um. Ich fror. Das Fenster stand weit offen. Schneeflocken wirbelten herein. Wie lange lag ich schon hier?

Ich betrachtete den Schnee an meinen Füßen, an meinen Händen. Weiß, nicht grau oder rot. Kein einziger Blutspritzer war zu sehen. Wieder hörte ich ein Geräusch.

In der Tür stand David mit Sofia auf dem Arm, die an ihrem Daumen lutschte. Das Mädchen schmollte und zog die Nase kraus.

Wieder sah ich auf meine Hände. Kein Schnee, keine Schneeflocken, nur der Talkpuder meiner Tochter.

Sofia legte ihren Kopf auf Davids Schulter.

Dieses niedliche Gesicht, dachte ich.

59

Hannah

Ich war mir sicher, dass jemand im Haus war und auch, dass ich in der vergangenen Nacht zum ersten Mal geschlafwandelt hatte. David war später nach Hause gekommen und hatte sich ins Gästezimmer gelegt.

Während Sofia und Hugo auf dem Fußboden in viel zu kurzer Entfernung von dem Gerät fernsahen, überprüfte ich die Haustür. Es gab keine Spur eines Einbruchs. Die Haustür war nicht beschädigt und die Fenster rechts und links waren intakt.

Ich überprüfte die Türen zum Garten, aber auch dort waren keine Spuren eines Eindringens erkennbar. Dann sah ich im Schlüsselschrank nach, wo der Ersatzschlüssel für die Haustür hing, den David nur benutzte, wenn er zum Joggen ging. Auch dieser hing an seinem Platz, und mit meinem hatte ich gerade die Haustür aufgeschlossen.

Wieder einmal blickte ich durch das Fenster neben der Haustür auf die Straße. Nichts! Niemand! Niemand! Dennoch fragte ich mich, wer mit mir dieses Spiel trieb. Und warum ich mich neuerdings beobachtet fühlte?

Als ich zurück ins Wohnzimmer kam, zuckte ich erschrocken zusammen. Ein Schatten folgte mir. Ich zitterte, schrie, drehte mich um. Mein eigenes Spiegelbild blickte mir entgegen.

„Mama, was ist los?“ Hugo sah mich mit großen Augen an.

„Nichts, mein Schatz. Alles in Ordnung, Liebling.“

Überhaupt nichts. Wunderbar, dass ich mir und den Kindern etwas vormachte, dass es da nichts gab, aber natürlich war da etwas. Ich wusste, dass David mich wieder für verrückt erklären würde, dennoch war jemand in unserem Haus. Ich spürte es, konnte es riechen, schmecken, hatte die Schritte selbst in meinem Vakuum unter dem Eis gehört. Das Treppengeländer wurde berührt, die Fotos an den Wänden betrachtet, eine Hand wurde auf mein Bett gelegt.

Ich fühlte mich nicht sicher, wollte auch oben nachsehen und rief Windsor, der mir in die Kinderzimmer folgte. Auch dort war nichts Ungewöhnliches. Das Spielzeug lag noch dort, wie die Kinder es zurückgelassen hatten. Nur die Babypuppe und einige Spielzeugautos fehlten. Das Schlafzimmer, das Badezimmer, der

Dachboden, Davids Arbeitszimmer, nirgendwo schien etwas berührt worden zu sein oder etwas zu fehlen.

„Was hast du mit deinen Autos gemacht, Hugo?“, fragte ich, als ich das Wohnzimmer wieder betrat.

„Gar nichts, Mama, die Autos sind oben in meinem Zimmer“, antwortete er und starrte wieder auf den Fernseher.

„Da sind sie nicht, Hugo! Und Sofias Puppe ist auch fort.“

„Die habe ich nicht genommen, Mama.“

Ich wurde wütend, ich konnte nicht anders.

Plötzlich drehte Hugo sich um und sah mich mit einem seltsamen Blick an. „Geht es dir nicht gut Mama“, fragte er leise. Mit Tränen in den Augen nahm er meine Hand und führte mich die Treppe hinauf in sein Kinderzimmer. „Schau mal Mama, alles ist da, auch Sofias Puppe. Vielleicht hat sie in meinem Zimmer damit gespielt.“

Das ist nicht möglich.

„Darf ich wieder nach unten?“

Ich nickte. „In Ordnung, mein Schatz. Ich habe sie wohl nicht gesehen.“

Ich hätte schwören können, dass die Autos und die Puppe vorhin nicht da waren. Ich schloss die Tür, drückte die Hände auf meine Schläfen.

Mit einem Mal wusste ich, dass die Bedrohung nicht nur jemand aus dem Internet war, der mir eine üble E-Mail geschrieben hatte, sondern dass dieser jemand in der Nähe war. Viel zu nah. Jemand, der es wagte, in mein Haus einzudringen und in der vergangenen Nacht vielleicht auf dem Stuhl im Kinderzimmer gesessen hatte.

Mir wurde übel.

60

ICH

Wenn ich versuche, mich mit dem Blick einer anderen Person zu analysieren, ist es durchaus denkbar, dass diese andere Person mich nicht einschätzen kann. Und um ehrlich zu sein, habe ich manchmal selbst ein kleines Problem damit, besonders an einem Tag wie heute.

Ich habe mich entfremdet von dem, was ich mal war, aber wenn ich reiflich darüber nachdenke, weiß ich nicht genau, wer ich gewesen bin. Oder stets war. Ich weiß, wo ich aufgewachsen bin, was mir beigebracht wurde, wie ich mich verhalten oder wie ich mich gefühlt habe. Aber irgendwo in meinen Erinnerungen gibt es eine Lücke, eine Art brachliegendes Terrain, das nichts mit mir zu tun hat und gleichzeitig ein Teil von mir zu sein scheint, zu mir gehört.

Ich habe mich noch nie zuvor so schizoid gefühlt. Nur aus diesem Gefühl heraus lässt sich meine emotionale Verletzlichkeit vermutlich erklären. Aber ich will nicht verletzlich und schon gar nicht emotional sein. Ich brauche meinen Verstand vorerst noch, und vielleicht ist da später, eines Tages, noch Platz für ein Herz oder für das, was man dafür halten könnte.

Heute ist mein Hochzeitstag, aber ich möchte nicht in dem Album stöbern. Es ist lächerlich, dass ich mein Hochzeitsalbum immer noch hüte. Was machen andere Paare damit, sobald ihre Ehe vorbei ist und der Ex-Mann einen anderen Partner und Kinder hat? Meine einstige Ehe mit Jonas wird in meinen Augen nie wieder das sein, für das ich sie mal gehalten habe, und es hat keinen Sinn, über eine zweite Chance zu grübeln. Wozu über diese Möglichkeit nachdenken?

Bleib auf dem Teppich, Mädchen! Benimm dich, verdammt noch mal!

Niemand muss mir sagen, dass ich durchdrehe, ich bin durchaus in der Lage, meinen Gedankenfluss zu kontrollieren. Ich will diesen Mann nicht wieder in meinem Haus haben und schon gar nicht in meinem Bett. Ohne unser Kind sind wir nichts.

Ich war eine schöne Braut und Jonas ein attraktiver Bräutigam. Die Liebe strahlte uns aus allen Bildern entgegen, und nicht nur die Liebe. Auch die Lust in unseren Augen, die nonverbale Botschaft, dass wir eigentlich nach Hause gehen und Sex haben wollten. Sex mit Jonas war großartig, aufregend und leidenschaftlich. Greta habe ich in einem Moment inniger Liebe empfangen.

Jonas ...

Ich habe ihn zufällig im Kino getroffen. Als ich mich an der Bar umdrehte, stießen wir zusammen. Der Kaffee schwappte dabei über den Rand meiner Tasse. Er bestellte mir sofort einen neuen Kaffee und setzte sich zu mir. Das hat mich gleichzeitig berührt und irritiert.

Ich erinnere mich, dass er das, was einmal zwischen uns war, eine teuflische Anziehungskraft nannte. Es gibt sie wohl immer noch zwischen Jonas und mir. Er war freundlich und interessiert, und mir sofort wieder vertraut. Als wir wieder draußen waren, gab er mir drei Küsse, der dritte auf meinem Mund.

Eine andere Frau mag in diesem Fall für eine Weile über der Erde schweben, aber ich stehe fest mit meinen Beinen auf dem Boden. Der Kuss auf meinen Mund ließ mich dennoch mehr denn je erkennen, was ich verloren hatte.

Seit ich Jonas gesehen habe, wird es für mich immer schwieriger, mich von meinen Erinnerungen zu lösen. Ich träumte von der Vergangenheit und viele Träume handeln von gutem Sex. Er streichelt und liebt mich leidenschaftlich. Ich spüre seinen Körper, atme seinen Geruch und lasse mich von seiner Stimme verführen. Und wenn ich aufwache, schmerzt mein Unterleib vor Sehnsucht. Wenn ich aufwache, kann ich es nicht ertragen, dass mich jemand berührt.

Ist es nur wegen meiner Begegnung mit Jonas, frage ich mich. Jetzt hätte ich gern eine Mutter. Aber keine, die mich ablehnt, sondern mich in den Arm nimmt und mich tröstet.

Ich schaue mir meine Augen auf den Bildern an und meine Brust zieht sich zusammen, weil ich weiß, wie sich Glück anfühlt, aber auch wie es sich verflüchtigen und sich von dir abwenden kann. Damals habe ich gelebt. Jetzt ist ein Teil von mir gestorben. Aber es ist dieser Teil, den ich für die Vergeltung brauche.

61

Hannah

Halb fünf. Kein Mensch war an diesem Nachmittag bei dem Regen draußen. Ich wollte die Kälte und den Regen fühlen. Ich wollte, dass die Kälte schmerzte, mich betäubte, während ich in die Pedalen trat und der Wind mein Gesicht peitschte. Ich musste aufwachen. *Wach auf und benimm dich wieder normal!*

Das Gefühl, das David mir vermittelt – dass ich etwas Trauriges darstellte und jemand war, mit dem man nur liebevoll umgehen musste, hatte sich in mein Hirn gebrannt. In seinen Augen war ich ein Wrack, das von Angst und Wahnvorstellungen beherrscht wurde. Er ignorierte völlig die Tatsache, dass ich *vor Mia* wunderschöne Häuser entworfen und gebaut hatte und als Architektin erfolgreich gewesen war. *Vor Mia* war ich eine Frau, die die Männer begehrten. Das tote Mädchen hatte mein Leben völlig entgleisen lassen, ähnlich wie die beschissene Hormontherapie Pias Leben verändert hatte.

Ich wischte mir meine nassen Haare aus dem Gesicht. Es war an der Zeit, dass ich endlich anfing, mich ehrlich zu betrachten und die Augen nicht mehr vor der Wahrheit verschloss. David hatte recht. Ich war ein Wrack. Ich hatte mich, wie Pia, vernachlässigt – nicht nur meine Gedanken, auch meinen Körper – und mich von meinen Freunden zurückgezogen.

Ich verlangsamte das Tempo auf ein Minimum, schnell genug, um nicht das Gleichgewicht zu verlieren, langsam genug, um den Moment der Klarheit optimal zu erleben.

Ich machte Fehler, musste besser auf mich aufpassen, mich gesund ernähren, Sport treiben, meditieren. Ja, ich musste sofort damit beginnen. Vielleicht sogar die Therapie abbrechen. Er gab nicht nur Alina – und den Rest der Welt, der davon überzeugt war, dass mit mir etwas nicht stimmte. *Wenn du zum Psychiater gehst, bist du verrückt.* In Warnberg machte es bereits die Runde, dass ich zweimal die Woche Alinas Praxis besuchte.

Erleichtert, dass ich endlich die Lösung hatte, um das Blatt zu wenden, genoss ich die kalte Winterluft. Ich würde ab sofort die Dinge selbst in die Hand nehmen und die Therapie abbrechen. Dieses Mal würde ich stark genug sein, denn schließlich kam es nur auf mich selbst an. Ich wollte mich nicht mehr den trügerischen Visionen und Geräuschen ausliefern.

Mein Haus wirkte von außen warm und gemütlich. *Normal.* Die Pflanzen auf der Fensterbank, das Geschirr in der Spüle, das Schild WILLKOMMEN am Hauseingang, alles wirkte so friedlich.

Die Tür, die die Küche vom Wohnzimmer trennte, stand offen. Durch das Fenster sah ich Emma und David, die am Küchentisch saßen und in ein Gespräch vertieft waren. Sie tranken Rotwein, lachten. Er sah sie an, wie er mich *vor Mia* angesehen hatte. Eifersüchtige Stiche durchbohrten mein Herz. *Sieh an, mit Emma kannst du unbeschwert sein.*

Nein, ich durfte nicht so denken.

Nein, sie sprachen nicht über mich.

Nein, sie lachten nicht über mich.

So durfte ich nicht denken.

Emma stand auf, holte eine neue Flasche Wein. Als sie an David vorbeiging, legte sie auf subtile Weise ihre Hand auf seine Schulter. Er sagte etwas, und wieder lachten sie.

Ich – seine Frau, die Mutter seiner Kinder – draußen vor dem Küchenfenster, in der Kälte, unter dem Eis, war mit einem Mal eine Außenseiterin. Egal, ob ich nun auf dieser Seite des Fensters stand oder auf der anderen.

Ich nahm mein Fahrrad, fuhr in den Park und drehte noch eine Runde. Ich durfte nicht bremsen, bis ich wieder zu Hause war. Ich presste meine Lippen zusammen und unterdrückte die Tränen.

Ich musste Emma zur Rede stellen und würde mich erst in der Nacht, wenn alle schliefen, übergeben.

62

Hannah

Emma stand auf. „Benjamin, ziehst du deine Schuhe an? Wir gehen nach Hause."

Ich rührte nervös die Spaghetti. Emma konnte nicht wissen, dass ich sie und David eine Zeit lang beobachtet hatte. Die beiden waren so fröhlich, und ich konnte es ihnen nicht einmal verübeln. Mein eifersüchtiges Ausrasten war unangebracht. Dass Emma sofort aufbrechen wollte, war meine Schuld. Trotzdem könnte ich ihr den Hals umdrehen. Und David auch.

Er sah mich mit Tränen in den Augen an, und ich dachte: *Das ist nicht mehr mein Mann.* Er war ein Fremder. Ein Seifenopernschauspieler, der in meiner Lifestyle-Küche projiziert wurde.

„Ich weiß nicht mehr, wer du bist, Hannah. Du bist nicht mehr die Frau, die ich kannte, aber du bist auch nicht mehr die Frau, die du geworden bist. Tut mir leid, ich habe keine Ahnung, wie ich es besser in Worte fassen soll. Was ist nur in dich gefahren? Kennst du dich selbst überhaupt noch? Wie konntest du Emma so anfahren. Wir haben uns nur unterhalten!"

„Natürlich", antwortete ich prompt.

David zuckte mit den Schultern und sah verlorener aus, als ich ihn je erlebt hatte. Er ließ mich mit seiner Frage in meiner viel zu großen Küche zurück, wo ich Emmas Anwesenheit nicht mehr verkraften musste, in diesem Haus, wo ein Verrückter herumgelaufen war, der Hugo und Sofias Spielzeug in Händen gehalten hatte, wo ich und die Kinder schon lange nicht mehr sicher waren und wo ich vergeblich auf der Suche nach der wahren Hannah war.

Ich nahm mein Notizbuch und schrieb: *Ich muss die Wahrheit festhalten, damit ich sie in den Griff bekomme. Ich muss stark sein, vertrauen kann ich nur mir selbst.*

63

Hannah

Pias Trockner gab ein lautes Signal von sich und Windsor machte eine unerwartete Bewegung. Ich zuckte zusammen und ließ einen Teller aus der Hand fallen. Das roch förmlich nach einen heftigen Streit.

David knallte sein Glas auf den Tisch, dass der Whiskey über den Rand schwappte. „Absolut richtig gedacht, mein Schatz. Beende sofort diese Therapie. Schließlich hat keiner von uns auch nur die geringste Ahnung, wofür *du* sie brauchst!"

Ich warf Pia einen wütenden Blick zu. „Verdammt, Pia. Ich wollte es David selbst sagen."

Pia schwieg und konzentrierte sich auf das Stück Zucker in ihrem Teeglas.

„Ich bin der Meinung, dass David das wissen sollte." Meine Schwester blickte hoch und sie kam mir wie eine Frau vor, die zu viel, zu oft, zu intensiv etwas vermisste. „Außerdem denke ich, dass David recht hat. Es geht dir nicht gut."

Ich spürte, wie mein Gesicht rot vor Zorn wurde. „Es ist alles in Ordnung", zischte ich.

„Du wirst die Therapie nicht beenden, Hannah. Ich kaufe dir deine Maskerade nicht ab." David beugte sich vor. „Hast du überhaupt eine Ahnung, wie du dich benimmst? Das ist nicht normal, Hannah. Wage es nicht, den Bogen zu überspannen und uns alle im Stich zu lassen."

„Ich bin nicht verrückt."

„Du bist so paranoid wie die Pest", schleuderte David mir entgegen. „Du hast Angst vor unserem eigenen Hund, bei jedem unerwarteten Geräusch zuckst du zusammen und erstarrst. Du benimmst dich, als würde die Welt untergehen, aber all das geschieht nur in *deinem* Kopf. Es gibt keinen Grund für einen Sturm in einem Glas Wasser."

Ich ertrug Davids verletzende Worte nicht mehr und stand auf. Meine Beine zitterten. Ich geriet ins Wanken.

„Das ist genau das, was ich meine. Siehst du denn wirklich nicht, wie beschissen es dir geht?", brüllte David.

Beschissen? Was sollte das Ganze?

„Ich möchte nach Hause“, sagte ich kleinlaut.

„Das würden wir alle gern. Nach Hause gehen“, schnaubte er. „In unser neues, perfektes Haus. Weil es zu Hause so schön und gemütlich ist.“

Auf einmal stand die Zeit still. Plötzlich war da etwas groß, schwer und finster.

Ich erkannte einen Schemen im Dunkeln, wie die Umrisse eines Kindes, das sich jäh aus der Finsternis schälte. Ja, da war etwas.

Die Tür aus meinen Albträumen öffnete sich. Schneeweißes Licht aus den entgegenkommenden Scheinwerfern. Rote Schneeflocken an der Windschutzscheibe.

Blut ... Plopp.

Ich sank zu Boden.

„Hannah, komm zu dir!“ Davids Stimme war nur noch ein Echo in meinem Kopf.

Ich öffnete die Augen. „Blut, David. Da war zuerst das Blut. Ich erinnere mich wieder. Da war zuerst das Blut und danach der Aufprall!“

64

Hannah

„Sie möchten also die Therapie beenden, Hannah?“ Alina sah mich ungerührt an.

Ich nickte. David hatte mich zwar heute hergebracht, um sicherzugehen, dass ich den Termin mit Alina auch wahrnahm, aber ich hatte mich entschieden.

„Darf ich fragen, warum sie dann hier sind?“

„Weil David und Pia eine andere Meinung vertreten.“

„Und sie sind natürlich nicht der Typ, der sich etwas vorschreiben lässt.“

Ich nahm einen Schluck Minze-Tee. „Ich weiß nicht mehr, wer ich bin. Ich kann nicht mehr unterscheiden zwischen Tatsachen, Wahrheit und Wahrnehmung. Und das hier verwirrt mich noch mehr.“ In der Vergangenheit hätte mir niemand gesagt, was ich tun, geschweige denn, was ich glauben sollte, doch nun …

„Niemand kann Sie zwingen, herzukommen. David nicht, Pia nicht, ich nicht. Wenn Sie aufhören möchten, ist das Ihr gutes Recht. Gehen Sie! Wenn Sie das Gefühl haben, dass diese Therapie für Sie keinen Nutzen hat, hören Sie damit auf!“

Ich schaute auf den Boden. Ich schämte mich und blieb sitzen. Ich war so schrecklich müde. Mein Kopf wurde wieder schwer, füllte sich mit Eis, mit Geröll. Meine Beine versagten.

„Hannah, ich glaube, es ist eine gute Wahl, jetzt weiterzumachen. Beim letzten Mal sind wir dort stehen geblieben, als Sie am Unfallort Mias Körper umgedreht haben. Das ist ein erster Schritt, ein entscheidender Schritt.“

Ich zitterte, begann zu weinen und hielt mir die Hände vors Gesicht. Alina hatte mal wieder gnadenlos den Finger in meine offene Wunde gelegt.

„Wir werden es nur noch einmal versuchen. Jetzt, okay?“

Ich sagte „Ja“, obwohl ich es nicht wollte, aber ich wusste auch, dass das fehlende Gesicht mich für den Rest meines Lebens verfolgen würde.

Alina schaltete das Licht aus und schloss die Vorhänge.

Mein Gehirn arbeitete auf Hochtouren. Ich zog die Brauen zusammen, hörte auf die leise Stimme, die mich in Trance versetzte.

Wir gingen zurück zum schneereichen Morgen des 30. November 2017.

„Es ist ein schöner Tag“, flüsterte ich. Ein klarer blauer Himmel, Sonnenstrahlen, die man greifen konnte, der funkelnde Schnee. Die Klimaanlage, die Musik aus dem Radio, mein Telefon ... Der Plopp, die weißen Schneeflocken, meine Hände auf dem Brustkorb des kleinen Mädchens.

Eins, zwei, drei, vier ...

Beige und graue Schneeflocken wirbelten um uns. Ich trug meinen blauen Pullover, den mit dem V-Ausschnitt. Mias Daunenjacke sprang unter meinen Händen auf und ab.

Achtzehn, neunzehn, zwanzig, einundzwanzig.

„Wie sieht ihr Gesicht aus?“, hörte ich Alina in der Ferne fragen.

„Sie trägt einen roten Mantel. Es gibt eine Lasche an ihrem Reißverschluss, von der Lack abgesprungen ist, die Fäden ihres Schals sind verknotet, weil sie ständig zu lange daran gesaugt hat.“

„Schauen Sie weiter nach oben! Bis zu ihrem Kinn.“

Jede Masche ihres grün-rot karierten Schals konnte ich jetzt sehen, selbst den Knoten darin.

„Wie sah ihr Kinn aus?“

„Ich weiß es nicht.“ Ich wurde heiß, mein Gesicht glühte, mein Atem stockte.

„Sie wissen alles! Sie sehen die Jacke, ihre Hände, den Schal und dann ...?“

Das Gesicht von Sofia. Sofias blaue Augen, ihr warmer Mund, die Sommersprossen um ihrer kleinen Nase. Eigensinnig.

Aber nicht das Gesicht von Mia.

„Hannah, versuchen Sie, normal zu atmen.“

Meine Gedanken verdrängten die Luft in meine Lungen. Ich versuchte, das Zittern der Hände zu unterdrücken. Kein Sauerstoff drang in meine Lungenbläschen, ich geriet in Panik. Mein Körper schlotterte.

„Wie sah sie aus?“

„Halt deine Klappe!“ Ich erkannte meine eigene Stimme nicht mehr.

Ich hatte das Gesicht des toten Mädchens durch das meiner kleinen Sofia ersetzt. Warum? Ich hatte keine Kontrolle mehr. Nicht über meine Gedanken, nicht über mein Leben, nicht über meinen Körper, nicht über die Menschen um mich herum, alles entglitt mir, ich atmete schneller und schneller.

„Ruhig, Hannah, ruhig. Versuchen Sie, normal zu atmen.“

Ich wollte das nicht. Ich wollte normal sein. Die Frau sein, die David verdiente, die Mutter, worauf Hugo und Sofia Anspruch hatten. Ich wollte das hier nicht, das hier, dieses … dieses schwach sein. Dieses Zittern. Den Verstand verlieren, verrückt werden.

Mit aller Macht versuchte ich, Sauerstoff einzuatmen, aber ein Knebel hatte meinen Rachen verschlossen. Ich erstickte.

„Einatmen, ausatmen“, sagte Alina mit leiser Stimme.

Warum unternahm sie nichts? Ich schüttelte den Kopf, ich konnte mich nicht beruhigen, verlor gänzlich die Kontrolle über meine Finger, über meine Gesichtsmuskulatur, über meine Arme und Beine. Mein Körper war in einem spastischen Schockzustand.

Und Alina lächelte nur. Zen-ähnlich wie ein stoischer Buddha. Taub für meinen Hilferuf.

Ich stand auf, wankte. „Ich muss gehen, nach draußen. In die Kälte. In ein Krankenhaus …“

Alina hielt mich zurück, versperrte mir den Weg, hielt mich umschlungen, erstickte meinen Körper.

Die Dinge im Raum verzerrten sich. Ich schrie mit einer Stimme, die ich nicht kannte. Meine Arme fegten die Tassen vom Tisch, ich trat, weinte, die Welt knisterte, schmolz in einem glühend heißen Ofen. Was geschah mit mir? Warum wurde der Raum zu einem Meer aus schwarzer Tinte, die sich über meinen Kopf ergoss und alles Leben aus mir saugte?

Ich kämpfte mir einen Weg nach oben. Aufstehen, schwimmen, toben, waten.

„Hilf mir, hilf mir! Ich sterbe, ich kann nicht mehr atmen. Ich bekomme keine Luft.“

In der Ferne spürte ich, wie etwas auf meinen Arm schlug. Etwas, das meinen Ärmel hochkrempelte, das mich in die Tiefen eines wirbelnden Ozeans zog. Ich drehte meinen Kopf, meine Augen folgten mit einer stundenlangen Verzögerung.

„Sch …“, hörte ich Alina in der Ferne sagen. Und doch war ihr Gesicht direkt vor meinem.

Ich sah das Rot, ich sah das Weiß. Eine Spritze. Zähne fletschten.

„Das wird wehtun, Hannah“, sagte Alina. „Entschuldige.“

Dann wurde alles schwarz.

Teil 2

Wenn ich auch im Recht wäre, mein Mund würde mich verurteilen;
wäre ich auch ohne Fehl, er würde mich schuldig sprechen.
Ich bin rechtschaffen. Ich weiß es selbst nicht.
Das Buch Hiob, *9:20/21*

1

Hannah

Montag, 12. März 2018

„… in die Notaufnahme“ Davids Stimme. *Ist er hier?* Oder bildete ich mir das nur ein?

Ich lag in einem Boot. Schaukelnd trieb es in der Brandung von *Hello Kitty-Island*. Ich existierte nicht.

Ich existierte. Ich musste existieren. Nur auf *Hello Kitty-Island* würde ich in Mias Gesicht sehen können. Die Sonne brannte auf meiner Haut, meine Lippen waren spröde und trocken. Wellen klatschten gegen das Boot. Ich versuchte, mich an etwas festzuhalten, aber ich konnte meine Arme nicht bewegen. In der Ferne eine weibliche Stimme. „Schlimmer noch, es …“

Wem gehörte die Stimme? Alina? Ja, es musste Alina sein.

„ … muss genäht werden …“

Ich spähte durch meine Wimpern. Eine Welt durch Gitterstäbe. Ein wütender Blick. Kampfbereit. Der Couchtisch kam mir bekannt vor. *Die Praxis!* Ich war in der Praxis von Dr. Ziegler. Dr. Alina Ziegler, die mir so zugesetzt hatte. Alina, die so ganz anders war als Dr. Lange.

Meine Augen folgten dem Rot, das auf den Teppichboden tropfte.

Rot … Blut.

Ich schloss die Augen … Wollte zu Mia … Mein Boot trieb auf die Felsen von *Hello Kitty-Island* zu.

Mein Nacken schmerzte, mein Kopf lag auf einem Stück Treibholz. Schiffbruch. Kein *Hello Kitty-Island.* Ich musste aufstehen, wollte nicht ertrinken. Ich streckte die Hand aus und machte eine Vierteldrehung.

„Hey, da bist du endlich, Liebling.“ Es dauerte eine Weile, bis Davids Gesicht vor meinen Augen eine scharfe Kontur bekam.

Wo bin ich? Die Praxis. Alinas Praxis.

„Komm, Liebling. Versuch es mal.“ David half mir aufzustehen, aber meine Beine versagten. Ich spürte sie nicht mehr, wie meine Arme, sie waren taub. Weiß, alles weiß und glatt. Die glatte weiße Oberfläche von Eis. Nur ein paar Farbtupfer rot.

Nein! Der Raum trieb in einer blutroten Lache. Verschwommen nahm ich Alina wahr, die roten Spritzer in ihrem blassen Gesicht. Rot auf ihrer weißen Kleidung.

Rot auf Weiß …

Rot auf Schnee …

Blut unter dem Eis.

Meine Hand berührte die kühle glatte Oberfläche über mir, ich fühlte, wie eine Gänsehaut die Härchen an meinen Armen aufstellte, starrte auf das Eis.

Weiß, das vor meinen Augen flimmerte.

Rot wie das zu Eis gefrorene Blut in meinen Adern.

Alina lächelte.

Ich muss ihr helfen, ihr sagen, dass sie sich verletzt hat, ich …

Mit aller Kraft versuchte ich, mich von den Tauen zu befreien, mit denen ich an das Boot gekettet war, von dem Anker an meinem Bauch, von den Bojen an meinen Handgelenken. Die Möwen über mir waren müde und lagen auf der Lauer, bereit, sich hinterrücks im Sturzflug auf mich zu stürzen. Träge kreischten sie in der Sommersonne, ihr Auf und Ab hob sich langsam im Rhythmus meines Atems.

„Ho, ho, langsam, Hannah!“, sagte Alina.

Eine Injektionsnadel durchbohrte meine Haut. Mein Körper wurde leicht. Mein Herzschlag beruhigte sich langsam.

Die Möwen warteten, hackten auf das Wrack. Ein letztes Mal öffnete ich die Augen. Neben mir lag Sofia. Meine heiseren Schreie verjagten die Möwen nicht, die mein Mädchen jetzt am Stück hinunterschlangen, ehe ich überhaupt wusste, wie mir geschah. Schwarzes Wasser schwappte in mein Boot. Wasser aus dem Tintenmeer. Rot auf Schwarz.

Dann ein allumfassendes Nichts.

Nur Schwärze.

2

Hannah

Dienstag 13. März 2018

9:15 Uhr

Ich wachte von einem Geräusch auf. Jemand hatte die Tür geöffnet und wieder geschlossen. Ich öffnete die Augen. Das Schlafzimmer lag im Halbdunkel. Nur unter und über den schweren Vorhängen schimmerte das Tageslicht als leuchtende Streifen.

Mit dem Gefühl, die Last der ganzen Welt auf meinen Körper und meinen Geist zu spüren, starrte ich immer wieder auf den Digitalwecker: Viertel nach neun. Die LED-Punkte zwischen der Neun und der Eins blinzelten mir zu. Die Zeit war mir geblieben.

Viertel nach neun? Hugo musste in die Schule. Ich musste ihn fahren. Warum hatte mich niemand geweckt?

Ich schob die Bettdecke beiseite, die wie Blei auf meinem Körper lag. *Das Licht.* Ich musste das Licht der Nachttischlampe einschalten. Warum konnte ich meinen Arm nicht nach ihr ausstrecken?

Bojen an den Handgelenken … Ich erinnerte mich und startete einen zweiten Versuch. Zählte in Gedanken rückwärts. *Drei, zwei, eins …* Kaum hatte ich das Licht angeknipst, fiel meine Hand wieder schwer nach unten, wie ein willenloser Gegenstand.

Auf dem Nachttisch lag eine halb leere Blisterpackung. Ich erinnerte mich nicht, Tabletten eingenommen zu haben … Ich war müde, entsetzlich müde und schwebte davon, auf einer winzigen Traumwolke ins Nichts.

11:32 Uhr

Ein Mädchen weinte.

Mia weinte ….

Aber Mia war tot.

Ich öffnete die Augen, sah mich im Schlafzimmer um. Jetzt saß ich aufrecht im Bett, das Licht war eingeschaltet, meine Decke feucht, mein Mund trocken. Auf dem Nachttisch lag eine halb leere Blisterpackung, Tabletten, die ich nicht kannte. Der zweite Streifen war verschwunden.

Ich rieb mir die Wangen, wollte sie wieder zum Leben erwecken. Meine Hände fühlten sich immer noch schwer an, wie nach einer großen Anstrengung. Ich betrachtete sie.

Sie waren übersät mit Schürfwunden.

Träge wie ein Apfelsirup kehrte die Erinnerung zurück. Alinas Praxis. Dass ich fast erstickt wäre. Ein Ringen, ein Kampf. Eine Injektion. Blut. Dann der Duft von meinem Zuhause, von Sicherheit, von Davids Aftershave. *Hello Kitty-Island*, Wasser, das durch den Tremor über den Rand des Glases schwappte.

15:46 Uhr

Das Mädchen weinte.

Welches Mädchen? War es der Nachhall eines Traumes?

Wo waren Hugo und Sofia?

Ich schlüpfte in meine Pantoffeln, taumelte und stützte mich an der Wand ab, bis ich die Tür erreichte. Ging die Treppe hinunter, hielt mich fest am Handlauf des Geländers. Das Winterlicht flutete das Wohnzimmer und blendete mich. Windsor kaute in seinem Korb an einen Knochen, Emma spielte mit Benny und Hugo auf den Boden.

Sofia kam mit einer Zeichnung auf mich zu. „Mami, Mami."

Ich ließ mich in den nächsten Sessel fallen und zog meine Kleine auf meinem Schoß. Sie war alles, was ich brauchte.

„Du hast aber sehr lange geschlafen." Emma streichelte mir über den Rücken und küsste mich auf die Wange. „Ich werde dir eine schöne Tasse Tee machen? Wie geht es dir?"

„Es ist alles in Ordnung", antwortete ich. Meine Stimme klang heiser. Ich zog Sofias warmen Körper an mich. Wenn ich sie bei mir hatte, war alles in Ordnung.

„Entspann dich ein bisschen, Hannah. Sofia, gehst du mit mir in die Küche?".

Ich hatte nicht die Kraft, mich zu widersetzen und Emma zu sagen, dass ich Sofia bei mir haben wollte.

„Sofia?"

Meine Tochter rutschte von meinem Schoß.

„Hier, sie werden dir guttun." Emma reichte mir zwei grüne Pillen. „Dreimal täglich zwei."

„Was ist das?" Selbst meine Worte kamen mir schwer über die Lippen.

„Sie beruhigen dich."

„Ich bin ruhig."

„Das weiß ich, Liebes, aber schluck sie bitte. Sie wurden dir nicht umsonst verschrieben“, erwiderte sie und ging mit Sofia in die Küche.

Leer und benommen blieb ich in meinem Palast zurück.

23:16 Uhr

„Wie geht es dir, Hannah?“, fragte David.

Ich kniff die Augen zusammen. Sein Gesicht war verschwommen. „Gut.“

„Wunderbar. Dann schlaf einfach weiter, Schatz.“

„David?“

„Ja?“

„Warum nimmst du dein Kissen?“

„Weil ich auf der Couch schlafen werde …“

„Aber warum?“

„Damit du dich besser ausruhen kannst.“

„Oh, das ist aber nicht nötig.“

„Ich weiß, aber es ist besser so, Liebes. Und jetzt schläfst du schön. Das ist der beste Weg, um wieder gesund zu werden.“

Der Arzt hatte mir einen posttraumatischen Schock diagnostiziert, was ich aber energisch von mir gewiesen hatte. Ein Schock war ein Luxus, den ich mir nicht leisten konnte.

3

Hannah

Mittwoch 14. März 2018

9:15 Uhr
„Welcher Tag ist heute?“
„Mittwoch“, antwortet Emma.
„Welcher Mittwoch?“
„Der vierzehnte März.“
Mittwoch, der 14. März … Mir blieben nur noch siebzehn Tage.
Das Datum sagte mir doch irgendetwas. Einem Impuls folgend, nahm ich mein Handy vom Nachttisch und scrollte die Nachrichten. Da, eine WhatsApp von Pia. *„Also existiere ich nicht mehr für dich?“*
Fassungslos starrte ich auf den Turm von Pisa, der auf dem Boden im Wohnzimmer stand.
Mittwoch … Hugo hatte seinen Spielzeugtag. Ich musste sicherstellen, dass er etwas Hübsches in die Schule mitnahm, Spielzeug, womit er seine Klassenkameraden beeindrucken konnte …
„Warum hast du nicht nach mir gerufen, Emma?“
„Ich *habe* dich gerufen.“ Ein Lächeln umspielte Emmas Lippen, ein beruhigendes Lächeln, das einem Geisteskranken geschenkt wurde. „Bitte nimm deine Pillen, Hannah. Nicht, dass du sie später vergisst!“ Emma legte sie mir in die Hand.
Ich wollte keine Pillen, ich wollte zwischen den Bäumen im Garten stehen, die Stürme in meinem Kopf dulden, das benommene Gefühl vom Wind wegpusten lassen. Was waren das nur für entsetzliche Pillen?
„Ich werde sie nicht einnehmen. Ich möchte mit meinen Kindern etwas unternehmen können … Morgen muss ich wieder klar sein im Kopf.“ *Ich bin müde, nicht behindert.* Kurz durchatmen.
„Jetzt wirf sie einfach ein, Schätzchen. Dr. Ziegler hat gesagt, dass es sein muss.“
Ich musste den Mut aufbringen, Emma zu sagen, dass ihre Bevormundung ein Ende haben musste. Ich gähnte und zählte in Gedanken, um mich wach zu halten, versuchte, mich aufzurichten,

nur um kurz darauf die Augen wieder zu schließen. „Eins … zwei … drei …“

Mir fehlte die Kraft, um in die Gänge zu kommen. Behutsam legte Emma ihre Hand auf meine Schulter. „Es wird alles gut werden. Glaub mir. Dr. Ziegler hat mir gesagt, dass du nur vorübergehend davon schläfrig wirst. Das vergeht wieder. Diese Pillen verhindern nur, dass du keine verrückten Sachen mehr machst.“

Verrückte Sachen? Ich schloss die Augen, weil ich nicht verstand, dass das alles mit mir geschah.

23:16 Uhr.

Mehr als zwölf Stunden … Ich fuhr erschrocken hoch. Warum hatte mich niemand geweckt?

Müde rieb ich über mein Gesicht und zwang mich aufzustehen. Zum ersten Mal fühlte ich mich ein wenig lebendiger. Leise schlurfte ich in Sofias Zimmer. Sie schlief tief, den Daumen in ihrem Mund. „Entschuldigung, mein Mädchen. Es tut mir so leid, dass ich die vergangenen Tage nicht für dich da war“, flüsterte ich und drückte ihr einen Kuss auf die Stirn und verließ das Zimmer.

Ich schrak zusammen, als ich ein leises, knarzendes Geräusch im Flur hörte. Dann erinnerte ich mich daran, dass es spät war, Nacht. Ich fror.

Oben, vom Treppenabsatz aus hörte ich Stimmen, die aus dem Wohnzimmer kamen. *Pia?* Angespannt versuchte ich, den Worten von David und Pia zu folgen. Ich fragte mich, was meine Schwester um diese Zeit hier wollte?

„Ja, ich glaube schon“, sagte meine Schwester. „Aber bist du nicht der Ansicht, dass wir das Ganze vorsichtiger angehen sollten?“

Ich umfasste das Geländer und ging vorsichtig die Treppe herunter.

„Ich glaube, ich höre Hannah“, sagte David.

Als ich das Wohnzimmer betrat, starrten sie mich mit strengem Blick an, als wäre ich Sofia, die unerlaubt am Abend das Bett verließ.

„Pia, wie nett.“ Meine Stimme klang belegt. „Wie geht es dir?“

Meine Schwester starrte mich an, als sei ich verrückt und antwortete mit einem Nicken. David nahm einen großen Schluck Wein aus seinem Glas. Warum benahmen sie sich nur so merkwürdig und tuschelten hinter meinem Rücken?

Bevor du anfängst, wieder verrückte Dinge zu tun …

Hatte Emmas das nicht gesagt?

„Bitte.“

David stellte mir eine Teller Lasagne auf den Küchentisch und drückte mir zwei grüne Pillen in die Hand. „Vor den Mahlzeiten einnehmen."

„Sind das Schlaftabletten? Weil ich die weiß Gott nicht brauche!"

„Du brauchst sie!"

Ich legte sie auf den Tisch, nahm einen Bissen. Ich sollte mich nicht ablenken lassen, mich gut um mich selbst kümmern, um die drohende Gefahr abwenden zu können. Essen, Sport, Yoga.

„Nicht nörgeln, Hannah. Einfach einnehmen", sagte David.

„Ich will sie nicht. Ich muss klar bleiben. Sie trüben meinen Verstand …" Ich schämte mich so sehr, dass ich die vergangenen Tage mehr oder weniger im Bett verbracht hatte. „Der Hund muss noch raus. Und ich will morgen etwas mit den Kindern unternehmen. Das kann ich nicht, wenn mein Hirn vernebelt ist!"

David und Pia tauschten einen Blick aus. Nur ein bisschen zu lang, ein bisschen zu bedeutsam. David räusperte sich, seine Stirnfalte wurde tiefer. „Um ehrlich zu sein, möchte ich das nicht, Hannah."

„Bitte?" Warum konnte ich mich nicht auf seine Worte konzentrieren? „Was meinst du damit?"

„Ich meine, dass ich nicht möchte, dass du etwas mit den Kindern allein unternimmst."

Es dauerte eine Weile, bis ich seine Worte verstand. Dann traf mich sein kalter Blick hart durch meine Nebelwand. Ich starrte ihn an.

Das hier passierte nicht. Nicht wirklich.

Ich schlafe, ich träume. Oder nein, es sind diese Pillen.

Natürlich waren es diese Pillen. Sie verfälschten die Wahrheit. Das war die Ursache.

David legte seine Arme übereinander.

Aber warum fühlte es sich nicht wie ein Traum an?

Davids Augen waren eiskalt, kein Funken Heiterkeit war darin zu sehen.

„Du willst nicht, dass ich etwas mit den Kindern allein unternehme? Ist das dein Ernst?"

Er nickte. „Sicher wie der Punkt hinter einem Satz."

„Pia …?"

Sie sah mich traurig an und zuckte leicht mit den Schultern. „Es tut mir leid, aber um ehrlich zu sein, ich denke, David hat recht."

„Du möchtest nicht, dass ich etwas mit den Kindern allein unternehme?" Ich wiederholte Davids Worte, die nicht wirklich zu mir durchdringen wollten. Aber sie schoben meine Müdigkeit beiseite, nagten an meiner Benommenheit.

Er will nicht, dass ich mit unseren Kindern allein bin.

„Es erscheint mir angesichts der Situation einfach unvernünftig, Hannah."

„Wie bitte?" Was hatte sich denn in den Stunden, die ich oben geschlafen hatte, verändert? Warum verstand ich die Welt nicht mehr? Lief ich den Tatsachen hinterher?

David hob hilflos seine Hände. „Ich rede von dir. Darüber, wie du dich in letzter Zeit benommen hast."

„Wie ich mich benommen habe?" Ich sah ihn erstaunt an und schüttelte langsam den Kopf. „Ich verstehe überhaupt nichts mehr. Pia?" Warum kam kein Wort über die Lippen meiner Schwester, warum hielt sie nicht zu mir?

„Tut mir leid, Hannah", sagte Pia leise.

„Du wirst jetzt diese Pillen nehmen, Hannah!" Er nahm die Gabel aus meiner Hand und legte die Pillen wieder in meine Handfläche. „Es muss sein. Die Behandlungscouch war voller Blut. Dr. Ziegler musste im Krankenhaus genäht werden. Es tut mir leid, Hannah, aber es sind auch *meine Kinder*!"

Ich hatte nur eine vage Erinnerung an den Montag. Nur die Spritze in Alinas Hand hatte eine klare Kontur. Und das Boot, die Brandung. Der Sommer. *Hello-Kitty-Island.* Ich erinnerte mich, dass ich nicht mehr atmen konnte. Dass sich die Objekte im Raum in Form, Farbe und Proportion veränderten. Dass Hugo und Sofia am Fußende meines Betts standen, dass Alina endlich gehen und mich in Ruhe lassen sollte, an Wut, Faszination, Angst, Tränen.

„Und weißt du, was das Schlimmste ist", fuhr David fort, „dass du dich heute nicht einmal mehr daran erinnerst!"

Ich sehe das Entsetzen in Davids Gesicht.

„Weißt du denn nicht mehr, dass du Alina verletzt hast, Hannah?"

David war eine Milchstraße von mir entfernt. Unter dem Eis konnte er mich nicht erreichen.

Pia warf ihm einen warnenden Blick zu. „Es reicht David." Sie legte ihre Hand auf meinen Unterarm, auf die Narben, die unter meinem Ärmel brannten. „Liebling, wir meinen es nur gut. Niemand denkt, dass du jemals bewusst Hugo und Sofia etwas antun könntest, aber manchmal machen Menschen Dinge, an die sie sich später nicht mehr erinnern können."

„Wie könnt ihr nur annehmen, dass ich eine Gefahr für Hugo und Sofia sei?" Ich war verzweifelt und zerfiel unter Davids Blick. „Ich bin nicht verrückt." Es klang schwach, zu schwach. „Da draußen läuft ein Psychopath herum, der zu allem imstande ist …"

„Ein Psychopath?“, schnauzte David mich an. „Wir glauben, dass du all diese Dinge selbst inszeniert hast. Du gehst sogar so weit und beschuldigst deine eigene Schwester. Du bist paranoid. Von heute auf morgen ist das ganze Leben ein Komplott, ganz Warnberg hat sich gegen dich verschworen. Du isst nicht mehr, du schläfst nicht mehr. Du backst Brot, aber vergisst, es aus dem Ofen zu nehmen, ich musste es wegwerfen. Ich finde Sofias Söckchen zwischen meinen. Du gehst vor lauter Angst nicht mehr aus dem Haus, zuckst beim kleinsten Geräusch zusammen. Und jetzt Dr. Ziegler. Du hast sie angegriffen!“

Pia legte wieder die Hand auf meinen Unterarm. „Wir machen uns Sorgen um dich.“

„Es war ein Unfall“, wimmerte ich.

„Hör auf dir und uns etwas vorzumachen. Dr. Ziegler musste dir eine Beruhigungsspritze geben, weil du nicht unter Kontrolle gehalten werden konntest. Du bist krank, Liebling. Krank!“

Ich schüttelte den Kopf. Wie konnte David das alles nur behaupten? Warum verletzte er mich so sehr? „Ich würde Hugo oder Sofia nie etwas antun.“

Meine Worte waren wie Staubpartikel in der Luft, mit minimalem Aufwand wegzupusten. Sie verunreinigten das Ganze hier nur. Ich hätte das alles für mich behalten sollen.

„Da gibt es etwas ganz anderes, worüber wir uns Sorgen machen müssen“, warf ich ein. „Der 31. März rückt immer näher … Warum seid ihr mit mir zugange, anstatt Sofia zu beschützen?“

Pia ignorierte meine Worte und lächelte beruhigend. Als wären wir Freunde und nicht zufällig Schwestern. „Du wolltest dich bestrafen, Hannah. Das hast du mir selbst gesagt. Vielleicht hat dir dein Unterbewusstsein das eingeredet, damit du mit deinen Schuldgefühlen abschließen kannst.“

David ging im Wohnzimmer auf und ab. „Keine E-Mail, kein Einbruch, kein verlorener Schlüssel. Die einzige, die sich hier Sorgen machen müsste, ist deine Schwester, weil in ihrem Garten ein schwer verletzter Mann lag. Pia führt sich nicht auf wie eine Irre. Deine Geschichte hingegen klappert an allen Ecken. Die Gespenster, die du glaubst zu sehen, die Geräusche, die dich erschrecken, sie existieren nur in deinem Kopf!“

Ich hielt mir die Ohren zu.

„Dein Unterbewusstsein hat eine Strafe geschaffen“, bedeutete er. „Und es funktioniert. Du hast schon lange nicht mehr über Mia gesprochen.“

Warum ist er nur so abscheulich zu mir?

Was sollte ich sagen, um ihn von meiner Unschuld zu überzeugen? Was sollte ich nur darauf erwidern?

„Emma kommt morgen und wird sich um dich und die Kinder kümmern“, entschied er. „Ich verstehe, dass dir das keinen Spaß macht, aber du musst mich auch verstehen. Du hast es bereits selbst betont: Es geht um die Kinder. Ihre Sicherheit ist oberstes Gebot.“

Es gab einen Blick, den ein bestimmter Typ Mann einer Frau zuwarf, bevor er mit ihr im Bett war; danach nie mehr. Ich fragte mich, woher Männer diesen Blick hatten, ob er angeboren war oder einem erworbenen Verhalten entsprang. Und wie zynisch das war. Ob es ihnen überhaupt bewusst war – aus meiner bescheidenen Erfahrung würde ich auf Letzteres schließen. David hatte diesen Blick an dem Abend eingesetzt, als ich die beiden in der Küche beobachtet hatte, obwohl ich nicht glaubte, dass er sich dessen bewusst war. Es war eher eine instinktive Reaktion auf eine Frau, die er attraktiv fand, dieser eindringliche Blick, den er Emma zugeworfen hatte. Und nun sollte sie in dieses Haus einziehen und sich um mich und meine Kinder kümmern. Plötzlich empfand ich Emma wie der Feind in meinem Bett …

„Es ist schon spät. Ich gehe ins Bett. Gute Nacht!“

„Deine Pillen, Hannah!“

Es klang wie eine Drohung.

4

ICH

Ich gebe keine Details über meine Aktivitäten preis. Die vergangenen Monate haben mich gelehrt, dass ich vorsichtig sein muss mit dem, was ich tue, aber auch mit dem, was ich denke. Der Feind kann jeder Zeit überall auftauchen und ein Verräter schläft nie. Ich weiß, es entspricht einem Klischee und dennoch ist es so.

Meine Schwester ist kürzlich wie aus dem Nichts bei mir aufgekreuzt. Ich dachte, ich hätte mich für immer von ihrer Einmischung befreit. Vorerst unterhalte ich mich mit ihr, bis sie ihre Aufmerksamkeit für etwas anderes braucht und mich in Ruhe lässt. Dennoch hat ihr aufdringliches Verhalten einen Vorteil: Die Informationen, die ich von ihr erhalte, sind nützlich für die Umsetzung meiner Pläne. Meine Schwester chattet mit ganz Warnberg. Sie eignet sich hervorragend als Auskunftei.

Von ihr habe ich erfahren, dass Pias demente Mutter im Pflegeheim kaum Besuch von ihren Töchtern erhält und dass ihre Betreuerin nicht besonders erfreut darüber ist.

Ich selbst hatte keine innige Beziehung zu meiner Mutter. Wenn ich heute darüber nachdenke, hatte ich gar keine - im wahrsten Sinne des Wortes. Sie kannte mich, ich kannte sie. Das war's. Als ich auszog, informierte ich sie ausführlich darüber, wo ich war und bei wem ich arbeitete. Ich schickte ihr stets eine Karte zum Geburtstag. Sie hat mir nie Fragen über meinen Beruf gestellt, oder mich gefragt, wie es mir geht. Kein Interesse.

Als sie starb, war ich nicht da. Niemand war da. Sie starb mitten in der Nacht. Ich hatte stets den Eindruck, dass sie niemanden mit ihrem Leben und mit ihrem Tod belasten wollte.

Ich zünde mir eine Zigarette an, lache bitter auf und rauche fahrig. Eine warmherzige Beziehung hat ein anderes Format. Falls meine Mutter dement geworden wäre, hätte ich sie regelmäßig besucht. Da bin ich mir sicher. Auch glaube ich, dass meine älteste Schwester einen Besuchsplan aufgestellt und ich meinen Teil pflichtbewusst eingehalten hätte.

Pia und Hannah denken anders darüber. Sie haben ihre Mutter ihrem Schicksal überlassen, und diese Schlussfolgerung legalisiert meinen Kreuzzug gegen sie umso mehr.

Als ich herausfand, dass die alte Dame völlig allein war, nahm ich an, dass ich die Geschwister mit dem Tod ihrer Mutter nicht wirklich treffen würde. Ich würde ihnen vermutlich Erleichterung verschaffen, sozusagen eine Bürde weniger. Trotzdem glaube ich nicht, dass das so ohne Weiteres funktioniert.

Ich habe aus zwei Gründen zugeschlagen. Diese alte, demente Frau konnte ich erlösen. Ihre treulosen Töchter hingegen können jetzt ihrem täglichen Leben neue Schuldgefühle hinzufügen. Schuld ist ein schreckliches Gefühl, mit dem niemand ohne Weiteres fertig wird. Da kenn ich mich aus.

Ich ging am frühen Nachmittag ins Pflegeheim. Niemand hat mich aufgehalten, niemand hat mich gesehen. Die fröhlichen Stimmen des Pflegepersonals hörte ich nur hinter verschlossenen Türen, ich erreichte unbemerkt das Zimmer der alten Dame.

Pias Mutter schlief. Ich nahm eines der Kissen und drückte es so lange auf das faltige Gesicht, bis sie nicht mehr atmete. Es geschah schnell. Danach legte ich das Kissen unter ihren Kopf und verließ das Zimmer und das Pflegeheim.

In der Zeitung stand nichts über den Tod der alten Dame. Zwei Tage später machte jemand im Supermarkt eine Anspielung über den unnatürlichen Tod von Pias Mutter.

Die Kassiererin klopfte mir auf den Rücken, als ich einen Hustenanfall bekam.

„Wir alle sind über den Vorfall so schockiert, wie Sie“, tröstete sie mich.

5

ICH

Es klingt seltsam, aber meine Tat fühlt sich nicht gut an. Ich verstehe es nicht, denn die Ermordung der nächtlichen Spendensammlerin und die des ehemaligen betrunkenen Lehrers und Theos Tod, wie ich angenommen hatte, haben mich kalt gelassen. Sie waren eigenständige Ereignisse, die nur für die drei das Ende ihrer Geschichte bedeutete. Und für mich lediglich zwei Worte: Schwamm drüber.

Das hier ist aber anders und ... lästig. Ich kann mir keine Weicheier-Emotionen leisten, ich möchte weder ein Jammerlappen sein, noch zur Heulsuse werden. Ich bin ein resoluter Typ, der vor nichts zurückschreckt, vor nichts davonläuft. Ich stehe für das ein, was ich tue, und setze fort, was ich begonnen habe. Niemand wird meine Pläne durchkreuzen, niemand kann mich aufhalten. Niemand!

Ich habe das Krafttraining fürs Erste eingestellt, weil ich zu viele Bekannte im Fitnesscenter traf. Mir wurde übel von all ihren mitleidsvollen Blicken. Die meisten Leute in Warnberg ignorieren mich seit Jahren, aber in einem Sportstudio steht oder sitzt man plötzlich nebeneinander und dann weiß offensichtlich niemand, wie man sich unbefangen benimmt.

Der stehende Punchingball, den Jonas einst gekauft hat, dient mir zum Ausgleich und als Training für mein Hand- und Armmuskulatur. Es ist besser, meine Linke jetzt zu meiden.

Ich trainiere jeden Tag eine Stunde auf dem Dachboden. Es ist ein kleiner Raum, in dem ich aufrecht stehen kann, aber groß genug, um mein Ziel zu erreichen. Wenn ich den Raum verschwitzt und vor Müdigkeit zitternd verlasse, kann ich das Bild des alten Körpers mit dem Kissen auf dem Gesicht der alten Dame besser verdrängen.

Heute ist die Beerdigung von Pias Mutter. Ich werde mich unter all die anderen Mitbürger von Warnberg mischen. Es kommt mir vor, als erweist der ganze Ort der alten Dame die letzte Ehre. Pia und Hannah können es kaum glauben, ich sehe es den beiden an. Sie haben sich für eine Beisetzung auf dem örtlichen Friedhof entschieden. Dann müssen sie sich auch nicht über diese

Sympathieflut und Anteilnahme wundern, die in Wahrheit nichts anderes als pure Neugierde verkörpert.

Ich werde nicht wegen Pia und Hannah hingehen, sondern wegen ihrer Mutter. Wenn ich dann am Grab vorbeigehe, werde ich die alte Dame um Vergebung bitten – das Mindeste, was ich tun kann, um dieses Kapitel abzuschließen. *Schwamm drüber.*

Im Übrigen finde ich es eine lächerliche Idee, die Mutter auf dem Friedhof eines Orts begraben zu lassen, in dem sie nie gelebt hat. Es hat vermutlich mit dem Schuldgefühl zu tun, das ich den Kindermörderinnen wünsche. So können sie zumindest regelmäßig das Grab besuchen und sich in aller Stille der Schuld ihrer Fahrlässigkeit widmen. Und Pia und Hannah werden herausfinden, dass späte Reue nicht wirklich hilft. Der Schmerz eines anderen Menschen ist immer ein bisschen wichtiger als der eigene. Ich muss es wissen, denn ich spreche aus Erfahrung.

Vorläufig werde ich einen großen Bogen um ältere Damen machen. Der heutige Tag kann, was mich betrifft, im Nu vorbei sein.

6

ICH

Ich würde gerne wissen, was es bedeutet, tot zu sein. Vor ein paar Tagen zerrten mich die Mädchen vom Fahrrad und traten gegen meinen Kopf. Wenn ich mein Haar kämme, tut es weh. Sie sagten, der Tod wäre eine Erlösung für mich. Sie wollten wissen, wer in meiner Familie bereits gestorben sei. Ich konnte nur meine Großmutter erwähnen, aber ich hatte keine Erinnerung mehr an sie. So schuf ich eine schöne, schlanke Frau mit einem hübschen Haarknoten und schicker Kleidung. Dann haben sie mich wieder getreten und sagten, dass ich lüge. Ich habe nicht gelogen, ich habe etwas erfunden. Das ist nicht lügen, wollte ich sagen, aber ich habe nicht gewagt, die Worte auszusprechen.

Mama streichelte heute Morgen über meinen Kopf, und ich zuckte zusammen. Sie wurde ein wenig wütend und wollte wissen, warum es plötzlich verboten sei, mich zu berühren. Ich hätte ihr gerne gesagt, was los ist, aber ich will nicht, dass sie sich Sorgen um mich macht. Papa fragt neuerdings oft, was mit mir los ist, und manchmal höre ich ihn mit Mama flüstern. Es geht um mich. Neulich habe ich etwas aufgefangen. Nur ein paar Worte. Hormone, Pubertät, Menstruation. Sie glauben gewiss, dass ich nicht verstehe, was sie damit meinen.

Wenn das Mobbing nicht aufhört, will ich nicht mehr leben.

Diesen Abschnitt kenne ich auswendig und seit der Sarg von Pias Mutter in die Erde gelassen wurde, denke ich ständig daran.

Ich erinnere mich, dass Greta sich duckte, als ich ihr einmal über den Kopf streicheln wollte, und ich erinnere mich, dass mich ihre Ablehnung betroffen machte. Damals habe ich versucht, mir nichts anmerken zu lassen, aber Gretas Tagebuch zeigt, dass es mir nicht gelungen war. Es geschah drei Wochen vor ihren Freitod und ich habe mich unzählige Male gefragt, wie es möglich war, dass ich keine Hilferufe wahrgenommen habe. Das werde ich mir niemals verzeihen.

Ich dachte stets, ich sei eine gute Mutter, behauptet habe ich das nie. Nur ein Außenstehender kann dir sagen, wie wunderbar man sich um sein Kind kümmert, was für großartige Eltern das Kind hat, wie erfolgreich man sein Kind erzieht. Greta war kein schwieriges Mädchen, es war keine große Kunst, sie großzuziehen. Sie war liebenswert, gab sich schnell zufrieden mit dem, was sie bekam, und sie konnte teilen. Das sind Eigenschaften, die ich an Kindern schätze, und ich war stolz darauf, dass mein Kind meiner Vorstellung entsprach.

Sie wollte nicht, dass ich mir Sorgen machte, also schwieg sie über das, was sie erdulden musste und wie sehr sie litt. Ich hätte etwas sehen müssen, etwas merken müssen. Was stimmte nicht mit mir als Mutter, was bin ich nur für eine Frau?

Meine Fäuste kämpfen mit dem Punchingball, ich gerate immer mehr außer Atem, der Schweiß tropft von meiner Stirn. Mit meinen Fäusten zertrümmre ich die ganze Welt.

Es ist Zeit, etwas zu essen, meine Beine zittern. Schluss mit boxen. Das Tagebuch liegt wieder an seinem Platz, die Schranktür ist geschlossen. Ich bewahre den Schlüssel an einem Ort auf, den niemand kennt. Und jetzt weiter.

Ich habe einen neuen Plan.

Einen verdammt guten Plan.

Hüte dich vor wütenden Müttern.

7

Hannah

Freitag, 16. März 2018

Freitagabend übernahm David den Babysitter-Service von Emma. Er brachte mir meine Medikamente, die ich aber wieder ausgespuckte, sobald er das Schlafzimmer verlassen hatte. Im Internet suchte ich nach Informationen über Beruhigungsmittel und las, welche Nebenwirkungen ich vortäuschen musste, um glaubwürdig zu sein. Müdigkeit, Vergesslichkeit, das Gefühl, von der Welt isoliert zu sein.

Gestern hatte ich mich zu spät übergeben. Ein Teil des Giftes war in mir geblieben, sodass ich jetzt in Katerstimmung war und mich unsicher fühlte. Ich musste endlich aus dem Nebel aufwachen, mir kaltes Wasser ins Gesicht spritzen, meine Zähne putzen, meine Haare waschen. Ich ging ins Badezimmer und starrte auf die fremde Person im Spiegel. Die Worte von David, Pia und Emma hatten Rillen in mein Gesicht gemeißelt.

Ich will nicht, dass du etwas mit den Kindern machst.

Manchmal hört man von Menschen mit mehreren Persönlichkeiten …

Aber wir meinen es wirklich nur gut mit dir, weißt du.

Ich hatte während der vergangenen Tage meine Kinder kaum gesehen. Sie hatten mir die Mutterschaft genommen.

Und ich? Ich hatte alles hingenommen. Wörtlich verschluckt – und im übertragenen Sinne. Mich geduldig jedem Vorwurf gebeugt. Ich war schwach, während ich stark hätte sein sollen. Diese Pillen würde ich nicht mehr einnehmen. Sie waren die Ursache für mein Leid. Dieses Chaos machte mich wehrlos und mein Gehirn zu Brei. Dabei musste ich Hugo und Sofia beschützen.

Vielleicht warst du es …

Ich durfte mir die Kinder nie mehr nehmen lassen und würde ab sofort meine Gedanken für mich behalten. Schweigen. Gegenüber David, gegenüber Pia, gegenüber Emma. Im Gegensatz zu allen anderen. Diese Entscheidung betraf nur mich. Wie konnte ich einer Frau vertrauen, die ein vierjähriges Mädchen wie meine Sofia einfach über die Straße gehen ließ? Einer Frau, die hinter meinem Mann her war?

Ich sollte Emma anrufen, aber Davids Blick, seine Worte, hielten mich davon ab. *Sie sind auch meine Kinder, Hannah.* Er war so kompromisslos.

Vor zehn Jahren war ich auf diese Willenskraft hereingefallen. Er bekam stets, was er wollte. Kam stets auf seine Kosten. Und ich fühlte mich sicher. Er war der Mann, der meine Familie beschützte, ein König, ein Familienvater. Jetzt machte mir seine Macht Angst. Gegen ihn anzukämpfen? Zwecklos. Meine Familie war jetzt seine Familie. Er würde seine Kinder um jeden Preis schützen. Wenn nötig, gegen mich.

Ich setzte mich auf den Rand meines Bettes. War ich wirklich eine Gefahr? Hatte ich Alina geschlagen und verletzt? Ich wusste es nicht. Ich erinnerte mich nur an Dinge, von denen ich wusste, dass sie keiner echten Erinnerung entsprachen. Vielleicht war ich tatsächlich der Übeltäter in diesem Spiel.

Ich wollte mich nicht mit David anlegen. Ich war so wütend auf ihn. Er hatte mich im Stich gelassen. Und ich brauchte auch Zeit, um einen Plan zu schmieden.

Ich vermisste meine Kinder und fühlte mich schuldig. Aber wenn ich jetzt zu ihnen gehen würde, könnte mein Kartenhaus einstürzen. Ich brauchte eine Lösung. *Finde den Täter!* Wenn ich den 31. März noch erleben wollte, sollte ich jetzt nicht meinen Gefühlen nachgeben.

Habe ich all diese Dinge getan? Ich schüttelte noch einmal den Kopf.

Ich muss ... Ich muss ... Ich muss ... Was sollte ich nur tun? Meine Gedanken bildeten einen Knäuel, das sich nicht mehr entwirren ließ.

Ich unterdrückte ein Gähnen, blieb im Bett und aktualisierte meine Aufzeichnungen. Bald spürte ich, wie der Nebel in meinem Kopf aufstieg. Der emotionale Stress entfaltete seine Wirkung, brachte meine Gedanken zum Schweigen und balancierten mich an die Grenze zwischen Schlaf und Erwachen.

8

Hannah

Dienstag, 20. März 2018

Warum hatten sie mir die Wahrheit über Alinas Zustand verschwiegen? Meine Psychiaterin hatte ein blaues Auge, zwei Pflaster über genähte Platzwunden an der Stirn, eine aufgeplatzte Lippe. Ihr Arm ruht in einer Mitella.

Ich wollte mich bis ins kleinste Detail in Ausreden erschöpfen, konnte mich aber gerade noch rechtzeitig zurückhalten. Vor allem musste ich Alina vortäuschen, dass ich ihre Medikamente regelmäßig einnahm.

„Ich … bin so schockiert, Alina. Es tut mir so leid. Ich hatte keine Ahnung, dass es so schlimm ist. Ich hätte Blumen mitbringen sollen.“ Ich lasse meine Arme schlaff am Körper hinunterhängen. „Aber diese Pillen machen mich so träge. Ich liege fast nur noch in meinem Bett.“ Ich seufzte. „Es tut mir sehr leid, dass ich Sie verletzt habe, Alina.“

„Das spielt jetzt keine Rolle“, antwortete Alina beruhigend.

Es spielt keine Rolle? Das war eine Antwort für Menschen, die nicht für ihr Handeln verantwortlich gemacht werden konnten. Für die Irren der Gesellschaft, für Geistesgestörte.

„Ich hätte es selbst kommen sehen müssen. Sie waren in Panik, haben hyperventiliert. Die Frau, die mich geschlagen hat, hatte nichts mit Ihnen zu tun, mit der Hannah, die mir jetzt gegenübersitzt.“

Sie meint es gut, dachte ich, aber was sie sagte, klang zu sehr nach David und Pia. Dass mir das nicht früher aufgefallen war … Die Unterstellungen von David und Pia hatte Alina ihnen ins Ohr geflüstert. Sie wären nie allein auf die Idee gekommen, dass ich eine Gefahr für meine Kinder wäre.

„Ist alles in Ordnung?“, erkundigte sich Alina. Sie lächelte, stoisch und falsch.

„Nichts, ich … Reizüberflutung, vermute ich.“ Ich stand auf und presste meine Finger gegen die Schläfe. „Wo ist Ihre Toilette?“

Sicher eingeschlossen zwischen geschlossenen Wänden fragte ich mich, wie ich mich verhalten sollte. Wütend werden, weil Alina auf

David Einfluss genommen hatte? Mich schuldig fühlen, weil ich meine Psychiaterin angegriffen und schwer verletzt hatte? Nein, ich musste erst einmal herausfinden, inwieweit Alina mich tatsächlich für verrückt hielt.

Ich rieb unwillkürlich über die Narben an meinen Unterarm. Ich konnte das schaffen. Ich hatte schon schlimmere Stürme überstanden.

„Wie sehen Sie Ihre Panikattacke, Hannah. Wie blicken Sie darauf zurück?“, fragte Alina, als ich wieder auf der Couch lag.

„Ich vergleiche es mit *einem* großen Stromausfall“, antwortete ich und starrte auf die Stelle auf dem Tisch, wo die Schale mit den Kerzen fehlte. „Ich verstehe es immer noch nicht, wie ich … Ich würde Sie nie absichtlich verletzen.“

„Das weiß ich. Erinnern Sie sich denn daran?“

Ich zuckte mit den Schultern. „Vage.“

„Und an das, was Sie mir über Ihre Schwester erzählt haben, über Pia?“

„Was habe ich den über …?“

„Sie dachten, ich wäre Pia.“

Pia. Mir wurde kalt. Dann heiß. Das Zittern setzte sofort ein. Jede Art von Emotion war noch immer zu groß für meinen Körper. Der Knebel steckt wieder in meinem Hals. Ich bekam kaum Luft, versuchte, langsam ein- und auszuatmen.

„Hannah, alles in Ordnung? Ist es möglich, dass Sie Ihre Medikamente nicht regelmäßig einnehmen?“ Sie musterte mich voller Argwohn.

„D … doch natürlich.“ Ich musste das Zittern unterbinden und konzentrierte mich auf meine Hände.

„Es ist wichtig, Hannah, dass Sie ihre Medikamente regelmäßig einnehmen.“

Ich lächelte. „Ich weiß. Emma und David drängen mich auch stets, sie zu schlucken.“

Alina schien meine Notlüge zu akzeptieren. „Wollen wir dort fortfahren, wo wir aufgehört haben? Sie konnten Mias Gesicht nicht sehen. Dieser Moment liegt sozusagen in Ihrem Unterbewusstsein verborgen. Nur wenn wir es zurück in Ihre bewusste Erinnerung bringen, können wir ihm eine neue Plattform geben, und Sie können damit abschließen.“

„Darf ich darüber nachdenken, Alina?“

„Natürlich. Wir haben alle Zeit der Welt, Hannah.“

Du hast sie, ich nicht! Heut ist der 20. März. Nur noch elf Tage!

9

Hannah

Auf dem Heimweg vom Supermarkt hielt ich wegen der benötigten Augentropfen an der Apotheke. Kurz bevor ich auf unseren Gartenweg fuhr, träufelte ich sie mir in die Augen. Ich musste wie jemand aussehen, der von einer therapeutischen Sitzung mitgenommen mit dem Fahrrad nach Hause kam.

Es funktionierte. Emma sah mich mit Mitgefühl an.

Kurz bevor ich die Treppe hinaufging, drehte ich mich um. „Die Kälte hat mir gutgetan. Endlich fühle ich mich besser. Vielleicht mache ich morgen mit Windsor einen Spaziergang."

„Eine sehr gute Idee, Hannah", sagte sie. Emma hatte keine Ahnung, wozu sie Ja gesagt hatte: Zeit für meinen Plan gewinnen. Zeit für einen Besuch bei Mias Eltern. Zeit herauszufinden, inwieweit dieses Viertel involviert war, und ob es etwas mit der Bedrohung zu tun hatte. Dass alles nur, um mich und meine Familie zu schützen.

Ich war verzweifelt. Ich schaute nach draußen, wo der Himmel massiv und dunkelgrau wurde. Bei dem Anblick musste ich an Pia denken.

10

Hannah

Jeder Ziegelstein auf dem Grundstück war von Mias Tod durchdrungen. Jede Fuge vermisste ihre kleine Hand, die den Linien folgte. Die Steine vermissten ihr Lachen, die Scheune ihr Dreirad, der Fernseher ihre Kinderprogramme.

Behalte einen klaren Kopf! Verliere dich nicht! Mia war tot, aber Sofia lebte. Das war es, was Mutterschaft bedeutete. Opfere dich selbst, aber auch andere mussten bei Bedarf Opfer bringen.

Mein Körper ging auf das Haus zu, mein Geist schwebte irgendwo über dem Grundstück. Es gab keine Spur von Mias Vater. Die Tür seines Autos stand offen. Genau wie die Vordertür seines Hauses. Ich wartete.

Mit einer Tasche in der Hand kam er schließlich heraus und sah mich freundlich an.

„Sind Sie Christian Peters?“ Meine Stimme überschlug sich.

„Richtig. Wie kann ich Ihnen helfen?“

„Ich bin Hannah Franke.“

Keine Reaktion. Keine Einzige. Er bewegte sich nicht, sagte nichts, nicht einmal sein Gesichtsausdruck änderte sich. Er stand einfach nur bewegungslos da.

„Ich bin diejenige, die Mia …“

„Ich weiß, wer Sie sind.“

Ich versuchte, das aufkommende Zittern meiner Hände zu unterdrücken, und steckte sie in meine Manteltaschen.

„Meine Tochter wird bedroht.“

Mias Vater schwieg. Er schwieg und starrte mich an.

Das hier war der Mann, dem ich sein Kind genommen hatte, dessen Leben ich zerstört hatte.

„Ich dachte …“

„Frau Franke …, bitte nicht.“ Nur seine Lippen bewegten sich, seine dünnen Lippen, so verletzlich nackt in diesem Meer aus Barthaaren. Der Rest von ihm, von seinem Wesen, war still. Er hatte aufgehört zu existieren. Noch nie in meinem Leben hatte ich einen Mann gesehen, der so besiegt war. Und so verlassen, so einsam.

„Bitte, gehen Sie. Lassen Sie uns in Ruhe!“ Er sah mich flehentlich an. Völlig machtlos. Ich hatte ihm das Leben aus den Händen gerissen. *Er* flehte *mich* an. Zu gehen, war das Einzige, was ich tun konnte. Ich konnte Mias Tod nicht rückgängig machen, ich konnte ihn nur in Ruhe lassen.

Er hatte sein Leben aufgegeben. In seinem Blick fand ich keine Wut, keine Gefahr, nur die Sehnsucht nach seinem Kind. Dieser Mann hatte nichts mit all dem zu tun, was mir und meiner Familie widerfuhr.

Indem er Sofie bedrohte, würde er zugeben, dass ich existierte. Erkennen, dass Mia tot war. Warum hatte ich das nicht vorher realisiert? Warum musste ich in *seine* Augen schauen, um es zu verstehen?

Ich begann zu weinen, stille Tränen, die ich nicht spürte, die über meine Wangen rannen, aber nirgendwo hinführten.

Ich hätte nicht hierher kommen sollen.

„Entschuldigung.“ Ich verließ sein Grundstück und lief zur Straße. Zuerst noch ruhig, aber dann schneller, und nachdem ich aus seinem Blickwinkel war, noch schneller, immer schneller. Weg von hier! So weit und so schnell wie möglich. Meine Milz protestierte, mein Herz überschlug sich, meine Beine krampften, *Hello-Kitty*-Söckchen überfluteten mein Hirn. Tausende von Nadeln stachen in meinen Bauch. Ein Meer an Tränen in meinen Augen.

Ich würde nie wieder in diese Stadt kommen können. Ich hatte alles zerstört und weitere Trümmerteile hinzugefügt.

In der Nacht tat ich kein Auge zu. Das Gesicht von Mias Vater verfolgte mich. *Lass uns in Ruhe*. In meinen Träumen folgte er mir, dann holte mich ein schwarzer Schwarm summender Insekten ein, die dem Himmel das Licht nahmen, mich überwältigten und umkreisten. Sie krochen unter meine Haut, fraßen mich von innen auf, bis ich schweißgebadet aufwachte.

Ich saß aufrecht im Bett. Rosa *Hello-Kitty*-Söckchen und war besessen von nur zwei Gedanken: Ich hätte ihn niemals aufsuchen dürfen, und, es gab nur noch eine Option für einen möglichen Täter. Das Viertel.

Ich schob den Gedanken von mir, dass es Pia sein könnte. Sie war selbst das Opfer eines Irren geworden. Ich schüttelte den Kopf neben meinem schnarchenden David. Ich stand kurz davor durchzudrehen.

Ich war nicht verrückt!

Ich hatte diese Dinge nicht selbst getan.

Nein, es musste logischer sein. Viel logischer. Aber ich erkannte es noch nicht. Um mich herum war es zu dunkel, zu laut. Ein ohrenbetäubendes Schnarchen, eingebettet in das bedrückende Vakuum der Stille. Ich war blind, taub, nicht empfänglich für Antworten auf meine Fragen. Mein Kopf war von der Nacht durchdrungen.

11

ICH

Mittwoch, 21. März 2018

Ich spüre, wie sich die Schwere des Schlafes langsam löst. Auf dem Nachttisch leuchtet der Wecker, der beim Aufwachen normalerweise meine Wutausbrüche abbekommt. Die blauen Ziffern sagen mir, dass ich noch einige Stunden weiterschlafen könnte. Aber ich habe heute etwas geplant. Obwohl die Tür meines Zimmers einen Spalt offen steht, sehe ich nichts als Dunkelheit. Natürlich. Die Nacht ist gnädig. Zu mir – und meinen Dämonen, von denen niemand eine Ahnung hat.

Heute Nacht ist es so weit. Ich stehe auf und ziehe mich an.

Als ich klein war, hatte meine Mutter manchmal gesagt, ich sei ein „anstrengendes“ Kind gewesen. Ich habe nie so richtig verstanden, was sie damit meinte. Ich fand mich überhaupt nicht schwierig. Ich warf keine Gegenstände auf den Küchenboden wie meine Mutter und bekam auch keine Wutanfälle, selbst wenn ich gelegentlich mit dem Gedanken spielte. Bis auf Fisch und Käse aß ich alles, was auf den Tisch kam. Ich war weder lauter noch dümmer als andere Kinder, die ich kannte. Mein Name war leicht auszusprechen und leicht zu buchstabieren. Ich ging jeden Tag zur Schule wie andere Kinder auch und machte nie viel Wind darum. Zu meiner Mutter war ich nicht gemeiner als meine Mutter zu mir. Nie klopften Polizisten an die Haustür, um mich zu verhaften. Nie drohten Ärzte in weißen Kitteln, mich ins Irrenhaus zu schaffen. Bis Gretas Tod fand ich mich immer ziemlich pflegeleicht.

Erst heute verstehe ich, was meine Mutter mit „anstrengend“ meinte. Sie fand mich deswegen schwierig, weil ich so still war. Das machte ihr offenbar zu schaffen. Ein weiteres Problem bestand darin, dass ich gern allein war. Natürlich nicht die ganze Zeit. Nicht einmal jeden Tag. Aber an den meisten Tagen zog ich mich gern für eine Stunde in mein Zimmer oder in den Garten zurück, um ungestört meinen Gedanken nachzuhängen.

Ich habe mich mittlerweile an die Dunkelheit gewöhnt. Unzählige Augen starren mir aus den Bäumen entgegen. Es machte mir Spaß, nachts in diese starren Gesichter zu sehen. In der Dunkelheit blitzt stets hinter deren Niedlichkeit etwas Böses hervor.

Ich nehme das Messer aus meiner Jackentasche und gehe auf die Hintertür zu.

Sie ist offen …

12

Pia

Mittwoch, 21. März 2018

Sie rappelte sich hoch, schwang die Beine über die Bettkante, stand auf. Jedenfalls hatte sie das vor, aber in Wahrheit rührte sie sich keinen Zentimeter. Pia fragte sich, ob sie gelähmt war. Sie hatte keine Kraft in Armen und Beinen. Sie versuchte es noch einmal, aber es war, als kämen die schwachen Befehle ihres Gehirns nicht bei ihren Gliedmaßen an. Vielleicht ist es in Ordnung, wenn ich einen Augenblick hier liegen bleibe, dachte sie. Es war Frühlingsanfang und ein schöner Dienstagmorgen. Aber es war ja nicht so, als wartete Moritz auf sie, er war mit David in Kopenhagen. Sie gab die Anstrengung auf. Ihr Körper fühlte sich seltsam schwer an. Diese verdammten Hormone. Sie döste ein.

Als sie das nächste Mal auf die Uhr sah, waren sechs Stunden vergangen und draußen dämmerte es bereits. Sie wunderte sich, das war nicht gut. Je schneller die Zeit verging, desto schneller kam die Nacht, und sie fürchtete die Nacht, all die Lampen im Haus und Moritz neben sich zum Trotz. Die Hormone wüteten in jeder Ecke und forderten sie auf, endlich ihren Mutter-werden-Versuch fortzusetzen und dieses Mal nicht zu versagen. Nach mehreren Anläufen brachte sie ihren Körper doch noch dazu, ins Badezimmer zu gehen und dann die Treppe ins Erdgeschoss hinunterzusteigen.

Vor der Hormontherapie, als sie in der wirklichen Welt gelebt hatte, hatte sie sich nur bei einer Grippe so gefühlt. Aber sie hatte weder eine Erkältung noch eine Grippe. Die Hormone und ihr Wunsch nach einem Baby zermürbten sie. Selbst tagsüber schaffte sie es nicht mehr, sich abzulenken und den Gedanken daran zu unterdrücken. In der Dunkelheit war die Angst wieder da. So lange die Fehlgeburt auch her sein mochte – die Wunde hatte sich nicht geschlossen. Die Zeit war ein Quacksalber.

Wenn sie die Muskeln in ihrem Gesicht bewegen könnte, würde sie beim Gedanken an Moritz schmunzeln. Aber früher oder später tauchte *es* auf. Das Monster Angst. Manchmal nur als vages Gefühl der Bedrohung, das sie nicht so recht greifen konnte, manchmal am Rande ihres Gesichtsfeldes, als Schemen, als Geräusch. Manchmal verfolgte es sie, und sie rannte und vermied es, sich umzusehen. Sie hatte das Gefühl, das irgendetwas sie bedrohte, seit sie Theo im Garten gefunden hatte. Wenn sie daran dachte und ihre Angst spürte, dann starb sie. Jedes Mal. Sie starb und wachte auf, nach Luft schnappend wie eine Ertrinkende. Und dann, in den ersten Tagen danach, als die Albträume kamen, war es schwer, die nächtlichen Gedanken zu verscheuchen, die sich auf ihrem Bett niederließen wie Krähen. Und dann konnte sie nicht anders. Egal, wie schmerzvoll die Erinnerungen auch waren – in diesen Momenten dachte sie an ihre Schwester.

Sie fragte sich, ob Hannah auf dem Weg in den Irrsinn war? Ob sie hinter all dem steckte?

Sie blinzelte und rieb sich die verklebten Augen, die Helligkeit des Tages drang unter den Vorhängen ins Wohnzimmer und schmerzte sie.

Auf dem Weg in die Küche hörte sie es ganz deutlich hinter sich. Die Geräusche der Angst: das schwere Atmen, schlurfende Schritte, das leise Kichern. Sie drehte sich um. Ihr Blick stellte sich scharf. Sie zuckte zusammen, als sie die Gestalt direkt vor sich sah. Begriff es nicht. Benommen schüttelte sie den Kopf. Das konnte nicht sein, das konnte einfach nicht sein. Sie traute ihren Augen nicht, blinzelte erneut, hektisch, als könnte das die Gestalt so vertreiben, doch es änderte nichts. Ihr Herz zog sich schmerzhaft zusammen. O mein Gott. Ihre Sinne wussten, dass es wahr war. Dieses Gesicht, sie ertrug es nicht. Sie wollte den Blick abwenden, aber es war unmöglich, versteinert stand sie da, sie konnte nicht wegsehen, sie starrte es an, das Monster der Angst aus ihren Albträumen, das jetzt ein Gesicht und eine Kontur hatte, und sie versuchte, aufzuwachen, endlich aufzuwachen. Zu sterben und dann aufzuwachen, wie sie es immer tat, wenn sie das Monster spürte, im Traum.

Aber sie war schon wach.

Ihre Welt erzitterte. Pia begriff nicht, was um sie herum geschah. Sie rannte ins Wohnzimmer, die Stühle und der Tisch gerieten ins Wanken, Bilder fielen von der Wand, Glas splitterte fingerdick. Der Lärm in ihrem Kopf war unbeschreiblich, aber außerhalb war es still, ganz still.

Inmitten der Trümmer starrte sie auf die Gestalt, versuchte, sich der Gewalt zu widersetzen. Es gelang ihr nicht. Ihr Körper war eine offene Wunde, rohes Fleisch klaffte weit auf. Es blitzte in ihrem Kopf, schmerzhaft und gleißend hell. Ihr Gesichtsfeld färbte sich rot, ihr Bewusstsein flackerte einen Moment.

„Hannah …“, flüsterte sie.

Dann schwebte ihr Körper ins Unendliche.

13

ICH

Ein Albtraum ist zu Ende.

Acht Minuten. Länger hat es nicht gedauert.

Ich bin überrascht, dass es solche Frauen immer noch gibt – lesen sie keine Zeitungen, schauen sie keine Nachrichten? – aber ich beschwere mich nicht. Im Gegenteil.

Offen. Naiv. Gut ausgebildet. So liebe ich sie in der Regel am meisten. So sind meine Freunde. Nicht so dumm wie Pia … Kein Sicherheitsschloss, offenes Gartentor.

Ich hatte die Präsenz von Pia zunächst nicht gespürt. Dann, als sie vor mir stand, war ich nicht in der Lage, das Bild, das sich mir bot, sofort zu erfassen. Ich war wie ein Geist, kein Atemgeräusch, kein Geruch, nichts. Nur eine schmale Gestalt, ganz in Schwarz gekleidet. Blasse Haut, dunkle Augen.

Der Blick in Pias Augen, als sie erfasste, wer da in ihrer Küche vor ihr stand …, was ich mit ihr vorhatte. Der Unglaube auf ihrem Gesicht, gefolgt von Schrecken, der sich nahtlos in Angst vor dem Tod in seiner reinsten Form verwandelte.

Dann stach ich zu – mehrmals.

Zurück in meinem Haus fängt das Zimmer um mich herum an, sich zu drehen, mein Herz immer schneller zu schlagen. Mir schwindelt, ich stolpere, als ich den Stuhl streife, strauchele, stoße mir schmerzhaft den Knöchel – der scharfe Schmerz macht mir bewusst, wo ich bin. Ich fange mich. Mir wird übel. Mit einem Satz bin ich durch die Tür, renne barfuß den Flur entlang ins Badezimmer, spüre die Kühle der Fliesen unter meinen Füßen. Über der Toilettenschüssel erbreche ich mich in einem Schwall.

Ich wanke ins Schlafzimmer, ziehe mich um und lege mich ins Bett. Schlafe ein.

„Mama?“

Ich glaube, Gretas Stimme zu hören.

„Mama?“

Nur das.

Und dann noch einmal.

„Mama! O Mama, was hast du nur getan?“

Alles in mir sträubt sich gegen ihre Stimme.

Ich stehe auf, ziehe mich in Windeseile an und eile die Treppe hinunter, im Dunkeln, auf die Haustür zu mit Gretas vorwurfsvoller Stimme in meinem Kopf. Ich fliehe, wage es nicht, mich umzublicken, ich spüre, dass Gretas Schatten direkt hinter mir ist, schneller als ich, direkt hinter mir.

Draußen steige ich in meinen Wagen und fahre die nächtliche Straße entlang in Richtung Friedhof. Der Mond ist beinahe voll und spendet kaltes, fahles Licht. Ich spüre den Tau auf meiner Haut, so kühl. Ich laufe an den Gräbern vorbei, vor mir taucht Gretas Grabstelle auf.

Ich setze mich, bin außer Atem. Tränen rinnen mir über die Wangen.

„Greta?“

Ich höre nichts, gar nichts, keine Schritte, kein Atmen. Mein Mädchen schweigt. Mein Blick irrt entlang der Gräber. Meine Gedanken überschlagen sich, was mache ich bloß, was mache ich bloß, ich habe noch nicht einmal genügend Luft in der Lunge, um nach ihr zu rufen. Ich kämpfe mit mir, einen Wimpernschlag lang, zwei, drei, ich kann mich nicht überwinden, nein, ich kann nicht gehen, ohne ein Wort aus der Tiefe.

Plötzlich spüre ich einen scharfen Schmerz an meinem linken Bein, ignoriere ihn und lege mich kurz auf das feuchte Grab. Horche. Nichts.

Ich rappele mich hoch, bin auf der Straße. In meinem Wagen. Eine Laterne spendet fahles Licht.

„Komm zu mir, Mami. Lass mich nicht allein“, sagt die Stimme meines Kindes in meinem Kopf, als hätte Greta meine Gedanken gelesen.

Ich werde von einem Weinkrampf geschüttelt.

14

ICH

Ich habe kaum geschlafen und jogge durch mein Viertel. Die Aufregung ist zu groß. Flüssige Energie strömt als pure Geschwindigkeit durch meine Venen. Und es kann nur noch besser werden.

Später.

Wenn ich getan habe, was ich noch tun muss.

Ich strecke mich, berühre meine Zehen. Drei Mal, vier, fünf. Gehe in die Knie, komme hoch. Neun, zehn, elf ..., schneller ...fünfzehn, sechzehn, siebzehn. Nach und nach erwacht mein Körper. Ein Fahrradfahrer saust an mir vorbei. In der Ferne führt jemand seinen Hund aus.

Achtzehn, neunzehn, zwanzig Sit-ups.

Ich schnappe mir einen Ast über meinem Kopf und ziehe mich hoch. Es ist wichtig, in Form zu bleiben; es gibt keine Entschuldigung, eine Trainingseinheit zu überspringen. Ich brauche meine Kraft für meine nächste Tat.

Das Straßencafé in der *Perdition-Road* ist noch leer, aber im Laufe des Morgens wird es sich wieder füllen. Jeden Tag gewährleistet ein Strom verlorener Seelen um die Mittagszeit den Umsatz mit klebrigen Menüs, während sich die Gäste mit ihren leeren Augen auf ihre Smartphones konzentrieren. Erschöpft, träge, verkrüppelt durch ihre eigenen Entscheidungen.

Den Weg habe ich nicht gewählt.

Meine Eltern hatten fünf Kinder, verteilt über sieben Jahre. Intervalle, die genügend Raum für die Selbstreflexion hätten bieten sollen. Der grundlegende Drang zur Fortpflanzung muss immens gewesen sein, denn mein Vater und meine Mutter waren mit ihrem Leben, ihren Kindern und selbst miteinander nicht glücklich. Wir waren alle sieben mehr oder weniger dazu verdammt, unseren Besitz und unseren persönlichen Raum zu verteidigen, wie eine Horde von Straßenkötern in einem viel zu kleinen Haus.

Ich habe gelernt, mein Verhalten so zu steuern, dass meine Geschwister nicht erkannten, dass sie manipuliert wurden. Nach und nach lernte ich, diese Fähigkeiten auch auf andere anzuwenden.

Meine Eltern, Lehrer, Freunde, Feinde. Denn obwohl jeder gerne denkt, dass seine Persönlichkeit einzigartig ist, sind wir in Wirklichkeit Herdentiere, die von Hormonen und kindlich einfachen Reizen angetrieben werden.

Ich habe immer mehr Spaß dabei.

Schau, da steht sie an der Kasse des Supermarktes, unsere blonde zweifache Mutter. Sie sieht beschissen aus.

Die Räder ihres Einkaufswagens verfangen sich in der Türschwelle. Sie zieht ihn mit halb offenem Mund zurück, schiebt ihn scheinbar mit letzter Kraft über den Parkplatz zu ihrem Auto. Ihre Augen blinzeln gegen das grelle Sonnenlicht.

Mein Herz pocht vor Wut. Hannah Franke färbt meine Tage blutrot, ohne sich dessen bewusst zu sein. Aber nur noch bis zum 31. März.

Ich frage mich, wie weit ich mit ihr gehen kann. An welchem Punkt sie aufhört, zu schreien und ich nur noch mit dem fortfahren muss, was von ihr übrig ist. Ich hoffe, dass sie lange ausharren wird. Dass sie stark ist.

Ich spüre, wie sich der prickelnde Druck bei dem Gedanken, was ich mit Hannah machen werde, aufbaut.

Noch nicht!

Ich muss mich konzentrieren.

Zu Hause nehme ich Gretas Tagebuch aus dem Geheimfach und lese eine Passage.

„Du hast keine Chance gegen uns. Also gewöhn dich daran, was wir mit dir machen, sonst passiert dasselbe mit dir, was wir mit deinem Köter gemacht haben", haben sie gesagt. „Wir werden der Lehrerin Geschichten über dich erzählen, dass sie dich nie mehr im Literaturkurs dabeihaben will. Reiß dich also in Zukunft zusammen!"

Ich wurde zum Mobbingopfer, Mama. Ich bin den ganzen Tag traurig und wütend. Auf mich, Mama, weil ich keine Kraft habe, mich alldem zu widersetzen und aus meinem Gefängnis zu entkommen. Ich hätte Lust, ihr die Luft zu nehmen, meiner Lehrerin die Kehle durchzuschneiden, weil sie mir nicht glaubt. Es interessiert sie nicht. Das ist nicht sehr nett, was ich hier schreibe.

Ich kann dir das nicht erzählen, du würdest dich aufregen. Und das möchte ich nicht, weil ich dich lieb habe.

Sobald ich beim Durchblättern diese Passage lese, öffnet sich in meinem Kopf eine Kammer, die brechend voll ist mit Wut, und ich kriege die Tür nicht mehr zu. Tagsüber gelingt es mir noch ganz gut, meine Gedanken an irgendeiner Hirnwindung zu parken, doch nachts …

Meine Mutter wusste, warum ich ein mit Vorsicht zu genießendes Kind war.

15

Hannah

Mittwoch, 21. März 2018

Ich ging an Wiesen, die lange Zeit nicht mehr beweidet wurden, und an einsamen Bauernhöfen vorbei. Über Wege ohne Ende und dann zurück ins Viertel.

Dieses Viertel … Diese Straße. Wie konnte ich herausfinden, ob es jemand von hier war, der Pia und mir das antat? Wem konnte ich trauen? Ich kannte die Gesichter, aber nicht die Menschen. Ich hatte keine Ahnung von der Hackordnung der Müttermafia. Das Netz aus Familienbande, Freundschaften und generationenübergreifenden Beziehungen war für mich, einen Außenstehenden, unsichtbar. Die Chance, auf ein Kabel zu treten, das mit der Kindermörderin verbunden war, war riesig.

Doch ich hatte keine andere Wahl. Ich musste in die Bibliothek gehen und fragen, ob jemand an dem Nachmittag etwas gesehen hatte, ob Pias E-Mail-Adresse hier gehackt wurde. Jemand musste doch in der Lage sein, mir zu helfen. Es konnte nicht sein, dass das ganze Viertel sich gegen mich verschworen hatte.

Ich wartete, bis die Bibliothekarin frei war. „Ich bin vor zwei Wochen, am Mittwochnachmittag während der Lesestunde, mit meinen Kindern hier gewesen und habe das Kuscheltier meines Sohnes vergessen. Ich glaube, ich habe es neben dem Computer liegen lassen."

„Hm …" Sie nahm ihre Lesebrille ab und fuhr mit ihren Händen durch ihre grauen Locken. „Was für ein Kuscheltier war es denn? Meines Wissens haben wir nichts gefunden, aber ich kann mal im Büro nachsehen."

Sie schien nett zu sein. Aufrichtig. Eine Frau, die ehrenamtlich wegen ihrer Liebe zu Büchern hier arbeitete. Vielleicht könnte ich sie ohne Umschweife fragen, was ich wirklich wissen wollte.

„Nein, tut mir leid." Sie kam aus dem Büro zurück und schüttelte den Kopf. „Vielleicht hat ihn ein anderes Kind mitgenommen."

Ich nickte, zweifelte. „Eigentlich suche ich, na ja …" Sie sah mich freundlich an. „Es mag eine seltsame Frage sein, aber erinnern Sie sich, wer an diesem Mittwochnachmittag hier am Computer gesessen hat?"

„Nein, es sind öffentliche Computer. Wir behalten die Personen nicht im Auge, die sie benutzen."

Ich sah an die Decke. „Sind hier Kameras angebracht?"

Sie schüttelte den Kopf, sah mich jetzt misstrauischer an. „Warum wollen Sie das wissen?"

„Tut mir leid, ich … Mein Sohn vermisst nur sein Kuscheltier. Er kann ohne es nicht einschlafen."

Der Argwohn schlich sich in ihren Blick. „Ich werde mich bei den Kollegen erkundigen." Sie nahm Notizblock und Stift zur Hand und hob den Kopf, als eine Kollegin auf sie zukam. „Sag mal, Karla, hast du zufällig ein Kuscheltier gefunden?"

Auch ich drehte mich um. Hinter mir stand Mias Mutter. Ich schnappte nach Luft.

„Frau Franke?" Karla Peters sah mich mit gespielter Freundlichkeit an. „Hat Hugo sein Kuscheltier verloren? Den grünen Affen?"

Woher weiß sie, dass er einen grünen Affen hat?

„Aber hat er seinen Affen nicht längst wieder?"

Mein Mund wurde trocken. Woher wusste sie das? Ihre Worte brachten meinen Herzschlag aus dem Takt.

Karla sah mich an, als wäre alles in Ordnung, aber ich wusste es besser. Ich musste hier weg, in meinem Kopf schrillten die Alarmglocken.

„Alles in Ordnung mit Ihnen?", fragte sie.

„Ja, ja, ja, alles gut."

Nichts war in Ordnung! Gar nichts! Vor meinem inneren Auge warf sie mir Dutzende *Hello-Kitty*-Söckchen an den Kopf.

„Wenn wir den Affen finden, rufen wir Sie an."

Lächelnde Gesichter. Masken, die nicht verrieten, was dahinter vor sich ging.

Ich dankte ihr, drehte mich um und versuchte, das Flüstern ihrer Kollegin hinter mir zu ignorieren. „Das ist doch die Frau, die deine Tochter …"

„Sch …, ich werde es dir gleich erzählen."

Auf dem Heimweg hatte ich das Gefühl, dass ich verfolgt wurde.

16

Hannah

Als ich an diesem Nachmittag nach Hause kam und die Haustür öffnete, wusste ich sofort: Etwas stimmte nicht! Nur was?

Ich blieb auf der Türschwelle stehen, wagte nicht, hineinzugehen. Mein Blick schweifte von einem Gegenstand zum anderen. Alles stand oder hing an seinem Platz. Es fehlte nichts. Warum kam mir das Haus dann so leer vor?

Nicht grübeln! Irrationale Gedanken waren Teil einer dissoziativen Störung. *Ich hatte keine Störung.*

Ich ertrug den Gedanken an das Gespräch mit Alina nicht, sie hatte mich verwirrt. *Sie haben eine dissoziative Störung, Hannah!*

Vorsichtig betrat ich das Wohnzimmer. Auch hier war alles genauso, wie ich es verlassen hatte.

Und doch war es anders. Still. Es lag nicht daran, dass die Kinder und Emma nicht da waren. Es fehlte etwas Wesentliches.

Etwas, das immer da war, etwas, das hierher gehörte, hier zu uns, in diesem Haus.

Windsor!

Windsor hatte mich nicht an der Haustür begrüßt, wie er es sonst immer tat. Warum hörte ich kein lautes Kläffen, kein Tapsen der Pfoten auf dem Parkett? „Windsor! Windsor, wo steckst du denn?"

War Emma vorbeigekommen, um mit ihm Gassi zu gehen? Ich eilte zurück in den Flur, wo sein Halsband noch am Haken hing. „Windsor? Wo bist du?" Ich ging hastig durch das Haus, in die Küche. Erstarrte, blieb auf der Schwelle stehen.

„Windsor?"

Meine Tasche und mein Schlüsselbund fielen zu Boden. Da lag er. Auf der rechten Seite. Als wäre er einfach eingeschlafen.

„Windsor?" Keine Reaktion. Ich hockte mich neben ihm, strich sanft über sein Fell. Windsor war steif und kalt. Er sah so friedlich aus.

Zitternd ließ ich mich auf den Boden fallen, lehnte meinen Körper gegen seinen. Ich streichelte seinen Kopf, seine Flanken, wie er es immer mochte, und weinte.

Mein Handy piepste. Ich stand auf. Eine WhatsApp von Emma. *Bist du wieder zu Hause?*

Wie lange hatte ich neben dem Hund gelegen? Ich wusste es nicht. Wie sollte ich den Kindern nur beibringen, dass ihr bester Freund nicht mehr da war?

Ich komme gleich. Magst du indische Küche zum Abendessen.?

Woher kam Emmas Drang, von mir Besitz ergreifen zu wollen? Ich stand auf. Windsor musste fort von hier, noch bevor die Kinder kamen. Wen konnte ich für den Abtransport anrufen? Den Tierarzt, einen Bestattungsunternehmer für Tiere? Ich war noch nie in einer solchen Situation. David konnte ich nicht anrufen. Er war auf einer mehrtägigen Tagung in Kopenhagen, und Moritz begleitete ihn. Mein Schwager brauchte wohl eine Pause von Pias hormonell bedingten Gemütsschwankungen.

Zuerst einen Schluck Wasser. Ich steckte meinen Kopf unter den Wasserhahn und trocknete meine Wangen mit Küchenpapier.

Erst an der Schwelle zwischen Küche und Wohnzimmer wurde mir klar, was meine Augen gerade gesehen hatten. Was für ein grausames Spiel spielten meine Gedanken mit mir?

Ich setzte mich im Wohnzimmer an den Laptop, öffnete ihn mit zitternden Händen.

Ich hatte es falsch verstanden. Es war unmöglich. Und doch. Ich musste sicher sein.

Ich ging zurück in die Küche, an meinem Hund vorbei. Öffnete die Klappe des Treteimers, nahm das Küchenpapier heraus und starrte ungläubig auf den Abfall. Dort lagen alle Packungen mit Schlaf- und Beruhigungspillen, die ich besaß. Die Blisterstreifen waren leer. Ein Stück einer Leberwurstpackung steckte dazwischen.

Das Läuten des Telefons löste meine Starre. Benommen nahm ich den Hörer in die Hand, führte ihn ans Ohr und hörte der Anruferin zu. Legte auf.

Pia ... O mein Gott. Pia ....

Sie hatten es auch auf meine Schwester abgesehen.

Pia ... niedergestochen, verletzt!

Ich rief mir ein Taxi und verständigte die kommunale Tierkörperbeseitigung und die Polizeidienststelle. Dann nahm ich meine Handtasche und verließ das Haus.

Um Windsor und die Kinder konnte sich Emma kümmern. Auf dem Weg ins Krankenhaus rief ich Emma an. „Würdest du dich bitte heute Abend um die Kinder kümmern? Ich habe die Kripo verständigt. Sie werden sich bei dir melden. Geh bitte mit ihnen ins Haus. Ich erkläre dir später alles. Nur so viel: Windsor ist an einer

Überdosis gestorben. Er wurde ermordet.“ Ich gab ihr keine Gelegenheit zu antworten und beendete das Gespräch.

Es wurde Zeit, dass ich mein Leben wieder selbst in die Hand nahm.

17

Hannah

Die Intensivstation des Städtischen Krankenhauses mutete durch das gedämpfte Licht ewige Nacht an. Der Taxifahrer, der mich in die Klinik fuhr, hatte die zulässige Geschwindigkeit mehrmals überschritten. Er zeigte Verständnis für meine Situation und meinen Wunsch, meiner Schwester so schnell wie möglich nahe zu sein.

Jetzt wartete ich in einem Raum gegenüber dem Eingang zur Überwachungsstation und sah mich um. In dem fensterlosen Wartezimmer brannte eine Lampe auf einem Tisch in der Ecke. Das Mobiliar wirkte hastig montiert und – wie vorübergehend – lieblos hingestellt.

Ich schloss die Augen, unterdrückte meine Tränen. Ich befürchtete das Schlimmste. Ich rutschte auf dem Stuhl hin und her, blätterte lustlos in einer Frauenzeitschrift und legte sie wieder weg. Sobald sich die Automatiktüren mit der Aufschrift *Eintritt verboten* öffneten, sprang ich auf. Eine freundliche Ärztin hatte mir zugesichert, dass sie mich auf dem Laufenden halten würde. David und Moritz hatte ich eine WhatsApp hinterlassen.

Hinter einer dieser Türen lag meine Schwester. Fremde Hände kämpften um ihr Leben. Ich brauchte so sehr einen Funken Hoffnung, damit ich meine Schuld gegenüber Pia endlich begleichen konnte. Das war mir in der letzten Stunde klar geworden. Und ich wusste auch schon wie. Und ich brauchte David, eine Schulter zum Anlehnen, jemanden, der meine Tränen trocknete und mir sagte: *Alles wird gut, Hannah.* Dass sich das medizinische Team seit drei Stunden mit Pia beschäftigte, konnte nur ein gutes Omen sein und bedeuten, dass Hoffnung bestand.

Pia hatte die Drohungen ignoriert, die Zeichen übersehen. Und ich hatte mich im Dunkeln meiner Angst gewidmet, mir die Mutterschaft nehmen lassen und meine Daseinsberechtigung als Ehefrau gefährdet. War fast zum Junkie geworden, weil jeder mir einzureden versuchte, dass ich mich selbst verletzt hatte, mir selbst bedrohliche E-Mails schrieb und eine Gefahr für meine Kinder wäre.

Schluss damit!

Das Zittern meiner Hände wurde zu einer einzigen Qual. Ich rieb mir die Handfläche und legte sie unter meinem Po.

Als Pias Nachbarin Charlotte das Zimmer betritt, zuckte ich zusammen und starrte sie an. Kein Wort kam über meine Lippen. Ich hatte einen Polizisten erwartet, aber nicht sie.

„O Hannah, wie schrecklich!“

Ich wollte aufstehen, konnte aber nicht. Sie reichte mir die Hand, sah mich an. Ein seltsamer Kontrast. Ihre zu stark geschminkten Augen, das blasse Gesicht, das starre Lächeln einer Schaufensterpuppe.

„Wie geht es ihr? Ich wollte Pia auf einen Kaffee einladen. Die Tür stand offen. Überall Blut. Wenn ich nicht zufällig … Wird sie es schaffen, Hannah?“ Sie hob fragend eine Augenbraue.

„Ich weiß es nicht“, antworte ich leise. Eine ausführliche Erklärung konnte sie von mir nicht erwarten. Ich sah jetzt klarer. Vielleicht steckte sie ja hinter dem Übergriff. Schließlich wurde ihr Mann so gut wie tot in Pias Garten gefunden. *Hm* ... Charlotte war zwar eine dümmliche Frau, die ihr Hirn schon immer mit Neid und Missgunst fütterte, aber so weit würde sie nicht gehen.

Charlotte sah sich suchend um und setzt sich zwei Stühle von mir entfernt. Ich war jetzt nicht in der Lage, sie mit Fragen zu bombardieren. Meine Schwester kämpfte auf der anderen Seite der Automatiktüren um ihr Leben. Ärzte wollten ungestört Leben retten, aber mein Instinkt sagte mir, dass Pia nach mir rief. Ich wollte sie nie wieder im Stich lassen. Sie in Gedanken vor mir zu sehen, angeschlossen an einer erschreckenden Anzahl von Schläuchen, Infusionen und Apparaturen erschütterte mich zutiefst. Auch erschreckte mich die Tatsache, dass ein Beatmungsgerät ihre Atmung übernommen hatte, dass Ärzte und Krankenschwestern ruhig und effektiv ihre Arbeit taten.

„Ich kann das alles nicht fassen“, sagte Charlotte leise. „Was geschehen denn nur für schreckliche Dinge um uns herum. Theo …“

„Bemerkenswert, nicht wahr, dass ich nicht paranoid bin“, erwiderte ich.

Charlotte lachte, wurde aber sofort wieder ernst. „Pia hat es mal angedeutet, dass du … Es tut mir leid … Seit sie Theo in Pias Garten gefunden haben, benehme ich mich wie eine Idiotin. Die Kripo hat mich mit Fragen gelöchert. Sie werden Pias gesamtes Umfeld durchleuchten, hat dieser Kommissar Bredeney gesagt. Die ehemalige Schule, Kollegen, Freunde. Jetzt werden sie der Sache mit dem Bettlaken und der Katze auch auf den Grund gehen. Warum muss immer das Schlimmste passieren, bevor die ihre Ärsche vom Sessel nehmen? Entschuldige …“ Ihre Hand nahm meine, aber ich schüttelte sie ab.

„Zu dir werden sie auch noch kommen. Dann lasse ich dich jetzt allein, Hannah. Oder kann ich noch etwas für dich tun?"

„Nein, danke. Es war sehr freundlich von dir, dass du vorbeigeschaut hast, Charlotte."

Ich hielt sie nicht auf, obwohl ich den Eindruck hatte, dass sie das von mir erwartete und blickte hinter ihr her, als sie in den schwach beleuchteten Korridor verschwand. Ihr Geruch nach Alkohol, und das unbehagliche Gefühl, das sie in mir auslöste, konnte ich erst abschütteln, als sich zwei Stunden später die Türen der Intensivstation öffneten und eine Ärztin auf mich zukam. „Sind Sie Frau Franke?"

Mein Herz blieb stehen. „Ja … Was ist …?"

„Ihre Schwester hat die Operation gut überstanden. Frau Bachmann wird sich vollkommen erholen. Wir haben sie allerdings ins künstliche Koma versetzt, damit ihr Körper sich von der Operation stressfrei erholen kann. Nur für zwei, drei Tage." Die Ärztin sah völlig übermüdet aus, aber sie nahm sich dennoch die Zeit, mir Pias Zustand zu erklären. „Ihre Schwester hatte großes Glück. Ein Messerstich hat knapp die Bauchaorta verfehlt. Wir mussten ihre Milz entfernen." Sie tätschelte meinen Arm. „Das wird wieder. Sie können kurz zu ihr."

Ein Schatten huschte an uns vorbei.

18

ICH

Auf der Intensivstation herrscht eine beklemmende Stille. Nur das leise Piepsen der Monitore und das saugende Geräusch einer Beatmungsmaske sind zu hören. In dem großen Raum stehen fünf Betten, zwischen denen blau gekleidete Pflegerinnen in weißen Stoffschuhen wortlos hin und her huschen.

Niemand hat mich in meinem Arztkittel auf dem Mittelgang angesprochen. Als eine der Schwestern mich mit leicht hochgezogenen Augenbrauen ansieht, glaube ich, das Spiel verloren zu haben, aber sie lächelt nur und schiebt einen Metallständer vor sich her, an dem eine Tropfflasche baumelt.

Ich bleibe abrupt vor einem Zimmer stehen und verharre einen Augenblick, bevor ich die Klinke drücke. Ein paar Minuten später komme ich wieder heraus und eile den Gang hinunter.

Hinter all den Drähten und Schläuchen habe ich versucht, Pia zu entdecken. Doch als ich die Tür aufmachte und sie in ihrem Bett sah, erkannte ich, dass dort nicht die Mörderin meiner Tochter lag. Als die Frau die Augen öffnete und mich ansah, verließ ich instinktiv das Zimmer. Auf dem Gang drehte ich mich noch einmal um und warf einen Blick auf die Zimmertür. *Nummer zwei.* Es war nicht Pias Zimmer. Ich hatte mich in der Tür geirrt.

Hinter der Glastür bewegen sich jetzt zwei schemenhafte Gestalten in blauer Krankenhauskleidung: Eine Schwester, die den Tropf wechselt, die andere zieht das blau-weiß gestreifte Betttuch gerade. Ich kann ihr Flüstern hören. „Sie wird die Nacht wohl kaum überstehen."

Wie einfach es doch war, diese kraftlose Frau zu überwältigen. Wie zart, wie zerbrechlich ein Körper sein konnte. Als sie vor mir lag, spürte ich, wie sich die Luftröhre unter meinen Fingern hin und her bewegte, die Lymphknoten wie zwei glatte Mandeln auf beiden Seiten. Zahlreiche dünne Sehnen, die ihren Kopf mit ihrem Oberkörper verbanden, wie festgezogene Gitarrensaiten. Ein zerbrechliches und verletzliches Ganzes, das sich der Gewalt des Bösen entgegensetzte - sie, das Ziel, auf das ich mich in den letzten Monaten konzentriert hatte, aber …

Ich bin so wütend – auf mich!

Dass ich ihre Haut nur aufgeritzt habe, erst oberflächlich, dann fester, tiefer. Ritz, ritz. Fünf Schnitte an der Zahl. Dann hammerharte Messerstiche. Dass ich nicht öfter zugestochen und Pia das Herz nicht aus ihrer Brust gerissen habe, erlebe ich im Moment als den größten Fehler meines Lebens.

Es wird Zeit zu verschwinden und mich in Gretas Tagebuch zu verlieren.

Der Vater des Mädchens, das mich letzte Woche direkt in meinen Unterleib getreten hat, ist gestorben. Als sie in der Klasse über seinen Tod sprach, weinten einige meiner Klassenkameraden. Der Vater erlitt einen Herzinfarkt, als die Familie zu Abend aß.

Alle sprachen auf dem Schulhof darüber. So konnte ich problemlos nach Hause fahren. Niemand achtete auf mich.

Ein Junge auf dem Schulhof meinte, dass jeder auf einer Beerdigung schwarze Kleidung trägt und dass der Tote in seiner eigenen Kleidung im Sarg liegt. Und dass die Menschen früher im Pyjama beerdigt wurden. Ich will in blauer Kleidung begraben werden.

Ich will in blauer Kleidung begraben werden.

Als Greta in ihrem Sarg lag, war alles, was sie trug, blau, selbst ihre Unterwäsche. Ich wollte auch eine blaue Polsterung in dem Sarg, aber Jonas weigerte sich. Stattdessen wurde Greta auf weißem Satin mit blauen Schleifen gebettet.

Nur blaue Blumen wachsen auf ihrem Grab. Vor zwei Tagen entdeckte ich vereinzelte weiße Blümchen am Fußende des Grabes. Ich zog sie heraus. Vermutlich hat der Wind die Samen von den anderen Gräbern hierhergebracht.

Seit Gretas Tod habe ich kein Blau mehr getragen. Die Farbe schmerzte meinen Augen. Aber nachdem drei Menschen das Zeitliche segnen mussten, ertragen meine Augen die Farbe wieder. Sollte Pia sterben – ich hätte öfter zustechen sollen – werde ich wieder in mein blaues Kleid schlüpfen. Jemand, der genau hinsieht, wird diese Änderung bemerken. Aber dann müssen die Menschen hierher kommen, die nicht nur auf relevante Dinge achten, sondern auch klug genug sind, um sie zu deuten.

Niemand kommt in mein Haus. Also muss ich mich vor keiner Entlarvung ängstigen. Jemand, der genau hinsieht, wird diese Veränderung bemerken.

19

Hannah

Die Krankenhausgeräusche drangen gedämpft und aus weiter Ferne zu mir durch. Ich merkte, dass eine große Hand die meine umfasst hielt – fest, trocken und warm.

David, dachte ich mit einem Aufflackern von Schuldgefühlen.

Steif drehte ich den Kopf und öffnete die Augen, rechnete damit, Sorge, Erleichterung – sogar Zorn – in seinem Blick zu lesen.

Stattdessen hatte ich einen verrückten Moment lang das Gefühl, durch einen Riss in der Zeit gesaugt worden zu sein, dass ich mit einem kleinen Jungen verheiratet war, auf dessen Gesicht sich solches Entsetzen malte, dass ich unwillkürlich zusammenfuhr und seine Hand umklammerte, als sei *er* derjenige, der sich im freien Fall befand.

„David!"

Meine Kehle brannte, und das Wort kam als harsches Krächzen heraus, doch es traf ihn wie eine schallende Ohrfeige. Augenblicklich waren sämtliche Gefühle in seinen Augen zu sehen, die ich erwartet hatte – sogar Zorn. „Bitte Hannah, verzeih mir, dass ich dich so schroff behandelt habe. Ich liebe dich über alles; *das musst du mir glauben.*" David wirkte verletzlich. Hilflos. „Ich werde mir nie verzeihen, dass ich nicht für dich da war, als du mich am meisten gebraucht hast. Dass ich dir nicht geglaubt habe. Alles wird gut, Hannah."

Da waren die Worte, auf die ich so lange gewartet hatte. Die Tränen drängten sich an die Oberfläche. David hielt mich in den Armen, und ich weinte in seine Armbeuge, während er sich über mich beugte und leise zärtliche Dinge in mein Haar murmelte.

„Das wollte ich nicht", schluchzte ich, doch ich konnte nicht einmal meine eigenen, halb erstickten Worte verstehen.

„Komm, wir sehen kurz nach Pia."

Ich spürte einen Luftzug im Rücken. Irgendwo wurde eine Tür geöffnet.

Hatte uns gerade jemand belauert?

Ich erschauderte bei dem Gedanken. *Blödsinn.* Ich sah Gespenster. *Sofia ... Mia ... Sofia.* Ich wusste nicht, ob alles gut würde. Ich musste mich zusammenreißen. Hier ging es nicht um Trost oder um

Pia. Sondern darum, dass meine Tochter und ich den 31. März überlebten.

„Pia … Pia …?“ Ich wollte meiner Schwester so vieles sagen, aber nur ihr Name kam über meine Lippen. Pia wurde künstlich beatmet. Sie sah so zerbrechlich aus. Ihr Brustkorb hob und senkte sich schwer.

„Einatmen, ausatmen.“ Mein Flüstern. Ich glaubte, selbst der Klang meiner Stimme strengte sie zu sehr an.

Pia war zwar bei Bewusstsein, aber ihre Augen waren geschlossen. Es gab nur kurze Momente des Aufwachens in dem kalten Überwachungsraum der Intensivstation. Ein Ständer, an dem mehrere Infusionen hingen, stand neben ihrem Bett, Schläuche führten in Pias Arme.

Es schmerzte mich, meine Schwester so zu sehen. Es schien, als legte man ihr erneut eine Bürde auf. An ihrem linken Zeigefinger klemmte ein Fingerclip, der den Sauerstoffgehalt im Blut überprüft. Er leuchtete hin und wieder rot auf. Die Werte wurden auf einem der Monitore angezeigt. Ich versuchte, das alles zu ignorieren und achtete auch nicht auf die anderen zahlreichen medizintechnischen Geräte, die Pias Körperfunktionen überwachten. Es gab zu viele beunruhigende Signale.

David war bereits nach Hause gefahren und Moritz musste zur Kripo. Im Moment existierte die Welt außerhalb dieses Krankenzimmers für mich nicht mehr. Meine verspannte Muskulatur benötigte dringend eine Massage, zu lange hatte ich auf einem Besucherstuhl in einer angespannten Haltung gesessen. Still sitzen, damit sich nichts veränderte, und Pia würde wieder gesund. Daran klammerte ich mich.

Ich fragte mich, ob Pia mich hören konnte. Ihre Haare kamen mir lichter vor und hatten ihren Glanz verloren. Stumpf und tot umrahmten sie ihr blasses Gesicht. Pia so in dem Bett liegen zu sehen, stimmte mich unendlich traurig. Ich spürte meine Tränen. Ein stiller Protest. Mein Blick glitt über die Konturen ihres Gesichtes. Ihre Wangen, ihr Kinn, ihre Stirn: zarten Rundungen. Aber wie lange noch? Die Hormontherapie hatte meine Schwester zusehends zerstört.

Ich konnte noch immer nicht fassen, was geschehen war und berührte sanft Pias Wange. Seit unserem Umzug nach Warnberg wurden wir bedroht. Pia hatte alles ignoriert und nun lag sie hier. Ich musste die quälenden Gedanken, dass Sofia und ich ebenfalls in Gefahr waren, aus meinem Kopf verdrängen. Sie halfen weder mir noch Pia. In ein paar Tagen würde sie kräftig genug sein, um die Fragen der Ermittler zu beantworten. Daran hielt ich mich fest.

Die Zeit war nur noch ein Sumpf, in dem ich langsam versank. Ich hatte keine Ahnung, wie viel Zeit ich schon neben dem Bett meiner Schwester verbracht hatte.

Pia bewegte den Kopf und murmelte etwas.

Ich beugte mich ein wenig vor. „Ich bin es. Hannah. Du liegst im Krankenhaus. Du bist in Sicherheit."

Mit Verzögerung vernahm ich ein Geräusch. Pieptöne. Die Überwachungsgeräte schlugen Alarm. Ich erschrak zutiefst. Mein Finger drückte die Taste neben dem Bett.

Endlos lange Sekunden vergingen, bis eine Krankenschwester ins Zimmer stürmte. Ich wurde zur Seite geschubst. Die professionelle Gelassenheit, mit der sie ihren Job ausübte, raubte mir den Atem. Sie forderte mich auf, das Zimmer zu verlassen.

„Ihre Schwester braucht jetzt absolute Ruhe, Frau Franke." Energisch nahm sie meinen Arm und führte mich zur Tür. Ich warf einen Blick über die Schulter, dann fiel die Tür zu.

Meine Welt hatte sich wieder einmal vollkommen verändert. Sie war nicht mehr friedlich. Pia und ich, Pias Nachbarin Charlotte, aber auch Mias Eltern wussten, dass Gott sich auch in der Hölle aufhalten konnte.

Zu Hause saß David in der Küche, die halbe Flasche Rotwein fast leer getrunken. Er sah mich kurz an und verstand. Ich musste nicht erklären, was im Krankenhaus passiert war. David schob seinen Stuhl zurück und fluchte leise. Mein Zorn auf ihn verflog in diesem Moment. Ich weinte mit ihm. Wir hatten uns endlich wiedergefunden.

„Hast du schon mit Moritz gesprochen?" Ich atmete tief ein, hob mein Kinn und sah ihn an.

„Ja. Er hat mir gesagt, dass die Polizei einen Verdacht hätte, aber die wollten sich noch nicht dazu äußern. Sie haben die DNA des Täters", antwortete er, holte ein zusätzliches Glas aus dem Schrank und füllte mein Glas. „Moritz musste auch eine Aussage wegen seines wirren Nachbarn machen."

„Theo Steiner?"

„Ja. Er ist vorgestern gestorben. Seine Frau hat einen seltsamen Brief bekommen. Darin behauptet der Verfasser, dass Theo nicht von einem Ast erschlagen wurde. Seine Leiche wurde von der Rechtsmedizin untersucht. Er wurde ermordet."

Schockiert sah ich ihn an. „Das ist ja furchtbar. Wer könnte denn so etwas tun?"
David räusperte sich. „Wenn sie den Täter gefasst haben, ist der Spuk vorbei." Er streichelte meine Hand. „Du bist blass. Du bist doch sicher erschöpft?"
Das war der alte David, den ich kannte. „Ja."
„Möchtest du ins Bett?"
„Ja."
„Gut. Du brauchst Ruhe, Liebling. Wir werden morgen sehen, wie es weitergeht."
Ich schluckte die aufkommenden Tränen hinunter. „David?" Ich wusste, wie er sich fühlte und ich wollte einen Schritt auf ihn zugehen. Das Eis über mir hatte Risse bekommen und begann zu schmelzen.
Und endlich konnte ich es aussprechen. „David, ich liebe dich."
David rührte sich nicht, hielt mich nur mit seinem Blick fest. Als befürchtete er, ich würde ihm entgleiten. Dann holte er tief Luft. „Ich habe geglaubt, du würdest mir, den Kindern, uns, deiner Familie entgleiten. Ich habe dich so vermisst, weil ich dich ebenfalls liebe ...?" Er weinte still.
Ich trank keinen Wein mehr. Auch David rührte sein Glas nicht mehr an. Wir sahen uns einfach nur an.
„Ich gehe ins Bett", sagte ich schließlich und stand auf. An der Küchentür drehte ich mich um. „Kommst du?"
Ich stieg langsam die Treppe hinauf ins Schlafzimmer. Meine bleierne Müdigkeit zog mich sofort in einen tiefen Schlaf ...

Ich schreckte schweißgebadet hoch und blickte zur Seite. Sanft berührte Davids Hand meine Schulter. Ich schüttelte den Kopf, immer wieder. Erneut weinte ich stille Tränen, weil ich wusste, dass es noch nicht vorbei war.
David zog mich an sich, nahm mich in den Arm. *Mein David.* Er schaukelt mich wie ein kleines Kind, flüsterte mir beruhigende Worte ins Ohr, hielt mich, bis keine Tränen mehr übrig waren.
Danach stand ich auf, um nach den Kindern zu sehen, ging durch den Flur. Vor Sofias Zimmer blieb ich stehen und horchte. Stille.
Vorsichtig öffnete ich die Tür einen Spalt. Sie schlief tief und fest. Ich ging hinein und blieb einen Moment vor dem Bett stehen. Beruhigt schloss ich die Augen und atmete den Duft meiner Tochter ein.

20

Hannah

Donnerstagnacht, 29. März 2018

3:33 Uhr
Als ich das erste Mal die undeutlichen Geräusche hörte, glaubte ich, mich verhört zu haben. Einen Moment später vernahm ich jedoch deutlich eine Stimme, die meinen Namen sprach. Das Bett neben mir war leer.

Ich streckte die Hand aus und drückte den Knopf auf dem Wecker. Die schwarzen Zeiger zeigten die Dreizinkenuhrzeit an. Warum schlich die Zeit nachts nur so unerträglich langsam? Und wo war David? Ich verließ mein Bett. Leise öffnete ich die Schlafzimmertür einen Spalt und spähte hinaus auf den Flur. Neben dem Nachtlicht drang ein schwacher Lichtstrahl vom unteren Stockwerk herauf. Das Herz schlug mir bis zum Hals, als ich über den Flur und anschließend die Treppe hinunterging.

„David?"

„Ich bin in der Küche, Hannah."

Ich schmunzelte, als ich meinen Mann am Küchentisch vor einen Glas Milch sitzen sah.

„Ich konnte nicht schlafen", sagte er leise. „Immer wieder gehen mir diese seltsamen Vorkommnisse durch den Kopf, die ich mir nicht erklären kann. Und dann die Sache mit Pia. Hoffentlich findet die Polizei den Irren bald."

Ich setze mich auf Davids Schoß und fuhr mit meiner Hand durch sein zerzaustes Haar, blieb kurz still. „Ich habe Angst, David. Jemand hat es auf unsere Familie abgesehen."

Er nickt. „Das behauptet Moritz auch, und mittlerweile glaube ich das tatsächlich. Wir müssen vorsichtig sein, Hannah. Jedenfalls, bis die Polizei den Täter gefasst hat."

„Es bringt aber nichts, wenn wir hier im Dunkeln grübeln. Geh bitte ins Bett, Liebling. Du hast morgen einen schweren Tag. Ich werde im Wohnzimmer noch ein wenig lesen."

David küsste mich auf die Stirn. „Du hast recht. Im Dunkel der Angst begegnen uns nur die Dämonen."

Ich zuckte zusammen. Irgendwo hatte ich das schon mal gehört.

Im Wohnzimmer nahm ich ein Buch zur Hand, konnte mich aber nicht darauf konzentrieren.

Es gab einen Ort zwischen Licht und Dunkelheit – zwischen Leben und Tod – wo ich lebte, nachdem ich Mia überfahren hatte. Das war mir im Krankenhaus an Pias Bett bewusst geworden.

Ich war gespalten – in das, was mein Körper machte, und in das, was meine Seele tief bewegte. Zwischen beiden herrschte eine scharfe Trennung. Jeden Tag wachte ich mit meinen Schuldgefühlen auf, stand auf, zog mich an, bewegte Arme und Beine und blinzelte, während meine Gedanken sich die ganze Zeit einfach nur im Kreis drehten. Das Ganze ging nicht über das Unmittelbare und das Praktische hinaus: Es wurde dunkel, und ich machte das Licht an, ich hatte Durst, und trank Wasser. Wenn ich Hunger hatte, aß ich. Ich kümmerte mich um meine Kinder, während meine Gedanken bei Pia weilten, und das immer näher kommende Datum versuchte zu verdrängen.

Ich konzentrierte mich seit Tagen aufs reine Überleben, sprach kaum, nicht einmal mehr mit Emma. Am kommenden Montag wollte ich ein letztes Mal Alina aufsuchen. Ich traute auch ihr nicht. Ich mochte sie nicht besonders, das war mir während den vergangenen Therapiesitzungen immer klarer geworden. Ich würde meinen alten Psychiater, Dr. Lange, wieder aufsuchen. Ich traute niemandem mehr, weder David oder Moritz, noch Emma, nicht einmal mir selbst.

Vor allem nicht mir selbst.

Gelegentlich schaute ich unverwandt in den Badezimmerspiegel und sah dabei nie etwas anderes als meine Augen, die mich fragend anstarrten, da ich seit dem Mordversuch an Pia sogar meine eigenen Erinnerungen an die Ereignisse der vergangenen Wochen anzweifelte. Ich erinnerte mich an die Nacht in der Küche, als David mich mit blutigen Armen fand, ich erinnerte mich an das Messer. An das Blut. Ich erinnerte mich daran, wie das eine zum anderen geführt hatte. Aber niemals hatte ich das selbst getan. Zumindest glaubte ich, mich *daran* zu erinnern. Mein Gedächtnis war schon immer unzuverlässig gewesen. Ich fragte mich, ob das alles wirklich so passiert oder ob es einfach nur alles war, was mein Verstand im Augenblick zuließ. Vielleicht würden die Lücken sich später schließen, wenn ich besser mit einer anderen Wahrheit umgehen konnte. Mit Mias Tod.

Die Wahrheit wurde zu oft überschätzt.

Alina redete von den Stadien der Schuld und wollte, dass ich meine Gefühle erforschte. David und Emma hielten das für eine gute

Idee. Vielleicht war sie das auch, aber seit ich vor Tagen eine Vision hatte, in dem zuerst das Blut zu sehen war und dann der Aufprall, zermarterte ich mir das Hirn. Dem sollte ich nachgehen und meine Schuldgefühle auf dem obersten Regalbrett im Kleiderschrank meiner Psyche lassen. Vielleich auch, weil ich Angst davor hatte, was ich dort finden könnte.

Schuld, Zorn, Schmerz, Depression. Inzwischen konnte ich mit den Begriffen umgehen wie die Jongleure im Zirkus, spürte, wie diese Gefühle um mich kreisten.

Meine letzte Sitzung mit Alina habe ich in völligem Schweigen verbracht, starrte dumpf auf den Teppich in ihrem Therapiezimmer, während Alina mit großen Pausen behutsame Fragen stellte.

Bald würde ich die Energie aufbringen müssen, um mit David über meinen Vorhaben zu sprechen. Ich lächelte, konnte mir vorstellen, dass ihm mein Plan gefallen würde. Aber ich schob es immer wieder hinaus, schließlich mussten Sofia und ich erst einmal den 31. März überstehen.

In gewisser Weise hoffte ich, dass das Vortäuschen von Gefühlen die echten Emotionen hervorrufen würden, doch alles, was ich seit dem Tod des kleinen Mädchen empfunden hatte, war ein Taubheitsgefühl, eine eisige Milchglasbarriere vor der Realität.

Ganze Stunden waren mir so abhandengekommen, auch mithilfe von Alinas grausigen Tabletten, verschwanden sie spurlos in meinem Kopf. Jetzt war ich zurück, und nichts hatte sich verändert, außer dem Zeigerstand auf der Wanduhr meiner Großmutter im Wohnzimmer.

3:33 Uhr.

Dreizinkenuhrzeit.

Ohne Datum auf dem Kalender.

Aber dennoch war da etwas in mir, von dem mein neues animalisches Selbst wusste, das besser ungesagt blieb. Besser unerforscht blieb. Ich kam allmählich dahinter, was es war. Es hatte etwas mit mir, meiner Kindheit und mit Pia zu tun. Aber darum konnte ich mich später auseinandersetzen.

Ich würde weiter schweigen und mich auf den 31. März vorbereiten. Ich fühlte bis auf die Liebe für meine Familie nichts und hing zwischen Licht und Dunkelheit – zwischen Leben und Tod –, bis ich erfuhr, woher das wahre Böse kam.

21

ICH

Auch Hannah kann nicht schlafen.

„Ich könnte dich töten, ohne dass es jemand bemerkt", sage ich leise, als ich sie durch mein Fernglas sehe.

Es sind nur Worte, aber sie lassen selbst mich erstarren. Tränen laufen mir über das Gesicht, ich lecke sie weg. Flüssige Trauer. Ihr salziger Geschmack ist teuflischer als jede andere Droge.

Vor meinem inneren Auge fleht mich die Kindermörderin an, sie zu verschonen, sie gehen zu lassen. Weil sie alles für mich tun würde, alles. Aber was kann Hannah schon tun? Sie hat den Eltern ihr Kind genommen, wie ihre Schwester mir meine Tochter. Was kann man da schon *tun.*

Ich schnüffle aus der Ferne an ihrer Angst und genieße dabei den Geruch und den Geschmack der Kälte, die mich umgeben. Dieses Gefühl, Hannahs Herz, das hinter ihren Rippen pocht, bald zu spüren, wie es schlägt ... Und später ... wie sein Ton in einer Nulllinie verebbt. Es macht mir mehr Freude, dieses Vögelchen mit meinen Händen zu zerquetschen, als sie mit einem Messer anzugreifen, wie es bei Pia der Fall war.

Ich betätige den Zoomer meines Fernglases gerade noch rechtzeitig, um zu sehen, dass Hannah plötzlich lächelt, als hätte sie eine Lösung für ihr Problem gefunden. Ich beobachte jede mimische Veränderung in ihrem Ausdruck. Je besser ich sie kennenlerne, desto mehr Freude werde ich später mit ihr haben.

22

Hannah

Freitag, 30. März 2018

Heute Morgen hatte David Hugo in die Schule gefahren, und war danach wieder nach Kopenhagen geflogen. Zum Abendessen würde er zurück sein. Zu meinem Schutz hatte er darauf bestanden, dass Emma zu mir kam – trotz meiner Proteste.

Ich war völlig ratlos. Zwei Tage lang hatte ich in jeder freien Minute auf meinen Laptop gestarrt. Auf die Bilder, die die Überwachungskameras lieferten, die David im unteren Bereich des Hauses hatte anbringen lassen. Bilder aus dem Wohnzimmer, wo die Kinder mich nicht zu vermissen schienen und wo Emma sich gerade wie die Mutter aller Nationen aufführte.

Was konnte ich noch tun, um Sofia zu beschützen? Die Zeit verlor sich wie ein Schneemann im Tauwetter. Ich hatte alle Spinnräder in meinem Königreich verbrannt, aber es hatte mir überhaupt nichts gebracht.

Mias Eltern konnte ich genauso von meiner Liste der Verdächtigen streichen, wie die feindseligen Mütter in Hugos Schule. Sie alle leugneten meine Existenz. Es war auch kein Spaßvogel aus dem Internet. Eine solche Person würde sich nicht die Mühe machen, in mein Haus einzudringen. Sie kam auch nicht hierher, um mir Sofia zu nehmen, solche Typen lynchten verbal.

Ich wusste nicht mehr weiter. Mir blieben nur noch wenige Stunden, um Sofia zu beschützen.

Zum tausendsten Mal nahm ich mein Notizbuch vom Nachttisch. Die Antwort musste darin zu finden sein. Aber wo? Ich kannte den Text auswendig, ich hatte so oft versucht, ihn mit Logik zu analysieren. Was hatte ich nur übersehen?

Die Antwort fand ich nicht.

Ich begann noch einmal von vorn und las meine Notizen über die erste E-Mail und das Gefühl, das mich jemand beobachtet hatte, als ich Hugo das erste Mal von der Schule abholte.

Die E-Mail: *Ab heute solltest du dich auf der Straße umdrehen. Ich könnte hinter dir stehen! Willkommen im Dunkel der Angst.*

Die WhatsApp: *Morgen wäre sie fünf geworden! Dank dir bleibt sie ewig vier.*

Die Nachricht an der Haustür: *Wir wollen keine fröhliche Kindermörderin in unserer Straße.*

Die bedrohlichen Anrufe. *Hast du etwas mit dem Tod deiner Mutter zu tun?*

Die E-Mail: *Du Mörderin ... Ende des Monats ist es vorbei. Dann wirst du wissen, was es bedeutet, eine Tochter zu verlieren. Ende des Monats ist es vorbei. Ende des Monats wirst du ... deine Tochter verlieren, sie sterben sehen.*

Jemand versucht, mich zu zerstören.

Wieder blickte ich auf den Bildschirm. Emma schlichtete einen Streit zwischen Sofia und Benny, der heute nicht in der Schule war, weil er sich unwohl fühlte. Ich hätte da unten sein sollen. Aber das hier hatte Priorität.

Wütend blätterte ich durch die Seiten. Nichts. Nichts, was mir geholfen hätte. Ich schleuderte das Notizbuch enttäuscht auf den Boden. Eine Seite fiel heraus – und ich sah sie zum ersten Mal. Oder erinnerte ich mich einfach nicht mehr daran, sie schon einmal gesehen zu haben?

Ich hob sie auf. Es war eine Zeichnung, die Hugo von mir gemacht hatte. Durch meine Kehle hatte jemand mehrere hässliche Striche gezogen und darüber *Schlampe* geschrieben.

Ich linste zum Laptop. Unten schälte Emma eine Banane für die Kinder. Dann starrte ich wieder auf die Zeichnung. Ich erkannte Hugos Zeichenstil.

Warum erinnere ich mich nicht an das Blatt? Warum nicht? Wer spielte da mit mir? Wer *saß* in meinem Kopf?

Schlampe – stand über die gesamte Breitseite geschrieben, meine Kehle widerlich durchtrennt.

Wieder schweifte mein Blick zum Laptop. Emma lachte und strich Sofia über den Kopf. Sie hatten Spaß. Alles sah so friedlich aus, so vertraut.

Ich folgte mit dem Zeigefinger den Konturen meines Halses. Plötzlich fragte ich mich, ob meine Kinder mich vermissen würden, wenn ich tot wäre. Ganz sicher, aber dennoch würde ihr Leben weitergehen. David würde um mich trauern, eine Zeitlang, und dann ... sich eine neue Frau nehmen.

In der Küche brach Emma die Banane in zwei Hälften, gab Sofia eine Hälfte, die andere reichte sie Benny. Dann schälte sie eine für sich.

Diese Frau verdrängt mich aus meinem Leben.

Ich blätterte in meinem Notizbuch zurück zu dem Satz:

Jemand versucht, mich zu zerstören.

„Mich!“ Ich schleuderte das Wort förmlich aus meinem Mund.

Das war es. Ich nahm Hugos Zeichnung noch einmal in die Hand. Sah mir das Wort *Schlampe* genau an und erkannte mit einem Mal die Handschrift.

Es ging hier gar nicht um Sofia. Jemand hatte es auf mich abgesehen. Warum hatte ich das nicht früher erkannt?

Tot … *Mein Tod.*

Es war so einfach. So erschreckend einfach.

23

Hannah

Die ganze Zeit war es Emma gewesen. Die Ereignisse der letzten Monate bekamen auf einmal eine Logik, alles machte einen Sinn. Hatten die Drohungen nicht genau nach unserem Kennenlernen angefangen? Hatte Emma mich nicht mehr als offensichtlich ausgesucht?

Sicher! Emma wusste, wo wir wohnten, wer wir waren, und sie kannte meine Geschichte - bevor wir hierherkamen. Dass wir vermögend waren. Ich war das perfekte Opfer. Eine schwache, isolierte Frau mit einem fetten Bankkonto und einem gut aussehenden, aber unglücklichen Mann.

Ich erinnerte mich wieder an unser Gespräch im Wintergarten: *„Es mag seltsam klingen, aber ich bin ein wenig eifersüchtig auf dich."* Und *„Du hast alles, was ich so gerne hätte."* Oder *„Schau mal, wie süß David zu deinen Kindern ist, schau dir das Haus an, in dem du wohnst, die Kleidung, die du dir einfach kaufen kannst, dein Auto, deine Kosmetika ..."*

Emma hatte mich wie eine Treppe ins Obergeschoss benutzt, mich zutiefst gedemütigt und sich meinem Mann an den Hals geworfen. Ich hatte ihr meine intimsten Gedanken anvertraut. Einfach alles. Meine Ängste, meine Zweifel, meine Eheprobleme. Wann ich mich stark fühlte, wann ich am Boden zerstört war.

Emma hatte mir diese E-Mail geschickt. Aber war sie in der Lage, mich oder Sofia zu töten? Mich vielleicht. Ich hatte jedoch immer den Eindruck, dass sie meine Kleine wirklich mochte.

Die ganze Zeit hatte ich nach einem unbekannten Gesicht gesucht. Dabei war die ganze Zeit der Feind in meinem Haus. Wie ein Lufthauch, immer präsent, aber niemals bewusst wahrnehmbar.

Emma kannte meinen Rhythmus mehr als jede andere Person in meinem Umfeld. Sie wusste genau, wann ich mich stark fühlte und wann ich einen kleinen Schubs brauchte, um in Panik zu geraten.

Warum hatte ich vergessen, dass Emma einen Zweitschlüssel besaß? Sie wusste, wann ich das Haus verließ, wann ich nach Hause kam, sie konnte in aller Ruhe hier herumschnüffeln. Vermutlich war sie auch an meinem Computer gewesen. Auch kannte sie die Menschen in unserer Straße, obwohl sie das stets bestritten hatte.

Sie hatte versucht, mich verrückt zu machen, um in Ruhe die Jagd auf David zu eröffnen. Ich hatte die Szene wieder vor meinem inneren Auge: ich, in der Kälte vor dem Küchenfenster mit nassem Haar, sie, in der mollig warmen Küche mit ihrem strahlenden Lipgloss-Lächeln. Ich sah sie wieder mit David am Küchentisch sitzen, sah, wie sie ihre Locken schüttelte und sich verführerisch mit der Hand durchs Haar fuhr. Sah, dass David etwas sagte und die Kerzen ausblies, während sie nickte. Ich blickte in das Wohnzimmer, ein Stillleben, in dem alles so war, wie es sein sollte. Bis auf die Schuhe, die Emma dort ausgezogen hatte … Sie gehörten nicht dorthin. Ich sah, wie das Licht ausging, und der Mond sich von mir entfernte, weiter denn je.

Wie ertappt die beiden sich vorgekommen waren, als ich die dunkle Küche betrat … Emma hatte die Kluft zwischen uns immer weiter vorangetrieben. Schläfrig langsam, dass niemand es merkte.

Ich nahm mein Telefon und rief Alina an, der Anrufbeantworter meldete sich. Die Praxis bliebt bis nach Ostern geschlossen. Ich hinterließ eine Nachricht. „Wenn Sie diese Nachricht hören, Alina, können Sie mich dann bitte sofort zurückrufen?“

Wieder blickte ich zum Laptop. Ein kaltes Lächeln huschte über Emmas Lippen. Ich sah den eiskalten Blick, den sie meinen Kindern zuwarf, der mir den Atem raubte. Ich erinnerte mich an das *Hello Kitty*-Malbuch, das sie für Sofia gekauft hatte. Das war kein Zufall. Sie hatte meine Aufzeichnungen gelesen.

Ich blätterte weiter und zuckte zusammen, als ich eine andere Notiz las: *Da war zuerst das Blut und danach der Aufprall! Erst das Blut! Danach der Aufprall!*

Plötzlich durchdrang die Wahrheit meinen Kopf mit solcher Wucht, dass ich keinen klaren Gedanken fassen konnte. Mir wurde eiskalt, meine Hände zitterten. Ich schloss die Augen. Und endlich war es da: Mias Gesicht. Das kleine blutüberströmte Gesicht, ihr Kopf, der auf die Windschutzscheibe prallte, ihr Körper auf der Motorschutzhaube, der Aufprall, als ich bremste – und sie überfuhr. Alles hatte ich vor meinem inneren Auge. Auch das Auto, das sich entfernte.

Das Blut war zuerst da …

Ich hatte Mia nicht überfahren. *Ich* hatte sie gar nicht überfahren! Ein anderes Fahrzeug hatte Mias Körper auf mein Auto geschleudert. Ich kannte die Handschrift auf Hugos Zeichnung, wie auch den Wagen, der in der Unfallnacht davongerast war.

Mias Gesicht … Endlich.

Ich rief David an, erzählte ihm von meiner wiedererlangten Erinnerung, von meinem Unfall und dass ich Mia gar nicht überfahren haben konnte, dass ein zweites Auto unmittelbar nach dem Aufprall davongerast war. Dass es Emmas Auto gewesen war, das ich damals gesehen hatte und dass ich es beweisen könnte.

Emma! Immer wieder Emma.

„Die Polizei hat damals fremde Lacksplitter am Unfallort gefunden, David, konnten sie aber nicht dem Unfall zuordnen. Aber sie wurden als Beweismittel sichergestellt. Damit können sie beweisen, dass ich es nicht war. Oh David, ich habe dieses kleine Mädchen nicht überfahren. Ich bin unschuldig."

David hörte geduldig zu, atmete schwer. Und legte wortlos auf.

Ich konnte Emma entlarven und mein Mann legte auf ...?

Ich hatte keine andere Wahl. Mit zitternden Händen wählte ich die Rufnummer von Hauptkommissar Bredeney.

24

Hannah

Vertrauen in David. *Mein David.* David, der mich beschützen wollte. Weil er mir das vor sieben Jahren versprochen hatte. Er liebte mich. Das hatte er mir vor seinem Abflug nach Kopenhagen gesagt. Drei Worte. Nicht mehr.

Und nun hatte er einfach aufgelegt.

„Hannah?“

Ich zuckte zusammen. Was sollte ich tun? Tausende Szenarien wirbelten in meinem Kopf. Mein Gefühl ließ sich willenlos mitschleppen und verlor sich im schwarzen Meer der Verzweiflung und im Dunkel der Angst, immer noch unter dem Eis.

„Ich komme, Emma!“, rief ich, atmete tief ein und aus und ging die Treppe hinunter.

Emma wartete unten auf mich. „Ich muss mit Benny zum Arzt.“ Ein kalter Blick streifte mich. „Ich nehme Sofia mit, Hannah. Dann kannst du dich ein wenig ausruhen.“

„Ich bin ausgeruht. Du kannst Benny mitnehmen. Sofia bleibt bei mir!“

„Aber ...“

„Kein aber, Emma. Ich möchte auch meinen Hausschlüssel wiederhaben.“

„Das muss ich zuerst mit David besprechen ...“

„Dann mach das!“ Ich zeigte auf die Haustür. „Du kannst ihn anrufen, aber draußen.“

Wutentbrannt drehte Emma sich um und verließ mit Benny mein Haus.

Im Wohnzimmer sah Sofia mich mit großen Augen an.

„Jetzt spielen wir beide ein bisschen, meine Kleine“, murmele ich zärtlich.

Meine Tochter schenkte mir ihr schönstes Lächeln.

Ich fragte mich, weshalb Emma sich nicht heftiger meinem Rauswurf widersetzt hatte.

„Mama lieb.“ Sofia streichelte mein Gesicht mit ihrer kleinen Hand. Ich habe aus einem Laken ein Zelt gebaut. Wir lagen auf vielen Sofakissen, die Welt war so zart wie eine Feder. Hier, unter dem Laken, waren nur sie und ich. Hier waren wir sicher und ich konnte endlich ich selbst sein. So lagen wir eine Weile nebeneinander und sahen uns an. Ich wollte mir ihrer Augen, wie sie jetzt waren, für immer einprägen. Das Gefühl, das diese Augen in meinem Herzen auslöste. Groß und blau waren sie, mit braunen Pünktchen, lange Wimpern. Vertrauen lag in ihrem Blick.

Ich strich mit meinen Fingern über ihren Arm und kitzelte sie an ihren Hals. Sie lachte laut auf und drückte ihren samtweichen Körper gegen meine Brust.

„Ich liebe dich auch. Mehr als alles andere auf der Welt."

Ich dachte an Mia. An ihre Mutter, die nie wieder einen solchen Moment erleben würde.

Ich dachte an Pia, die die Ärzte morgen aus dem künstlichen Koma holen wollten.

Ich dachte an den 31. März, an die wenigen Stunden bis dahin. Dass ich Sofia nicht vermissen wollte, dass ich lieber tot wäre als eines Tages, ohne sie weiterleben zu müssen.

Sofia trat ihre Beine gegen das Laken. Der Lufthauch, der mir entgegenkam, war voller pudriger Körperduft. Auch das wollte ich abspeichern. Auch wenn Sofia das Gymnasium besuchte, sie erwachsen war, heiratete und eigene Kinder bekam, so wollte ich mich an diesen Moment erinnern.

Ich legte meine Arme um sie und gab ihr einen Kuss auf die Stirn. Ich würde sterben, wenn dieser Kleinen etwas zustoßen würde.

„Mama lieb."

Mein Handy leuchtete auf. Das Display zeigte eine unbekannte Rufnummer. Es war die gleiche seltsam klingende Stimme. „Hast du beim Tod deiner Mutter nachgeholfen? Es hat dir wohl zu lange gedauert, bis du das Erbe antreten konntest."

Ich warf das Handy in eine Ecke. Die Anrufe berührten mich nicht mehr.

„Sofia lieb. Ich liebe dich mehr als alles andere auf der Welt." Ich strich meiner Tochter liebevoll über das Haar.

Irgendwann schliefen wir beide auf dem Sofa ein.

Ein Kichern weckte mich auf. Völlige Dunkelheit starrte mir entgegen. Jemand hatte die Außenjalousien heruntergelassen, sodass kein Tageslicht in das Zimmer eindringen konnte. Plötzlich hörte ich ein Geräusch.

„Sofia?" Keine Antwort. „Sofia, wo steckst du denn?"

Da! Ein Kichern kam aus einer Ecke des Wohnzimmers. Dann *ihre* Stimme.

„Du hättest Sofia auf *deiner* Couch mit *deinem* Körper fast erstickt. Ein Glück, dass ich noch einmal zurückgekommen bin“, zischte Emma und betätigte den Lichtschalter.

„Mami … Mami lieb.“

In ihren Armen hielt Emma meine Sofia, mein Mädchen, mein Herz. Ich spürte, wie die Panik durch meine Adern floss, weil ich wusste, was das bedeuten könnte.

„Mami … Mami.“ Sofia streckte mir ihre zarten Arme entgegen.

Emma erstickte Sofias Ruf nach mir, indem sie die Kleine an ihre Brust drückte. Mit einem warnenden Blick sah sie mich an.

„Es hat keinen Zweck, Emma“, sagte ich mit ruhiger Stimme. „Es ist vorbei. Ich weiß, dass du Mia überfahren hast. Lass mein Kind los. Du willst ihr in Wahrheit doch gar nichts antun.“

Tränen überfluteten jetzt Emmas Wangen. Rote Flecken verbreiteten sich auf ihrem Hals und ihrer Brust, als sie Sofia auf den Boden setzte, auf mich zukam und mir einem Kinnhaken versetzte. Vor meinen Augen wurde es schwarz.

25

ICH

Ich bin jemand, der impulsiv handelt. So bekam ich die Schlüssel zu Hannahs und Pias Haus, und so beförderte ich die Spendensammlerin, den alkoholsüchtigen Ex-Lehrer, Theo Steiner und die alte demente Mutter dieser Kindermörderinnen in die Einbahnstraße zur Ewigkeit. Und Pia …? Es bleibt abzuwarten, was aus ihr wird.

Ich denke regelmäßig an diese Menschen und frage mich, ob ich meine Impulse nicht besser hätte eindämmen sollen. Die Untersuchungen sind noch nicht abgeschlossen, wie ich gestern in der Zeitung las. Natürlich würden sie Spuren an den Körpern meiner Opfer finden. Ich hörte, wie die Kassiererin im Supermarkt sagte, dass sie DNA-Material sichergestellt hätten. Das wäre dann mein Ende, denn diese werden unweigerlich zu mir führen.

Als Greta starb, wollten die ermittelnden Beamten eine Fremdeinwirkung ausschließen und haben von Jonas und mir eine DNA-Probe genommen. Ich bin also in ihrer Datenbank registriert.

Ich überlege, mein Haus zu verkaufen und eine Weltreise zu machen. Nur muss ich dann Greta zurücklassen und dieser Gedanke ist immer noch unerträglich. Wenn ich allerdings verhaftet werde, ist es auch nicht mehr möglich, zu Gretas Grab zu gehen. Im Moment ist mein Dilemma eine Nummer zu groß für mich, um eine endgültige Entscheidung zu treffen. Und ich habe meine Mission noch nicht beendet. Pia ist immer noch da – zwar im künstlichen Koma, aber immerhin. Und diese andere Person – ich gebe ihr noch zwei Tage …

Ich werde es langsam angehen lassen und erst einmal eine Handvoll Erde von Gretas Grab mitnehmen. Dann trage ich immer etwas von ihr bei mir. Es mag seltsam und bizarr klingen, aber ich würde sie am liebsten ausgraben und mitnehmen, wenn ich fortgehe. Sie ist *mein* Kind. Immer noch, obwohl ihre Stimme in meinen Gedanken mein Tun verurteilt.

Gelegentlich nehme ich den Pullover in die Hand, den ich für mein Mädchen gestrickt habe. Manchmal trage ich ihn.

Mama hat einen schönen blauen Pulli für mich gestrickt. Er ist mir immer noch ein wenig zu groß. Aber das spielt keine Rolle. Ich erzählte in der Schule, dass ich einen Pullover zu Ostern bekommen hätte und die Mädchen meinten, ich solle ihn nach den Osterferien anziehen, damit sie ihn sehen könnten. Aber das mache ich nicht, denn sie werden mich nicht in Ruhe lassen, bis sie ihn zerstört haben. Ich weiß nicht, wie ich das meinen Eltern erklären soll.

Jedes Jahr darf ich mir beim Anblick des Osterfeuers in Gedanken etwas wünschen. Mein sehnlichster Wunsch wäre, dass die Mädchen mich nach den Osterferien in Ruhe lassen. Ich werde das Osterfeuer anflehen. Lautlos.

Ich war stets diejenige, die forderte, den Wunsch nur in Gedanken zu äußern. Deshalb bin ich die, der der Rache eine Gestalt geben musste. Und wenn ich fortgehe, nehme ich zumindest Gretas Pullover mit. Sie hat ihn nur für mich und Jonas beim Osterfeuer getragen.

Ich habe versucht, den Rachegedanken, der mir Tag und Nacht den Schlaf raubt, keinen Raum mehr zu geben, aber ich schaffe es nicht. In meinem Kopf nehme ich zuerst einer Mutter ihr Kind, wie man es mir genommen hatte, und lege dann meine Hände um Hannahs Hals und töte diese Kindermörderin. Ich komme erst nach dem Aufwachen wieder zur Besinnung, weil ich sehe, dass kein Blut an meinen Händen klebt.

Dennoch muss ich es zu Ende bringen.

Ich bin am Ziel meiner Reise angelangt.

In der *Perdition Road* wird in Haus Nummer 17 Hannah gleich wissen, wer ich in Wahrheit bin. Sie wird auch wissen wollen, warum ich Pia niedergestochen und Theo und die anderen Menschen getötet habe. Aber nicht ich, sondern meine Schwester Emma wird es ihr sagen. Ich werde gehen ... Vielleicht werde ich ... wir werden sehen.

Meine Schwester öffnet mir die Tür, sie steht vor mir, nur eine Armlänge entfernt. „Gut, dass du gekommen bist. *Sie* ist im Wohnzimmer. Sie weiß, dass ich hinter den Drohungen stecke."

„Weiß sie auch von mir?"

Emma schüttelt den Kopf. Ich betrete das Haus, schließe die Haustür hinter mir, sperre die Außenwelt aus. Wir sind allein.

„Benny und Sofia spielen im Kinderzimmer, ich habe sie dort eingeschlossen. Sie ahnen nichts von dem, was sich gleich in diesem Haus abspielen wird."

Gut!

Ich betrete das Wohnzimmer. Hannah liegt auf dem Sofa und stöhnt. Sie kommt langsam zu sich. In Windeseile hole ich die mitgebrachte Injektion Carfentanyl aus meiner Tasche, entferne den Nadelschutz und injiziere ihr eine Überdosis.

Hannah ... Wie sie da so liegt ...

Sie trägt eine weiße Bluse und hellblaue Jeans, passend zu ihren hellen Augen, von denen ich weiß, dass ich sie niemals vergessen werde, seit ich sie zum ersten Mal sah.

„Das wird reichen, Emma. Du hast eine Stunde Zeit und kannst sie nutzen, um das hier zu Ende zu bringen, bevor Hannah ins Koma fällt. Ich hatte meine Rache und muss jetzt verschwinden. Die Polizei hat meine DNA. Sie werden bald wissen, dass ich die Morde begangen habe."

Emma stößt ein tiefes Grollen aus, die freudlose Variante eines Lachens. „Wie bitte? Was für Morde? Ich will Hannah doch nicht töten, sie soll nur für eine Weile in eine psychiatrische Klinik verschwinden. Bist du vollkommen irre? Erzähl nicht so einen Blödsinn. Dass du Pia so schwer verletzt hast, kann ich ja noch nachvollziehen, aber ..."

„Du musst das alles nicht für mich tun, Emma", entgegne ich ruhig und streichle ihr Gesicht. „Wenn die Seele sich einmal in das Dunkel begibt, wird die Dunkelheit die Seele für immer mit Tinte schwärzen. Du kannst noch zurück. Ich nicht. "

Ich umarme meine Schwester, drehe mich um und lasse sie spürbar fassungslos zurück.

26

Hannah

„Hey … Aufwachen!“ Emma schüttelte meine Schulter.

Mit Mühe öffnete ich meine Augen. In meinem Kopf rauschte der Wind, mein Körper fühlte sich wie Blei an, als hätte er seine ganze Energie verloren.

Ich starrte auf das abgedunkelte Fenster.

„Keine Sorge“, flüsterte Emma. „Es wird nicht mehr lange dauern. Sie hat dir eine Injektion verpasst, als du friedlich auf der Couch geschlummert hast. Ich werde mich sehr gut um Sofia kümmern.“

Sie …?

Emma lächelte gutmütig, aber hinter dem Lächeln loderte der Irrsinn. Ihre Bewegungen waren hektisch. Mir fiel eine Wochenendtasche auf, die prall gefüllt war. Sofias Hose hing an einer Ecke heraus. Auf dem Couchtisch lag eine Pistole.

Ich konzentrierte mich auf Emma – versuchte es zumindest –, sah das Tuch in ihrer Hand, mit dem sie den Türgriff sauber rieb.

Mir wurde klar, dass ich sterben, dass Sofia ihren Vater nie wieder sehen würde, wenn ich nichts unternahm. Dass Hugo vor der Schule auf mich wartete, dass seine Mutter nicht kam, um ihn abzuholen. Ich musste alles versuchen, um meine Kinder zu schützen. Aber wie? Ich konnte meine Lider kaum offen halten. Meine einzige Chance war die Waffe auf dem Tisch.

Ich hatte Sofia in Gedanken vor Augen, die ihre Ärmchen nach mir ausstreckte. Ich spürte Hugos Präsenz in meinem Herzen. Emma stand mit dem Rücken zu mir. Ich musste den Versuch wagen. Ich konzentrierte mich, betete zu Gott um Kraft und richtete mich auf. Hatte Erfolg.

Mit großer Anstrengung und Schmerz schaffte ich es, mich vorzubeugen. Ich schob mein linkes Bein nach vorn, dann das rechte. Ich stütze mich mit der Hand ab und …

Wie ein Betonklotz donnerte ich auf die kalten Fliesen. Mein Kopf schlug auf den kalten Boden auf, meine Schulter kugelte aus, meine Nase brach. Schmerzpfeile schossen durch meinen Körper. Meine Organe zogen sich zusammen, mein Gehirn zersplitterte. Die Waffe fiel vom Tisch, während die Welt zu einem Meer aus Schmerz wurde, durch das der Tod wie schwerer Seetang schwebte.

Ruckartig drehte sich Emma um, schmiss die Puppe in eine Ecke, griff nach der Waffe und kam auf mich zu. Sie legte sich auf mich. Ich fühlte ihren Atem auf meiner gerissenen Oberlippe. Mein Blut tropfte auf ihr Haar, unsere Blicke trafen sich.

Gelähmt von den Schmerzen, den Substanzen, und den Tod vor Augen, lag ich weinend und geschlagen auf dem Boden.

„Ich will nicht sterben, Emma.“

„Ich auch nicht. Aber ich habe keine Wahl.“ Emma setzte den Lauf der Pistole an meine Schläfe. „Wenn ich gehe, gehst du auch.“

So nah war sie mir noch nie gewesen, und doch so weit entfernt. In diesem Moment kam mir der seltsame Gedanke, dass wir zwei austauschbare Frauen waren. Zwei Mütter, die ihr Leben für ihre Kinder geben würden. Eine, die ihren Ehemann liebte, die andere, die ihren geliebt und sich von ihm getrennt hatte. Zwei Frauen, die in derselben Stadt lebten, sich um ihre Kinder sorgten, zu spät Geburtstagskarten verschickten, die manche Tage hin und wieder gegen die Nostalgie der Vergangenheit gern eingetauscht hätten. Die sich in den vergangen Wochen und Monaten jeden Tag gefragt hatten: Warum ist mir das passiert? Doch dann ... die verlorene Liebe, Emmas Scheidung, ein kleines totes Mädchen. Traumata. Neid. Intrigen, Hass, Wahn.

„Es tut mir leid“, flüsterte sie und setzte sich neben mir auf den Boden.

„Es tut mir auch leid, Emma.“ *Was konnte ich sonst sagen?*

„Sie hat mich dazu überredet, das alles zu tun, Hannah. Aber sie ist mit ihrer Rache zu weit gegangen. Sie hat vier Menschen getötet und deine Schwester lebensgefährlich verletzt.“

Sie?

„Von wem redest du?“ Nur mühsam kamen die Worte über meine Lippen.

„Nein, von meiner Schwester. Von Alina.“

Mir wurde übel. Ich spuckte Blut.

In meinem Körper fing es an zu schneien. Große, weiße Flocken, die mein Blut verdickten und die Welt in ein Wintermärchen verwandelten – ohne Happy End. Schneeflocken, die alle Geräusche dämpften, und das Leben isolierten. Schneeflocken, die mein Herz zu einem Schneeball zusammenpressten.

Keine Dreizinkenuhrzeit mehr.

Die Zeit stand still.

„Alina ist deine Schwester?“

Sie nickte. „Weißt du, was es bedeutet, ein Kind durch Selbstmord zu verlieren? Hast du überhaupt eine Ahnung davon? Alina hat diese Erfahrung gemacht. Ihre Tochter Greta hat sich, als sie zwölf war, umgebracht. Und dann kamt ihr, du und Pia in diesen Ort, in die *Perdition Road*, wo Alina und ich trauerten. Da wurden wir verdammt wütend. Als ich Pia das erste Mal im Supermarkt sah … Es war komisch. Ich habe es zunächst nicht begriffen. Wahrscheinlich wollte mein Gehirn es einfach nicht begreifen, hat es hinausgezögert, so lang es nur ging. Ganz unwirklich. Und als ich es begriff, dass Gretas ehemalige Lehrerin …, als ich es begriff, was ich tun musste … Es war … so naheliegend. Pia hat Greta wegen ihrer Gedankenlosigkeit mit auf dem Gewissen. Sie ist eine Mittäterin."

Perdition Road? Sie nennt die Memlingstraße Straße der Verdammnis?

Emmas Blick machte mir Angst. „Alina hat mir einmal gesagt, dass sie zur Außenseiterin wurde, weil sie zu viel verloren hatte", flüsterte sie.

„Sie hat meine Mutter getötet, Emma, und Theo Steiner, und wen alles noch. Meine Schwester niedergestochen. Und das alles aus Schmerz, aus Rache?"

„Es geht um viel mehr. Wenn ein Kind stirbt, ist das Leben danach wie ein defektes Mobile in Schieflage. Ich habe Alina lediglich die Zugangsdaten zu deinem und Pias Account besorgt. Und ich bin in den letzten Monaten sicher nicht täglich durch die Gegend gelaufen, mit dem Gedanken im Kopf, dass meine Schwester einen Menschen getötet haben könnte. Ich …"

Meine Hände zittern so sehr, ich presste sie flach auf meine Oberschenkel, um sie ruhig zu halten. Mein Mund war furchtbar trocken. „Warum wollte Alina, dass ich mich an Mias Gesicht erinnere? Doch nicht wegen Greta, oder? Ich erinnere mich wieder, aber mit dieser Erinnerung kam auch die Wahrheit ans Licht."

Emma atmete tief ein. „Idiotisch, vollkommen idiotisch. Du lügst! Alina hat mir gesagt, dass du dich nicht an Mias Gesicht, an ihre letzten Sekunden erinnern konntest." Sie war starr vor Wut. Mit einem Mal lachte sie laut auf, verstummte, sah mich mit großen, kalten Augen an. „Du wolltest die Wahrheit, Hannah. Und ich wollte sie auch. Ich war es, der wissen wollte, wie das kleine Mädchen ausgesehen hat, als es starb. Es stimmt! Ich wollte es wissen, weil ich sie überfahren und Fahrerflucht begangen habe. Du warst nur zur falschen Zeit am falschen Ort. Und Alina hat mir dabei geholfen." Sie keuchte. „Warum konntest du dich nicht an ihr Gesicht erinnern, du Schlampe?"

Stille. Ein, zwei Sekunden lang. Die Luft zwischen uns vibrierte. Der Moment dehnte sich schmerzhaft aus. Ich ertrug es, musste Ruhe bewahren.

Emma hielt mir die Pistole weiter an den Kopf. „Dieses Haus ist viel zu groß … und so leer. Es sieht aus, als seist du nie wirklich hier eingezogen.“ Sie hob den Blick, wir sahen einander in die Augen. Etwas schien in Emma zu zerreißen. Dann sprudelte ihre Seelenqual aus ihr heraus, in kurzen, heftigen Schüben. „Sag mir bitte, wie das Mädchen ausgesehen hat“, flehte sie mich an.

Ich schluckte und fragte mich, was Emma mir in Wahrheit sagen wollte, während ich die Pistole an meiner Stirn spürte. Ich durfte nicht in Panik geraten. Meine Gedanken überschlugen sich.

„Mia hatte eine Narbe ...“, flüsterte ich.

Emma runzelte die Stirn. Ein trauriges Lächeln huschte über ihre Lippen. Dann lief sie zum Fenster und zog die Jalousien hoch.

27

Hannah

„Sie hatte eine Narbe direkt über ihrer Augenbraue. Und ein wirrer Pony … Eine Brosche mit einer Blume hielt eine Haarsträhne aus Mias Gesicht."

Emma sah mir in die Augen. Sie bewegte sich nicht, sagte nichts, blinzelte nicht einmal. Aber sie hörte mir zu, ich erkannte es an ihren Pupillen, die immer kleiner wurden, und an den winzigen Falten, die sich auf ihrer Nase bildeten.

„Ich erinnere mich wieder", flüsterte ich. Meine Worte zehrten an meiner Kraft. „Sie hatte Sommersprossen auf der Nase und dichte, volle Wimpern. Da … da war Schnee in ihrem Pony." Ich sprach nicht mit der Frau, die mich mit einer Waffe bedrohte, sondern mit der Frau, die Mia überfahren hatte und ihren Tod ebenso wenig verkraftet hatte wie ich. Nur hatte ich diesen Unfall nicht verschuldet und ich konnte endlich mit meiner Schuld abschließen und mein Leben wieder atmen. Aber was spielte das noch für eine Rolle? Um mich zu schützen, war ich jetzt Emmas Augen, ich gab ihr die Antworten, die sie so sehr brauchte, um abschließen zu können.

„Es war ein Unfall, Hannah, es ging so schnell", wimmerte Emma. Ihr Atem stockte für einen Moment, bevor sie es wagte, eine Frage zu stellen. „Hatte das Mädchen Angst?"

Mein Mund war voller Blut. Ich schluckte die Hälfte hinunter, und ließ die andere Hälfte aus dem Mundwinkel laufen. „Ich … Ich weiß nicht. Ich habe es nicht gesehen. Erst als Mia auf dem Boden lag … Es tut mir so leid und …"

Emmas Kinn begann zu zittern, ihre Augen füllten sie mit Tränen.

„Ich saß neben ihr, im Schnee. Ich drehte das Mädchen um." Ich holte tief Luft. „Schnee war in ihrem Haar und auf ihrer Wange. Ihr Kopf hing schlaff zur Seite. Ich säuberte ihr Gesicht, sie sah fast aus wie eine Puppe."

Emma weinte.

„Ein Auge … Nur ein Auge war offen. Ihr rechtes. Es war blau."

„Und der Schmerz?"

„Keine Schmerzen. Keine Angst. Sie … sie sah friedlich aus, Emma.“

„Friedlich?“

Ich sah Mia wieder am Boden liegen. Ein Schneeengel mit schwarzem Ebenholzhaar und einem wunderschönen Mund. Ich fühlte ihren Kopf noch immer in meinen Händen, der Schock, als ich erkannte, was ich glaubte getan zu haben. Wie ich meine Hand unter ihren schlanken Hals schob und ihren Kopf hob, wie sich ihr Mund öffnete, ich streichelte ihr Haar, wie ich meinen Mund auf ihre Lippen legte, und versuchte, sie zu retten. „Ja, friedlich, schön und friedlich“, wiederholte ich.

Emma sah mich hilflos an.

„Sie schmeckte nach einem Lolli“, fuhr ich fort.

Emmas Augen wurden groß. „Wirklich?“

„Und ihr Haar, das duftete nach Frühling, nach … Ich weiß nicht.“

„Nach Apfelshampoo?“

„Ja, das war es, nach Apfelshampoo.“

Emma nahm die Pistole von meiner Stirn. „Ich habe das alles nicht gewollt. Ich habe niemanden getötet“, wimmerte sie. „Pia ... Das Küchenmesser. All das Blut … Ich habe Alina nur angestarrt, einfach nur angestarrt. Fassungslos. Ich war unfähig, zu begreifen, was da gerade geschehen war. Was meine Schwester in dieser Nach getan hatte. Erst da begriff ich, wie krank sie ist.“

Ich stöhnte vor Schmerzen. Die Welt verzerrte sich, Emma bekam die Farbe des Wassers, durch das Sonnenstrahlen schimmerten, dann tauchte ich ab in das tintenschwarze Wasser, in eine grenzenlose Tiefe.

Hello-Kitty-Island.

Ein grelles Blau, nur kurz, mit langen Schatten. Dann wieder Schwärze. Dunkelblaue Krallen zogen meinen Körper aus der Tiefe des Meeres.

Polizeisirenen gaben jaulende Töne von sich.

Gib nicht auf. Höre nicht zu. Weitermachen, ich darf nicht einschlafen!

Irgendwo im Nebel meines Bewusstseins lief Emma zum Fenster und wieder zu mir.

Weißes Licht.

Eine Stimme.

Ein kleiner roter Punkt, ein Sammelsurium von blechernen Geräuschen.

Jemand zielte durch das Fenster auf Emma.

Wo war Sofia?

Bleib am Leben.

Nicht einschlafen!

Nicht aufgeben. Kämpfe. Halte durch!

Ich hörte das Wort „Polizei“ und „Lassen Sie die Waffe fallen!“

Emma schaute sich um, schrie, versuchte, den roten Punkt auf ihrer Schulter wegzuwischen. Blickte mich an.

„Lassen Sie die Waffe fallen, Frau Schwarz!“ Ich erkannte die Stimme von Kommissar Bredeney. Sie kam von draußen und klang seltsam hohl. „Legen Sie die Waffe auf den Boden, ganz langsam!“.

Sie hob Sofias Puppe, die auf dem Boden lag, in die andere Hand. Ihr Blick war voller Verzweiflung. Voller Trauer. Nein! Voller mütterlicher Liebe.

Der kleine rote Punkt tanzte jetzt auf ihrer Brust.

Ein schwaches „Nein“ entglitt mir. Kaum zu verstehen.

Hinter uns trat die Polizei die Tür ein. Ich konnte es nicht sehen, aber ich konnte es hören.

„Polizei!“, schrie Bredeney. „Lassen Sie die Waffe fallen, Frau Schwarz!“

Bredeney stand einfach da, nur ein Schatten.

Dann wurde es still. Emma sah auf eine seltsame Weise glücklich aus. „Apfelshampoo und Lutscher“, brach es aus ihr heraus. „Dann haben ihre Eltern sie vor dem Unfall gebadet.“ Ein tiefer Seufzer. „Oh, ich rieche Mia jetzt auch, der frischen Duft von Äpfeln, ich höre ihr Lächeln und fahre mit meinen Fingern durch ihre langen schwarzen Haare. Apfelshampoo – als hätte ich das Mädchen für den Himmel vorbereitet.“

Mit einem Mal hob Emma in einer einzigen fließenden Bewegung die Hand an ihren Kopf und schoss.

Der Schuss war ohrenbetäubend, die Kugel durchbohrte ihre Schläfe. Ihr Körper fiel zur Seite.

Ich spürte die Blutspritzer auf meinem Gesicht, dann nichts mehr.

Das Letzte, was ich verschwommen wahrnahm, war David, der Hugo auf dem Arm hatte und seine Hand vor Hugos Augen hielt.

Dann nur noch Dunkelheit.

28

Pia

Einige Wochen später

Ihr Haus fühlte sich nach ihrer Entlassung aus dem Krankenhaus nicht mehr wie ein Zuhause an, und sie und Moritz hatten vereinbart, es zu verkaufen. Sie wollten Warnberg für immer verlassen. *Verlassen ...*

Es war seltsam, aber sie wollte auch erst dann wieder mit Moritz im selben Bett schlafen. Sie hatten keinen Streit, es gab keine Spannungen, keine Schuldgefühle. Sie liebte ihn. Manchmal schaute sie ihn an, wenn er in der Küche das Essen zubereitete. Dann erinnerte er sie an jemanden, den sie einst gekannt, dessen Namen sie aber vergessen hatte.

„Es sind die Nachwirkungen des Komas und des schweren Traumas, Frau Bachmann“, hatte der Neurochirurg erklärt.

Moritz versuchte nicht, sich ihr zu nähern, wie es anfangs der Fall gewesen war. Es war die Hormontherapie, sagte sie sich, ihr Aussehen. Es gab offensichtlich keine Anziehungskraft zwischen ihr und Moritz, obwohl sie beide hektische Versuche unternahmen, dies zu leugnen. Sie hatte Moritz bereits ein paar Mal gesagt, dass sie kein Problem damit hätte, wenn er eine andere Beziehung eingehen würde. Er hatte das stets energisch von sich gewiesen. Zu früh, vermutete Pia. Vielleicht zog sie auch nur voreilige Schlüsse.

Nur keine Probleme ansprechen.

Wenn sie das Haus verkauften, würden sie auch den Hausrat fair aufteilen, falls es zu einer Trennung kommen sollte. Sie hatten beide eine Liste über die Dinge gemacht, die sie gerne hätten, aber weder Moritz noch sie erwähnten die Möbel im Kinderzimmer, außer den weißen Schaukelstuhl. Er gehörte ihr und ihn wollte sie behalten. Vielleicht sollten sie die Wiege, die Kommode, die Wäsche und die Kleidung der Heilsarmee geben.

Im Supermarkt waren Emma und Alina, und ihre Taten, immer noch das Tagesgespräch. Pia hatte den Klatsch verpasst, da sie zu diesem Zeitpunkt noch im Krankenhaus gelegen und sich später zu Hause erholt hatte. Die Kassiererin erzählte ihr, dass die Klatschbasen Alina verfluchten. Alle waren davon überzeugt, dass sie das Gefängnis nicht so schnell verlassen würde. Alina war immer noch auf der Flucht und die Bezeichnungen für diese Frau waren zunächst aggressiv und boshaft gewesen. Die Polizei hatte ihre Spur verloren. Wochen später änderte sich der Tonfall im Ort ein wenig und es gab sogar Worte des Mitleids für ihren verwirrten Geist.

„Sie hat den Selbstmord ihrer Tochter nicht verkraftet. Wir haben nicht gesehen, was wirklich in ihr vorging."

„Ein Kind zu verlieren ist doch das Schlimmste, was dir passieren kann, und wenn dieses Kind auch noch Selbstmord begeht, weil es gemobbt wurde, wirst du für den Rest deines Lebens mit einem Schuldgefühl belastet sein."

„Alina hat es nicht kommen sehen und hat deshalb mit einem unermesslichen Zorn reagiert."

In einer ländlichen Stadt, in der jeder jeden kannte und jeder immer etwas über den anderen wusste, das man besser nicht an die große Glocke hing, würden dieselben Leute eines Tages auch sie mobben. Da war sich Pia sicher. *Du bist schuld,* würden sie hinter vorgehaltener Hand sagen. *Als Lehrerin hättest du besser auf Greta achten müssen. Dann wäre das alles nicht geschehen.*

Die Kassiererin war die Einzige, die aussprach, was alle dachten: Jede Mutter würde verrückt werden, wenn ihre Tochter im Winter mit mehreren Packungen Schlaftabletten im Magen und spärlich bekleidet, in einer Plastikhülle tot im Garten aufgefunden wird. Sie sagte aber auch, dass alle glücklich darüber waren, dass Pia rechtzeitig Hilfe bekommen hätte und dass es Hannah gut ging. Eine gebrochene Nase hatte noch niemanden umgebracht. Aber wie lange würden sie das noch sagen?

Niemand hier sprach mehr von Theo. Einerseits tat es gut, das alles zu hören, andererseits wiederum nicht.

Pia wollte hier weg und woanders wieder als Lehrerin arbeiten. Die Angst würde sie in Warnberg stets infizieren, zumal Alina immer noch flüchtig war.

Gretas Mutter hatte sie als Opfer gewählt, weil sie blind und taub für das Leid der Tochter, weil sie zu sehr mit sich beschäftigt gewesen war. Damit sollte ab sofort Schluss sein. Keine Hormontherapie mehr.

Sie hatte Hannah auf das Übelste beschimpft. Weil sie dachte, dass ihre Schwester ein vierjähriges Mädchen überfahren hatte, wie alle das angenommen hatten. Selbst ein Gericht hatte Hannah deswegen verurteilt. Dabei war es Emma gewesen.

Sie stand tief in Hannahs Schuld.

29

ICH

Mai 2018

Pia ist aus dem Koma aufgewacht. Es stand in der Tageszeitung, die ich an der Tankstelle gekauft habe, und, dass ich wegen mehrfachen Mordes oder Totschlags und eines versuchten Mordes verdächtigt und per Haftbefehl gesucht werde. Ich las auch, dass Pias Nachbarin Charlotte sie gerade noch rechtzeitig gefunden hatte und nach drei Wochen wieder aus dem Krankenhaus entlassen werden konnte. Mehr denn je weckt das mein Zorn.

Tief in meinem Herzen habe ich gehofft, die Vergangenheit hinter mich lassen zu können, wenn ich mindestens die Klassenlehrerin von Greta beseitigt hätte, die nicht gesehen hatte, dass mein Kind schikaniert und gequält wurde. Ich erinnere mich sehr gut, wie überrascht ich war, als ich erfuhr, dass meine neue Nachbarin einst eine Lehrerin war. Es war mir egal, dass sie ihren Job verloren hatte, sie entsprach meinem Opfermuster. Mein Entschluss stand von da an fest und ich habe mein Ziel nie aus den Augen verloren. Zunächst ging es nicht um die Person Pia, es hätte jede andere Lehrerin sein können, die verfügbar war. Aber als ich sah, dass es Gretas ehemalige Lehrerin war, platzte mir der Kragen.

Ich habe vage Vorstellungen von einer neuen Existenz irgendwo auf der Welt. Aber ich bin mir fast sicher, dass die Polizei mich finden und mich verhaften wird, egal wohin ich fliehe. Jeder Tag, den ich heute in Freiheit verbringe, ist ein Geschenk.

Ich schlafe in meinem Auto und fahre quer durchs Land. Tagsüber schlendere ich durch die Großstädte, Vergnügungsparks und Zoos. Ich esse in den McDonald's Filialen, mache mich an den Autobahnraststätten frisch und ziehe mich dort um. Wenn meine Kleidung schmutzig ist, kaufe ich neue beim Discounter. Ich zahle stets in bar und trage immer eine Sonnenbrille.

Ich trage den Beutel mit der Erde von Gretas Grab immer in der Nähe meines Herzens. Niemand soll versuchen, ihn mir wegzunehmen. Niemand läuft Gefahr, verletzt zu werden, vorausgesetzt, dass er meine Erde nicht berührt.

Ich weiß, dass die Zeit drängt und ich werde meine Freiheit aufgeben müssen. Sie werden mich finden, ich werde vor Gericht gestellt und verliere alle Rechte auf ein freies Leben. Sie werden meinen Beutel mit der Erde beschlagnahmen.

Doch werde ich es so weit kommen lassen? Ich kann noch eine Entscheidung treffen. Ich habe nie an die Möglichkeit geglaubt, dass man seine Lieben nach dem Tod wiedersehen könne. Es ist seltsam, das gebe ich zu, aber diese Überzeugung gerät zunehmend ins Wanken. Meine einzige Sicherheit ist ein Säckchen voller Erde, das meinen Herzschlag spürt und mein Verlangen nährt.

Ich möchte zu dir, Greta. Wenn ich an die Wiedervereinigung denke, geht es nicht um den physischen Kontakt. Ich denke an eine Begegnung, die geheimnisvoll und zugleich überwältigend greifbar sein wird, an eine Berührung, ohne dich körperlich zu fühlen, aber dessen ungeachtet, jede einzelne Faser deines Wesens zu spüren. Aber ich bin noch nicht soweit.

Warte noch einen Moment, Greta.

Ein Jahr später

März 2019

30

Hannah

„Ich kann das Köpfchen schon sehen." Die Hebamme schaute mich kurz an.

David rieb mir über meine Lendenwirbelsäule, Pia hielt meine Hand. Moritz starrte in die Tiefe meines Unterleibes. Ich presste, ich schrie, ich schwitzte, ich wollte … Ich …

Stille.

Es hatte meinen Körper verlassen.

Der Schmerz schwieg, die Welt war still.

Ein Schrei.

Mein Herz füllte sich mit einem kristallklaren Schrei. Dann ein Weinen, so schön, dass es die größten Orchester der Welt mühelos besiegte, aus einem Mund, der so perfekt war, dass die schönsten Gemälde der Welt verblassten.

Der Schmerz verebbte und die Welt folgte seinem Beispiel. Ich schwebte für zwei Sekunden in einem Vakuum, ein Moment der Schwerelosigkeit, losgelöst von Zeit und Schwerkraft. Das Einzige, was zählte, war dieses kleine Häufchen Mensch in den blutigen Händen der Hebamme.

„Ein Mädchen, Hannah!", rief die Hebamme.

Voller Liebe blickte ich auf das Baby, das die Hebamme hochhielt.

Chorgesang.

David griff nach meiner Hand. Pia und Moritz weinten.

Ich hatte nur Augen für das winzige Mädchen, für das Leben, das ich neun Monaten in mir tragen durfte, und das nun in fremden Händen lag. Ich lauschte dem makellosen Geschrei aus dem zitternden, winzigen Mund, der zum ersten Mal den Atem kostete.

„Herzlichen Glückwunsch. Eine kerngesunde Tochter mit allem Drum und Dran."

Neun Monate lang war dieses kleine Wesen in mir, jetzt wurde sie in die Hände einer anderen gelegt.

Die Hebamme saugte gekonnt die winzige Nase und den kleinen Mund ab und überprüfte die Reflexe.

Ich bildete mir ein, dass ich spürte, wie das Blut durch die Nabelschnur meines Körpers in das Baby floss. Das waren die letzten Minuten, in denen wir verbunden waren. Mein Mädchen war so schön, sie gehörte so sehr zu mir.

„Eine kerngesunde Tochter." Die Worte der Hebamme kamen viel zu schnell. Sie hielt mein Herz in ihren Armen. Die Beinchen strampelten unkontrolliert ins Leere.

„Herzlichen Glückwunsch, Hannah, alles bestens, es geht ihr gut."

Dies war der Moment, den ich neun Monate lang kommen sah.

Dies war der Moment, vor dem ich mich neun Monate lang gefürchtet hatte.

Dies war der Abschied von meiner wunderschönen Tochter.

Die beiden Klemmen an meiner Nabelschnur verhinderten, dass mein Herz für einen Moment schlug.

Die Hebamme hielt eine Schere hoch. „Wem gebührt denn die Ehre?", fragte sie.

Pia strahlte vor Freude und nahm die Schere, mit der sie und Moritz gemeinsam meine Tochter von mir trennen.

Meine Tochter, die ihre wurde.

Ihre Tochter, die meine Gene hatte. Und die von Moritz. Entstanden durch eine künstliche Befruchtung.

„Ich bin so glücklich", sagte Pia.

Ich weiß, dass auch ich glücklich bin. Dass dies meine Absicht war. Dass ich hier und jetzt Wiedergutmachung geleistet hatte. Dass dies das Ende meiner Achterbahnfahrt war. Mit diesem Opfer waren meine Schulden beglichen.

Ich war in unserer Familie immer bevorzugt behandelt worden und hatte das Pia stets spüren lassen. Ich wurde geliebt, nicht sie. Ich hatte ihr in all den Jahren das wahre Glück vorgelebt, ihr kaum geschwisterliche Zuneigung geschenkt und darüber hinaus später ihre seelische Qual mit Neid verwechselt.

Heute hatte ich einem Mädchen, das nur Pia gehören würde, das Leben geschenkt. Dieses Mädchen würde niemals erfahren, wer seine leibliche Mutter war und es würde Pia die Liebe schenken, die meine Schwester verdiente. Wieder einmal waren das Schicksal und ich quitt.

„Wie wollt ihr sie nennen?" Die Hebamme sah Pia und Moritz an. Ich existierte nicht mehr.

„Lily", flüsterte Pia. „Lily Louise Hannah." Sie sah *ihre* Tochter mit einem innigen Blick an.

Ich wusste: Es war gut so. Das war das Ende *und* ein Neuanfang. Die Schuldgefühle lösten sich wie ein Morgennebel auf.

Lily weinte.

Pia gab mir einen Kuss auf die Stirn. „Wir werden das alle gemeinsam meistern.“ Ich nickte und durfte Lilys Händchen halten. „Wir sieben! Zwei Mütter. Okay?“

Tief in meinem Herzen brach ein Urtrieb aus, ein Beschützerinstinkt, der alles beherrschte. Ich würde nicht länger leben wollen, wenn diesem Mädchen etwas zustoßen sollte, ganz zu schweigen, wenn dieses kleine Wunder jemals sterben würde …

Endlich konnte ich die Augen schließen und mich in Gedanken davonschleichen. Fort aus diesem Zimmer, in die anpirschende Nacht …

31

Hannah

Sieben Tage nach der Geburt

Ich fühlte mich glücklicher als in den letzten Jahren. Ich wagte es wieder und näherte mich vorsichtig den positiven Emotionen, hatte volles Vertrauen in die Zukunft.

Pia und Moritz besuchten uns sieben Tage nach der Entbindung mit Baby Lily. In unserem Haus, das sich endlich wie mein Zuhause anfühlte, jetzt, da ich es neu eingerichtet, in warmen, weichen Tönen angestrichen und mit freundlichen Dingen dekoriert hatte. In unserem Haus, wo ich vergangenes Jahr einen Albtraum durchleben musste.

Nach meiner Entlassung aus dem Krankenhaus war David in eine Wohnung einen Steinwurf von uns entfernt gezogen. Es war zu viel passiert, um unsere Ehe einfach weiterführen zu können, aber wir trafen uns regelmäßig. Und jetzt, weil die Geburt mich geschwächt hatte und ich es im Moment nicht konnte, räumte er obendrein in der Küche das Geschirr in die Spülmaschine ein. Er hatte ein Hirschgulasch zubereitet und mich damit überrascht.

Es gefiel ihm, dass ich an mir gearbeitet hatte. Dass ich die Psychotherapie bei meinem alten Psychiater wieder aufgenommen hatte, um mich meinen Schuldgefühlen und den Fußfesseln der Vergangenheit zu stellen. Obwohl ich als Kind geliebt wurde, hatte ich mich in meiner Familie immer wie ein Fremdkörper gefühlt. Vielleicht lag es daran, dass meine Eltern mich immer als Behälter für ihre Zwiste benutzt hatten. Ich würde es mithilfe von Dr. Lange herausfinden. Zuerst hatte ich Schwierigkeiten, ihm wieder zu vertrauen, aber die Tatsache, dass ich dem Tod in die Augen geschaut und Mia nicht überfahren hatte, bewirkte, dass ich mich wieder dem Leben zuwandte.

Ich war froh, dass ich den 31. März 2018 überlebt hatte, dass meine Kinder bei mir waren, dass es mir von Tag zu Tag besser ging. Sofia zeigte Moritz, wie gut sie ihren eigenen Namen schon schreiben konnte, Hugo streichelte unseren neuen Welpen, Pia hatte gerade Lily zum Schlafen nach oben gebracht.

Ich blickte auf den Mann, mit dem ich noch verheiratet war. David hatte stets behauptet, dass zwischen ihm und Emma nichts vorgefallen wäre. Ich linste zur offenen Küche. Wie David da so stand, konnte ich es mir kaum vorstellen. Er war so verdammt attraktiv und ein unglaublicher Liebhaber, obwohl wir schon lang nicht mehr intim waren. Ich durfte jetzt so kurz nach der Geburt von Lily nicht an Sex denken, aber ich spürte immer mehr, wie sehr ich ihn vermisste.

„Warum legst du dich nicht ein Weilchen hin, Hannah", schlug Pia vor.

Meine Schwester war die perfekte Mutter. Eine Urmutter, die uns alle gern umsorgte und verwöhnte.

„Wenn du willst, kann ich dir später eine Tasse Tee bringen?"

Obwohl ich erschöpft war, leugnete ich es. „Alles in Ordnung, Pia." Ich stand auf und ging in die Küche.

„Geht es, Hannah?", fragte David und schmunzelte.

„Ja." Ich trat zur Seite, als er eine Pfanne ins Regal stellte. Dabei legte er eine Hand auf meinen unteren Rücken und streichelte mich. Wir waren immer noch ein Paar. Wir spürten uns immer noch. Wir tauschten einen Blick aus, der mir zeigte, dass er dasselbe empfand. Lachfalten bildeten sich um seine Augen. Ich spürte, dass ich errötete.

„Haben wir eine Chance, Hannah", fragte David leise. „Ich muss es wissen."

Ich sah ihn an. „Ich habe geglaubt, es würde mir helfen. Ich dachte, wenn ich erfahre, wie sich alles verhält oder zusammenfügt, wird es besser. Ich brauche ein bisschen Zeit. Bitte, bleibe heute Nacht bei mir." Ich spürte die Tränen in meinen Augen.

David zog mich an sich, nahm mich in den Arm. *Mein David.*

Er schaukelte mich wie ein kleines Kind, flüsterte mir liebevolle Worte ins Ohr, hielt mich. „Ich liebe dich, Hannah."

„Ich weiß", sagte ich und löste mich aus seiner Umarmung. „Wir haben einen Neuanfang verdient. Wegen uns, nicht nur wegen der Kinder." Ich stand auf und zeigte nach oben. „Ich lege mich wohl doch besser hin."

Er nickte.

Ich jubelte innerlich. *Ja! Das war gut.* Kleine Schritte. Babyschritte. Nur nichts überstürzen.

Am Treppengeländer stützend, schleppte ich mich nach oben. Ich sah mir dabei die Fotos an den Wänden an: Sofia, gerade geboren, Hugo auf seinem Dreirad, zu viert, während eines Sylt-Urlaubs. Weiter oben hatte David bereits einen Nagel in die Wand geschlagen – für das Foto von Lily, das Pia mir versprochen hatte.

Oben an der Treppe blickte ich kurz aus dem Fenster und sah, dass es schneite.

Wieso schneit es im März?

Wie damals …

Ich tauchte ab. Mein Herz pochte …

32

Hannah

Draußen wurde die Winterlandschaft zu einem Sepia-Gemälde, beigefarbene und weiße Schneeflocken wirbelten herunter. Es war derselbe Schnee, der an dem Tag fiel, als die kleine Mia auf meine Windschutzscheibe prallte.

Zuerst war da Blut, dann der Aufprall ...

Nein, nicht schon wieder.

Ich, die mich im Augenblick so errettete, so erlöst fühlte.

Ich, die die Idee hatte, dass das Austragen von Pias und Moritz Kind einer Wiedergutmachung ebenbürtig wäre.

Irgendwo tat ich mir leid. Ich war so naiv. Noch immer träumte ich hin und wieder von dem Unfall und von Emmas Selbstmord. Ich schwitzte in der Nacht und sagte mir stets, dass zum Glück alles wieder in Ordnung war. Dass Emma mit der Antwort auf ihre Frage, wie Mias letzte Minuten gewesen waren, ihren Frieden gefunden hatte. Dass Alina eines Tages auch mit dem Tod ihres Kindes abschließen konnte.

Ich sagte mir stets, dass es niemanden mehr gab, von dem ich etwas zu befürchten hatte. Ich arbeitete hart an mir, um mein Leben zu meistern, so hart, dass es sogar an *meinen* Gefühlen nagte. Ich entblößte meine Seele bei Dr. Lange, schloss Freundschaften, unterstützte die polizeiliche Ermittlung. Emmas Tod warf viele offene Fragen auf, die Kommissar Bredeney mit den abgedroschenen Phrasen wie „Leider werden wir das nie erfahren“ beantwortete.

Meine Wahnvorstellungen fanden eine Erklärung in jene Psychopharmaka, die Alina mir verabreicht hatte. Windsors Tod hingegen wurde Emma zugeschrieben, ebenso ein *Hello Kitty*-Buch in der Küche. Nach ihrem Suizid hatte Bennys Vater seinen Sohn zu sich geholt. Alles war gut. Benny lebte jetzt in Hamburg.

Nichts war gut.

In Alinas Haus fanden die Ermittler eine Pinnwand voller Schnappschüsse von Pia und mir, von David, Sofia und Hugo. Jedes Bild von Pia war mit *Mörderin* beschriftet. Bei einer Zeichnung, die Kommissar Bredeney mir zeigte, lief mir ein kalter Schauder über den Rücken: Es zeigte die Enthauptung meiner ganzen Familie. Die Tatsache, dass ich mich in der Küche selbst geschnitten hatte, wurde aber als Unfall gewertet. Ich hatte keine Erinnerung daran.

Leise öffnete ich die Tür und betrat das Schlafzimmer, wo Baby-Lily in der Tragetasche schlief. Ich hielt ein *Hello-Kitty*-Kissen in der Hand, das ich vor zwei Tagen für Sofia gekauft hatte, und streichelte über Lilys Köpfchen, über den dunklen Haarflaum.

Das Baby war erst sieben Tage alt. Viel zu jung, um es bewusst zu spüren, vermutete ich und schloss die Augen.

Ich hörte Alinas Stimme in meinem Kopf. *„Es tut mir leid", flüsterte sie. „Glaub mir, ich will das auch nicht. Aber du hast keine Wahl. Du brauchst deine Schuldgefühle. Es gibt keinen Notausgang in dem Leben, das du dir geschaffen hast."*

„Du irrst dich, Alina!", flüsterte ich.

Vorsichtig legte ich das Kissen unter Lilys Köpfchen, auf dem *Hello Kitty*-Schriftzug.

„Das Baby ist noch so klein, so zerbrechlich. Du musst nicht fest zudrücken", zischt Alina im Hintergrund. „Ich hätte fest zugedrückt. Du brauchst doch deine Schuldgefühle!"

Die Welt wurde blau. Das Eis über mir brach auf, schmolz. Ich stand da, den Kopf in den Nacken gelegt. Die Augen weit offen. Ich versuchte, den Moment ganz in mich aufzunehmen. Ihn mir zu merken. Keine anderen Gedanken zuzulassen. Die Wellen rauschten leise in meinem Kopf, sie klangen fast feierlich. Ich summte gegen die Dunkelheit und die Brandung von *Hello-Kitty-Island* an.

„Ich habe meine Schuld beglichen, Alina", rief ich in den Raum. „Ich brauche keine Schuldgefühle mehr. Alles klar! Also verschwinde aus meinem Kopf!"

„Hannah?" Pia stand mit einer Tasse Tee in der Hand in der Türöffnung. „Hannah, was machst du denn da?"

Ich blickte auf das Baby. Badete mich in seinem Anblick.

Da war nur noch Wärme. Licht. Keine Schuldgefühle.

Meine Hand tätschelte das kleine Gesichtchen. Lily schenkt mir ein engelhaftes Reflexlächeln.

Ich dachte an die Zeit als Pia und ich noch Kinder waren, an den Vorfall mit dem Fön. Ein Mensch war sich seines Lebens nie sicher. Für jeden Sterblichen gab es einen geeigneten Unfall.

„Nichts", antwortete ich mit einer Stimme, die nicht die meine war.

Epilog

Alina

März 2019

Mein wahres *Ich* wurde aus meiner Geschichte entfernt, es existiert einfach nicht mehr.

Ich, die Frau ohne Namen. Geboren im Schnee, als Greta starb und Pia wieder in mein Leben trat. Geboren mit nur einem Ziel: Menschen sollten stürzen wie Bäume im Sturm. Sie sollten leiden im Dunkel der Angst.

Ich wollte Pia töten, aber in Wahrheit habe ich Emma in den Tod getrieben. Bei ihr habe ich nicht richtig hingesehen. Wie Pia es bei meiner Tochter versäumt hatte. Ich habe sie kennengelernt – durch Hannahs Schilderungen während der Therapie. Die Geschwister sind sich so ähnlich, sie wissen es nur nicht.

Es betrübt mich, dass nur *ich* weiß, wie Hannah ihr Leben fortsetzen wird. Hannah unter dem Eis ... Eis, wovon sie glaubt, dass es eines Tages vollständig zu einer Wasserpfütze schmilzt, Wasser, das die Sommersonne von *Hello-Kitty-Island* am Ende verdunsten wird.

Wie sehr Hannah es auch will und wie sehr ich es ihr wünsche, es hilft ihr nicht, sie wird nicht zur Ruhe kommen. Sie kann die Vergangenheit weder hinter sich lassen noch ihr ein Plätzchen einräumen. Wie ich.

Schuld ist und bleibt stets der Katalysator.

Jetzt kann ‚*Ich*' gehen.

In der vergangenen Nacht habe ich vom Gehen geträumt. Es stürmte buchstäblich, als ich mich auf dem Weg zu den Eisenbahnschienen machte. Niemand wusste davon. Vorher hatte ich mein Bett gemacht, meine Kleider zusammengelegt und sorgfältig auf einen Stuhl gelegt, darauf meine silberne Haarbürste. Ich hatte keinen Brief hinterlassen. Sie würden es verstehen. Wenn Gewalt von außen kommt, kannst du dem entfliehen. Wenn sie in dir ist, dann gibt es kein Entkommen.

Im Traum ging ich über die Wiesen. Ich trug keinen Mantel, der Wind zog an meinen Haaren und ich wurde nass. Schlammwasser drang in meine Schuhe ein. Mein Körper wurde steif von der Kälte. Das Gefühl war mir so vertraut, dass ich es auf eine gewisse Weise als angenehm empfand. Ich hüpfte über einen Graben und stellte mich auf die Schienen, kurz nach einer Kurve. Nur wenige Minuten vor Ankunft des Zuges. Ich dachte an nichts Bestimmtes.

Ich hörte den Zug kommen. Meine Muskeln spannten sich an. Ich atmete tief ein und machte mich bereit für den Sprung.

Und dann warst du da.

Ich sah dich vor mir: mein zwölfjähriges Mädchen mit blonden Haaren und blauen Augen. Du hast mich angesehen. „Mami, hast du geweint? Mami!“

„Ja, Liebling“, antwortete ich, als der Wind des vorbeifahrenden Zuges mein Gesicht traf. „Ich komme, Kleines.“

Ich wachte auf.

Der Moment ist gekommen. Ich frage mich nicht, woher ich das weiß. Ich weiß es einfach. Ich sehe es in der Brandung der Wellen, in der Art und Weise, wie sie sich schräg nach innen bewegen. Schnell. Unerbittlich. Ich spüre es, wenn eine sanfte Brise meine Haut streift, rieche es in den verfaulten Blättern des vergangenen Winters, und der feuchten Erde, höre es in der Stille der lauernden Krähen. Sie sind wieder hinter mir her und es gibt nichts, was ich tun kann, um sie aufzuhalten.

So passiert es nun mal. Eines Nachts gehe ich ins Bett und alles ist in Ordnung. Alles ist unter Kontrolle. Die Geschichte hat aufgehört, eine Geschichte zu sein. Es ist echt. Solide. Unzerbrechlich. Dann wache ich auf und sie hat sich geändert. Risse sind über Nacht entstanden und ich merke, dass ich mich die ganze Zeit selbst getäuscht habe, dass ich nur die empfindlichste aller Konstruktionen bin – eine Gestalt im Traum.

Ich bin eine Gejagte. Ich werde immer eine Gejagte sein.

Ich bin an diesem Morgen mit dem Wissen aufgewacht, dass es heute passieren wird.

Es ist ein befreiender Gedanke.

Ich darf nur keine Fehler machen und nicht eine Sekunde lang zögern.

Und keine Angst zulassen.

Als ich die Autobahnausfahrt als Einfahrt benutzte, hupen die Autofahrer um mich herum und geben warnende Lichtsignale. Ich kann einem BMW gerade noch ausweichen.

Im Bruchteil einer Sekunde sehe ich zwei Lastwagen, die sich mir nähern und sich dabei gegenseitig überholen.

Kein Traum. Realität.

Der Fahrer, der mit seinem LKW jetzt direkt auf mich zurast, schwingt seine Arme. Seine Augen weiten sich vor Schreck, sein Mund schreit.

Aber Mama schreit nicht, Greta.

Danksagung

Es ist immer eine reine Freude, einen Thriller zu schreiben. Mein tiefempfundener Dank gilt:

Christine Hochberger, meiner unvergleichlichen Lektorin, Unterstützerin und Buchgefährtin. Danke, dass du so brillante Arbeit leistest, dass du alles Wichtige ernst nimmst und den Rest genauso komisch findest wie ich.

Anja Lang, eine Retterin in Not. Danke für das Korrektorat.

Frau Dr. Regina Brinkmann, vielen Dank für den psychologischen Blick und die äußerst nützlichen Hinweise und Anregungen.

Frau Dr. Rath, Wien, vielen Dank für die Gespräche zum Thema Freund oder Feind.

Und nun werde ich mich unter einen Baum setzen, die Augen schließen und den Frühlingsduft einatmen, und mich dem Leben mit Familie und Freunden überlassen – bis zum nächsten Roman.

Über die Autorin

Das Spezialgebiet der Autorin sind Suspense-Thriller, Psychothriller und Romane. Bei ihrer akribischen Recherche lässt sie sich von Forensikern, Psychologen, Gentechnologen, Pathologen und Medizinern beraten.

Ihre Thriller erreichten alle die Top-Ten-Bestsellerlisten vieler Ebook-Plattformen.

Die Autorin ist Mitglied im Schriftstellerverband Syndikat, im BvjA und den Mörderischen Schwestern.

Auszeichnungen und Nominierung:

2016: Stefko, From Sarah with love: Halbfinale der Int. Writemovies Contest, Los Angeles. **2015:** Sibirien – Die aus dem Eis erwachen Finale der Int. Writemovies Contest, Los Angeles.

Weitere Romane der Autorin:

Thriller / Psychothriller: **Eiskalte Umarmung, Eiskalter Schlaf (Print: Jasper, das Böse in Dir), Tödliche Perfektion (Print: Die Sekte), Wintermorde, Die Behandlung des Bösen, Am Ende das Böse, Wo ist Jay?, Lilith-Eiskalter Engel, Gleis der Vergeltung, Puppenmutter, Die Akte Rosenrot. Weitere Romane folgen.**

Roman: Café de Flore und die Sehnsucht.

Anthologie: Winterküsse, Nix zu verlieren

Kurzgeschichte: Sibirien – Die aus dem Eis erwachen

Mehr über Astrid Korten:

Website: www.astrid-korten.com

Facebook: www.facebook.com/Astrid Korten